Graham passiert, wovon viele träumen: einmal Herr der Welt zu sein. Allerdings ist die Art und Weise etwas merkwürdig und gefährlich, denn der junge Engländer fällt eines Tages in einen totenähnlichen Schlaf und wacht exakt 203 Jahre später wieder auf – im London des 21. Jahrhunderts. Doch ihm bleibt kaum Zeit, den Schock des Aufwachens in dieser neuen Welt des Fortschritts und der technischen Wunder zu überwinden und seine neue Stellung zu genießen ...
Dieser Roman von 1899 ist ein prophetisches Buch, eine der großartigsten Visionen, die je geschrieben wurden. H. G. Wells zeichnet darin den Idealisten, der an den Realitäten der Macht scheitern muß, eingekleidet in eine grandiose Abenteuergeschichte.

H(erbert) G(eorge) Wells wurde am 21. 9. 1866 in Bromley/Kent geboren und starb am 13. 8. 1946 in London. Nach einer Kaufmannslehre absolvierte er ein naturwissenschaftliches Studium mit Prädikatsexamen; nach nur wenigen Jahren als Dozent lebte er als freier Schriftsteller. Sein Gesamtwerk umfaßt etwa hundert Bände. Zu Weltruhm gelangte er mit seinen Romanen und Erzählungen, die ihn als Begründer der modernen Science-fiction, als genialen phantastischen Utopisten und als kritisch-humorvollen Gesellschaftssatiriker ausweisen.

H. G. Wells

Wenn der Schläfer erwacht

Roman

Aus dem Englischen übersetzt von
Ida Koch-Loepringen

Deutscher Taschenbuch Verlag

Titel der Originalausgabe:
›When the Sleeper Wakes‹

Im Deutschen Taschenbuch Verlag sind außerdem erschienen:
Die Zeitmaschine (12234)
Der Unsichtbare (12236)
Die ersten Menschen auf dem Mond (12237)
Tono-Bungay (12238)
Mr. Blettsworthy auf der Insel Rampole (12239)

Vollständige Ausgabe
August 1996
Deutscher Taschenbuch Verlag GmbH & Co. KG, München

Umschlaggestaltung: Balk & Brumshagen
Umschlagbild: ›Nr. 380, Pilot im Cockpit des Alien-Wracks‹
von H. R. Giger (© VG Bild-Kunst, Bonn 1996)
Gesetzt aus der Bembo 10,5/12˙ (Linotron 202)
Satz: IBV Satz- und Datentechnik GmbH, Berlin
Gedruckt auf säurefreiem, chlorfrei gebleichtem Papier
Druck und Bindung: C. H. Beck'sche Buchdruckerei, Nördlingen
Printed in Germany · ISBN 3-423-12235-8

I

Schlaflosigkeit

Eines Nachmittags zur Zeit der Ebbe ging Mr. Isbister, ein junger Künstler, von seinem Wohnort Boscastle zur malerischen Bucht von Pentargen, um dort die Höhlen zu besichtigen. Auf dem steilen Weg zum Strand hinunter erblickte er plötzlich einen Menschen, der erschöpft und verzweifelt unter einem Felsenvorsprung saß. Die Hände des jungen Mannes hingen schlaff herab, die Augen waren gerötet, der Blick starr und das Gesicht von Tränen naß.

Als er Schritte nahen hörte, schaute er sich um. Beide Männer stutzten. Isbister überspielte seine Verlegenheit mit einer Bemerkung über das Wetter: Es sei heiß für diese Jahreszeit.

»Sehr heiß«, erwiderte der Fremde kurz und fügte nach einigem Zögern apathisch hinzu: »Ich kann nicht schlafen.«

»Tatsächlich?« war alles, was Isbister sagte, aber seine Stimme verriet Anteilnahme.

»Es klingt vielleicht unglaublich«, sagte der Fremde, während er Isbister voll ansah und seine Worte mit einer müden Handbewegung unterstrich, »aber ich finde keinen Schlaf, ich schlafe überhaupt nicht, schon sechs Nächte lang.«

»Rat eingeholt?«

»Ja. Schlechten zum Großteil. Medikamente. Meine

Nerven ... Schlafmittel sind für die meisten Menschen ja recht schön und gut. Aber ich ... es ist schwer zu erklären ... ich wage nicht, genügend starke Dosen zu nehmen.«

»Das macht es freilich schwierig«, sagte Isbister.

Er stand hilflos auf dem engen Weg und wußte nicht recht, was er tun sollte. Offenbar wollte der Fremde reden, daher empfahl es sich, das Gespräch in Gang zu halten.

»Ich selbst habe immer gut geschlafen«, bemerkte er leichthin, »aber ich kenne einige Leute, deren Schlaflosigkeit schließlich geheilt worden ist.«

»Ich wage keine Experimente.«

»Machen Sie sich genug Bewegung?« fragte Isbister vorsichtig.

»Das habe ich ja versucht. Und es war vielleicht unklug. Von New Quay her bin ich die Küste entlanggelaufen, Tag für Tag. Da kam zur geistigen Erschöpfung auch noch die körperliche. Die Ursache dieser inneren Unrast war Überarbeitung und – Kummer. Da gab es –«

Er fuhr sich über die Stirn, als sei er zu müde zum Erzählen. Schließlich fuhr er fort wie einer, der mit sich selber redet: »Ich bin ein einsamer Wolf, ein alleinstehender Mensch, der durch eine Welt wandert, an der er keinen Teil hat. Ich habe keine Frau, kein Kind – wer war es nur, der die Kinderlosen die verdorrten Äste auf dem Baum des Lebens genannt hat? Keine Frau, kein Kind – und auch keine Aufgabe, die ich zu erfüllen hätte. Nicht einmal einen Wunsch in meinem Herzen habe ich. Zu einem Entschluß raffte ich mich schließlich auf: Ich sagte, ich *will* dies tun – und um die Trägheit des stumpfen Körpers zu überwinden, nahm ich meine Zuflucht zu Medikamenten. Großer Gott, was habe ich schon alles an Medikamenten geschluckt! Ich weiß nicht, ob *Sie* diese gräßliche Abhängigkeit der geistig-seelischen Verfassung vom körperlichen Wohlbefinden kennen. Wieviel Zeit das kostet und wieviel Leben! Unser ganzes Leben ist nur Stückwerk. Wir müssen essen, und danach hängen wir bereits von der Funktion unseres Verdauungsapparates ab. Wir müssen frische Luft schöpfen, denn davon hängt unser Denkapparat ab; die Gedanken werden träge, schwerfällig und enden in Sackgassen. Tausenderlei Ablenkungen von außen und innen – dann kommt die Müdigkeit und schließlich der Schlaf. Der Mensch scheint für den Schlaf zu leben. Wie wenige von den vierundzwanzig Stunden eines Tages gehören einem – selbst im besten Fall. Und dann kommen die falschen Freunde, diese mörderisch falschen Freunde, um die natürliche Müdigkeit zu vertreiben, und besorgen den Rest – Alkaloide, schwarzer Kaffee, Kokain –«

»Ich verstehe«, sagte Isbister.

»Ich habe meine Arbeit getan«, betonte der andere nachdrücklich.

»Und das ist der Preis?«

»Ja.«

Nun schwiegen beide eine Zeitlang.

»Sie können sich gar nicht vorstellen, wie sehr ich mich nach Ruhe sehne«, klagte der Fremde. »Schon sechs Tage lang, seit Beendigung meiner Arbeit, dreht sich ein Teufelskreis in meinem Kopf.«

»Sie müssen schlafen«, meinte Isbister entschieden und mit einer Miene, als habe er ein Allheilmittel entdeckt. »Sicherlich nur schlafen.«

»Mein Geist ist völlig klar. Er ist nie klarer gewesen.

Aber ich weiß, daß ich auf den Abgrund zusteuere. Jetzt gleich –«

»Wie?«

»Haben Sie schon einmal gesehen, wie ein Wirbelstrom alles mit sich in die Tiefe reißt? So am hellichten Tag, mitten aus der Welt der geistig Gesunden – hinunter in die Tiefe –«

»Aber ich bitte Sie –«, protestierte Isbister.

Nun streckte der Mann eine Hand aus, sein Blick flammte plötzlich wild auf, und seine Stimme hatte Kraft: »Ich werde mich umbringen. Dort unten, wo die Wellen grün sind und die weiße Brandung sich hebt und senkt, finde ich für immer Schlaf.«

»Das ist sehr unvernünftig«, sagte Isbister, entsetzt über den Gefühlsausbruch, »da finde ich Medikamente schon vernünftiger.«

»Dort finde ich jedenfalls für immer Schlaf«, wiederholte der Mann.

Isbister betrachtete ihn und fragte sich flüchtig, ob nicht doch eine höhere Fügung sie an diesem Nachmittag zusammengeführt hatte.

»Das ist gar nicht so sicher«, bemerkte er. »So eine Klippe gibt es auch in Lulworth Cove – gleich hoch wie diese hier –, und da ist einmal ein kleines Mädchen hinuntergepurzelt. Und lebt heute noch, frisch und munter.«

»Aber diese Felsen da unten?«

»Es kann Ihnen passieren, daß Sie eine kalte Nacht lang mit Knochenbrüchen dort unten liegen. Was dann?«

Sie sahen einander an.

»So leid es mir tut, ich kann Ihren dramatischen Abgang nicht großartig finden«, versuchte Isbister das

Äußerste. »Einen Selbstmord von dieser Klippe – oder von irgendeiner anderen – finde ich als Künstler wirklich höchst dilettantisch.«

»Aber das andere«, sagte der Schlaflose gereizt, »das andere – man muß doch verrückt werden, wenn man Nacht für Nacht –«

»Sind Sie diesen Strand immer allein entlanggelaufen?«

»Ja.«

»So ziemlich das Dümmste, was Sie haben tun können. Allein. Und wie Sie selbst gesagt haben, ist körperliche Überbeanspruchung kein Heilmittel für geistige Erschöpfung. Wer hat Ihnen das eingeredet? Es ist ja kein Wunder: den Strand entlanglaufen, den Kopf der glühenden Sonne ausgesetzt, die Hitze, die Einsamkeit, und dann sind Sie vermutlich zu Bett gegangen und haben sich sehr bemüht einzuschlafen, was?«

Isbister hielt plötzlich inne und sah den leidenden Menschen zweifelnd an.

»Schauen Sie sich doch diese Felsen an!« rief der andere leidenschaftlich aus. »Schauen Sie weit ins Meer hinaus, wie es in der Sonne erglänzt. Sehen Sie, wie die weißen Schaumkronen unter der Klippe im Dunkel vergehen. Und das blaue Himmelsgewölbe darüber, aus dem die Sonne niederstrahlt. Das ist eure Welt. Ihr akzeptiert diese Welt, ihr genießt sie sogar. Für mich aber ist sie ein Tal der Tränen. Die ganze Welt ist ein Tal der Tränen.«

Isbisters Blick schweifte langsam über die wilde Schönheit der sonnenatmenden Klippen und wandte sich dann wieder dem verzweifelten Menschenantlitz zu. Schließlich sagte er:

»Wenn Sie erst einmal eine Nacht lang geschlafen haben, ist diese Welt nicht mehr ein Tal der Tränen. Das schwöre ich Ihnen.«

Er wußte nun sicher, daß diese Begegnung kein Zufall, sondern Fügung war. Vor einer halben Stunde noch hatte ihn Langeweile gequält. Hier war eine Aufgabe zu erfüllen, die er freudig auf sich nahm; schon der Gedanke daran stärkte sein Selbstgefühl. Ihm schien, daß dieser erschöpfte Mensch in seiner Verlorenheit vor allem jemanden brauchte, mit dem er reden konnte.

Der Fremde war jedoch wieder in Apathie versunken, er starrte finster auf das Meer hinaus und gab nur gelegentlich Antwort auf Fragen, die Isbister an ihn richtete. Aber er schien nichts dagegen zu haben, daß sich jemand seiner Verzweiflung annahm. Auf eine hilflose Weise schien er sogar dankbar zu sein für diese Begegnung, und als Isbister ihm vorschlug, den Abhang wieder hinaufzusteigen und nach Boscastle zurückzukehren, fügte er sich ruhig. Auf halbem Weg begann er, mit sich selbst zu reden und wandte seinem Begleiter unvermutet ein verstörtes Gesicht zu.

»Was kann nur los sein mit mir, was kann nur los sein? In meinem Kopf dreht sich alles im Kreis herum, immerfort im Kreis herum, immerfort.« Er blieb stehen und erläuterte mit einer Handbewegung, was er meinte.

»Das kommt wieder in Ordnung, alter Junge«, sagte Isbister so, als seien sie seit langem befreundet. »Sorgen Sie sich nicht, und haben Sie Vertrauen zu mir.«

Sie gingen nun hintereinander den Kamm entlang, der Schlaflose gestikulierend und in abgerissenen Sätzen über seine Beschwerden klagend. Sobald der Weg breit genug war, daß sie nebeneinander gehen konnten, nahm Isbister das Gespräch wieder auf. Er redete weitläufig davon, wie schwierig es war, bei schlechtem Wetter in den Hafen von Boscastle einzufahren, als sein Gefährte ihn plötzlich und grundlos wieder unterbrach.

»Mein Kopf ist nicht mehr, was er einmal war«, sagte er gestikulierend, als ringe er nach den passenden Worten, um sich verständlich zu machen. »Er ist einfach nicht mehr das, was er einmal war. Da ist eine Art Beklemmung, ein Druck. Nein, nicht Schläfrigkeit – wollte Gott, das wäre es! Wie ein Schatten ist es, ein tiefer Schatten, der sich plötzlich über alles breitet. Diese sich überstürzenden Gedanken, diese Konfusion, und immer wieder der Abgrund. Ich kann es nicht erklären, kann mich nicht einmal soweit konzentrieren, um es Ihnen zu schildern.«

»Ich verstehe Sie auch so, alter Junge, und es kommt gar nicht darauf an, ob Sie es mir jetzt genau erklären können.«

Während sich der Schlaflose mit den Fäusten verzweifelt die Augen rieb, redete Isbister beruhigend auf ihn ein. Schließlich kam ihm ein neuer Gedanke.

»Wollen Sie nicht mit mir nach Hause kommen? Ich kann Ihnen einige Skizzen zeigen, wenn Ihnen etwas daran liegt.«

Der andere erhob sich gehorsam wie ein Kind und folgte ihm.

Am Gartentor sagte Isbister: »Kommen Sie, wir wollen ein Glas miteinander trinken. Mögen Sie Alkohol, diese Gabe Gottes?«

Der Fremde schien sich seiner Handlungen nicht mehr bewußt zu sein. »Ich trinke nicht«, sagte er langsam, und während sie den Gartenweg entlanggingen, wiederholte er geistesabwesend: »Nein, ich trinke nicht. Es geht wieder rundum in meinem Kopf, immerfort rundum.«

Er stolperte auf der Schwelle und betrat das Zimmer in der Haltung eines Menschen, der nichts sieht. Schwer ließ er sich in einen Lehnstuhl fallen und blieb regungslos sitzen, vorgebeugt, den Kopf auf die Hände gestützt. Nach einer Weile kam ein seltsam gurgelnder Ton aus seiner Kehle.

Isbister ging mit der zwecklosen Betriebsamkeit des unerfahrenen Gastgebers im Zimmer umher und ließ gelegentlich eine Bemerkung fallen, die keiner Antwort bedurfte. Er holte seine Skizzenmappe und legte sie auf den Tisch, um sie dem Fremden zu zeigen. Schließlich sah er auf die Uhr auf dem Kaminsims.

»Wollen Sie vielleicht mit mir zu Abend essen?« fragte er, eine Zigarette in der Hand, die er sich eben anzünden wollte. In Gedanken beschäftigte er sich damit, wie er dem Gemütskranken heimlich ein Beruhigungsmittel verabreichen könnte. »Es gibt nur kalten Hammelbraten. Und Obstkuchen, glaube ich.«

Keine Antwort. Isbister zündete das Streichholz an, während er die reglose Gestalt betrachtete; er ließ das Streichholz ausgehen und legte die Zigarette wieder hin. Die Stille wurde bedrückend. Er nahm die Skizzenmappe vom Tisch, öffnete sie gedankenlos und schloß sie wieder, ohne etwas zu sagen. »Vielleicht ...«, flüsterte er.

Schließlich sah er zur Tür. Leise und langsam ging er auf sie zu, wandte immer wieder den Kopf nach dem seltsamen Gefährten.

Geräuschlos schloß er die Tür hinter sich, schlich aus dem Haus und blieb im Garten neben einem Blumenbeet stehen. Von dort aus konnte er durch das offene Fenster die reglose Gestalt im Auge behalten. Nach einer Weile nahm er Pfeife und Tabaksbeutel aus der Tasche, riß das Schwefelstreichholz an der Schuhsohle an und rauchte bedächtig.

Da hörte er seine Hauswirtin aus der Küche kommen, um ihm die Petroleumlampe in sein Zimmer zu tragen. Er gestikulierte mit der Pfeife in der Hand, um ihr dann flüsternd klarzumachen, daß er Besuch hatte. Sie ging kopfschüttelnd in die Küche zurück, und er bezog wieder seinen ungewöhnlichen Wachposten neben dem Blumenbeet.

Die Pfeife war schon lange ausgeraucht, die Nacht brach herein, Fledermäuse flogen lautlos um das Haus. Isbister ging leise wieder in das Zimmer zurück. Er fand den regungslos Sitzenden in unveränderter Haltung im Lehnstuhl.

Plötzlich schoß ihm ein Gedanke durch den Kopf. Er lehnte sich über den Tisch und horchte. Es war kein Atemgeräusch zu vernehmen. Seine Sorge verdichtete sich zur Angst. Er beugte sich über den Rücken des Lehnstuhls, immer tiefer, so daß er schließlich von unten her in das Gesicht seines Besuchers blicken konnte. Die Augen waren offen, die Pupillen unter die Lider gerollt. Es war ein furchterregender Anblick. Er faßte den Mann an der Schulter und schüttelte ihn. »Schlafen Sie?« rief er, und nochmals: »Schlafen Sie?«

Er läutete Sturm nach seiner Hauswirtin, die erschrocken aus der Küche herbeigeeilt kam.

»Meinem Freund hier ist etwas zugestoßen ... es kann ein Anfall sein ... er kann auch tot sein. Sofort einen Arzt, wo finde ich einen Arzt?«

2

Der Schlaf

Der Zustand kataleptischer Starrsucht, in dem sich der Mann befand, dauerte eine noch nie dagewesene Zeit. Langsam erschlafften die Muskeln, er lag in tiefster Ruhe da, und nun erst konnte man ihm die Augen schließen.

Er wurde in das Krankenhaus von Boscastle gebracht und von dort einige Wochen später nach London. Da eine Wiederbelebung trotz aller aufgewendeten Mühe nicht gelang, stellte man die Versuche ein. Lange lag er in jenem seltsamen Zustand vollkommener Reglosigkeit, weder tot noch lebendig, gleichsam in der Schwebe zwischen Sein und Nichtsein. Kein Gedanke, keine Empfindung drang in diese traumlose Leere, diesen Raum unendlichen Friedens. Die Verwirrung seines Geistes war auf ihrem Höhepunkt abrupt in einen Zustand absoluter Ruhe umgeschlagen. Wo war der Mann? Wo ist der Mensch, wenn ihn Bewußtlosigkeit umfängt?

»Mir ist, als sei das gestern gewesen«, sagte Isbister. »Ich erinnere mich an alles, klarer vielleicht, als wenn es sich tatsächlich gestern erst zugetragen hätte.«

Es war der Isbister des vorhergehenden Kapitels, der das sagte, aber er war nun kein junger Mann mehr. Das Haar – damals braun und für die herrschende Mode etwas zu lang – war nun grau und kurz geschoren, er trug einen Spitzbart, und das jugendlich frische Gesicht von einst war gerötet, die Haut ledern. Der ältere Herr, mit dem er sprach, war Mr. Warming, ein Londoner Rechtsanwalt, der nächste Angehörige jenes Mannes, der in Bewußtlosigkeit gefallen war.

In einem gläsernen Gehäuse lag auf einem Wasserbett eine wachsbleiche Gestalt mit verrunzeltem Gesicht und Stoppelbart, mit hageren Gliedern und langen Nägeln. Der Schlafende war durch das Glas vom wirklichen Leben vollkommen abgetrennt, er existierte gleichsam als isolierte Anomalität.

Isbister und Warming hatten sich in dem Londoner Haus getroffen, in dem Graham – das war der Name des bewußtlosen Mannes – lag. Nun standen sie gemeinsam vor dem gläsernen Gehäuse.

»Das war damals ein Schock für mich«, sagte Isbister. »Heute noch überkommt mich das Grauen, wenn ich an seine Augen denke. Ganz weiß waren sie, man sah die Pupillen nicht mehr. Jetzt, da ich vor ihm stehe, erinnere ich mich an alles genau.«

»Haben Sie ihn seither nie gesehen?« fragte Warming.

»Ich wollte oft kommen, aber das Geschäft ist heutzutage viel zu hart, um Urlaub machen zu können. Ich war die meiste Zeit in Amerika.«

»Wenn ich mich recht erinnere, waren Sie Künstler.«

»Ich war es. Und dann habe ich geheiratet. Ich sah sehr bald, daß mit der Aquarellmalerei nichts zu holen war, und stieg ins Werbegeschäft ein. Die Plakate auf den Klippen von Dover sind von meinen Leuten.«

«Gute Plakate«, gab der Anwalt zu, »obwohl ich finde, daß sie dort nicht hingehören.«

»Die Welt wandelt sich, und man muß mittun, wenn man es zu etwas bringen will. Als er damals vor zwanzig Jahren einschlief, saß ich da unten in Boscastle mit einem Kasten voll Wasserfarben und einem altmodischen künstlerischen Ehrgeiz. Ich habe nicht erwartet, daß meine Farben eines Tages die ganze heilige Küste Englands von Land's End bis zur Halbinsel Lizard verschönern würden. Das Glück kommt eben manchmal unverhofft.«

Warming schien zu bezweifeln, daß das ein Glück war.

»Sie können sich vorstellen, welche Aufregung wir damals mit ihm hatten. Meine Wirtin wollte ihn nicht im Haus haben – er sah ja auch wirklich sehr eigenartig aus –, und wir mußten ihn auf einem Stuhl in das Hotel hinauftragen, wo dann der Arzt von Boscastle sich bis zwei Uhr nachts um ihn bemühte.«

»Erst war es doch eine kataleptische Starrsucht, nicht wahr?«

»Na und ob, er war völlig steif. Wie immer man ihn bog, so blieb er. Man hätte ihn auf den Kopf stellen können, dann wäre er eben kopfgestanden. Eine solche Starre habe ich nie wieder gesehen. Das hier ...«, er deutete auf den Mann im Glasgehäuse, »ist natürlich etwas ganz anderes. Der kleine Doktor – wie hieß er denn nur?«

»Smithers.«

»Richtig, Smithers. Er tat genau das Falsche, als er versuchte, ihn so schnell wie möglich zu wecken. Mit allen nur möglichen Mitteln: Senf, Schnupftabak, Nadeln und schließlich durch Induktionsapparate. Man konnte seine Muskeln zucken sehen, und trotz seiner Starre wand er sich in den unnatürlichsten Verrenkungen. Ach, dieser Anblick hat mich bis in den Traum verfolgt.«

Nach einer Pause sagte Warming: »Ein unheimlicher Zustand.«

»Eine Art totaler Isolation. Nicht tot, aber auch nicht lebendig. Wie ein leerer Stuhl, auf dem ›besetzt‹ steht. Keine Sinneswahrnehmung, keine Verdauung, kein Herzschlag. Er ist sozusagen vollkommener abgeschieden als ein Toter; die Ärzte sagen, daß selbst das Haar zu wachsen aufgehört habe, während es bei einem Verstorbenen noch weiterwächst ...«

»Ich weiß«, sagte Warming, während ein schmerzlicher Ausdruck über sein Gesicht huschte.

Sie spähten wieder durch das Glas. Graham war tatsächlich in einem seltsamen Zustand. In der Geschichte der Medizin kannte man Fälle von Bewußtlosigkeit, in denen die schlaffe Phase bis zu einem Jahr gedauert hatte, aber dann war der Kranke entweder erwacht oder gestorben. Auch ein Erwachen und den unmittelbar danach erfolgten Eintritt des Todes hatte es schon gegeben, aber ein Fall Graham war bisher niemandem untergekommen. Die Einstichstellen, an denen künstliche Nahrung injiziert worden war, um einem Kräfteverfall vorzubeugen, waren deutlich zu erkennen. Isbister zeigte sie Warming, der sich bemüht hatte, sie zu übersehen.

»Und während er sozusagen der Welt abhanden gekommen war«, sagte Isbister unbekümmert und gutgelaunt, »habe ich meine Existenz aufgebaut, habe geheiratet, eine Familie gegründet, mein ältester Sohn ist amerikanischer Staatsbürger und wird demnächst sein Studium an der Universität Harvard abschließen. Mein Haar wird schon grau – und dieser Mensch ist mittlerweile keinen Tag älter oder klüger geworden. Ein seltsamer Gedanke.«

»Auch ich bin alt geworden. Damals habe ich Krikket mit ihm gespielt – wie endlos lange ist das her! Und er sieht trotzdem jung aus. Wachsgelb vielleicht, aber er *ist* ein junger Mensch.«

»Ich habe gehört«, sagte Isbister nach einer Weile, »daß er ein bescheidenes Vermögen besessen hat.«

»Ja«, erwiderte Warming mit verlegenem Hüsteln, »es hat sich so gefügt, daß ich es verwalte.«

»So?« Nach einigem Zögern meinte Isbister: »Sein Unterhalt hier kann ja nicht so teuer sein, also wird sein Vermögen sich zweifellos beträchtlich vermehren.«

»Gewiß. Wenn er aufwacht – sofern es überhaupt dazu kommt –, wird er viel wohlhabender sein als zur Zeit seines Einschlafens.«

»Als Geschäftsmann hat mich der Gedanke natürlich beschäftigt. Rein kommerziell gesehen, meine ich, kann dieser Schlaf für ihn eine sehr gute Sache sein. Er weiß sozusagen, woran er ist, wenn er so lange bewußtlos bleibt. Hätte er weitergelebt …«

»Ich glaube nicht, daß er so etwas jemals erwogen hat. Er war kein Mann mit Weitblick.«

»Es wäre schade, wenn es uns nicht vergönnt wäre, seine Verblüffung mitanzusehen. In diesen zwanzig Jahren hat sich viel geändert.«

»Sicher«, entgegnete Warming. »Unter anderem auch ich. Ich bin ein alter Mann. Ich war dreiundvierzig, als sein Bankier, den Sie telegraphisch verständigt hatten, Kontakt mit mir aufnahm.«

»Ich fand die Adresse des Bankiers in dem Scheckbuch, das Graham bei sich hatte.«

Nach einer Pause fuhr Isbister fort: »Er kann noch Jahre so liegenbleiben, das haben wir zu bedenken. Seine Angelegenheiten können eines Tages auf jemand anderen übergehen.«

»Das, Mister Isbister, glauben Sie mir, ist eines der Probleme, die mich ständig beschäftigen. Vertrauenswürdige Angehörige gibt es keine mehr – es ist eine groteske Situation.«

»Kann man wohl sagen. Das ist wirklich ein Fall für einen öffentlichen Treuhänder, wenn wir nur einen hätten.«

»Meiner Ansicht nach ist es ein Fall für eine öffentliche Körperschaft, für einen praktisch unsterblichen Vermögensverwalter. Wenn er nämlich wirklich weiterleben sollte, wie einige Ärzte glauben.«

»Es wäre kein schlechter Gedanke, ihn einfach einer öffentlichen Körperschaft zu übergeben, den Kuratoren des Britischen Museums zum Beispiel oder dem Königlichen Ärztekollegium. Klingt natürlich seltsam, aber der ganze Fall ist höchst seltsam.«

»Die Schwierigkeit sehe ich darin, sie dahin zu bringen, daß sie ihn nehmen.«

»Sie werden den Papierkrieg scheuen, meinen Sie?«

»Zum Teil.«

»Ich habe nie recht verstanden«, fuhr Isbister nach einer Weile fort, »was seinen Zustand herbeigeführt hat. Er sprach von Überarbeitung.«

»Er war ein hochbegabter Mensch, aber sehr labil und von Gefühlen abhängig. Seine Ehe war nicht gut, er ließ sich scheiden, und wohl um darüber hinwegzukommen, stürzte er sich Hals über Kopf in die Politik. Er war ein fanatischer Radikaler, Sozialist, damals nannten sie sich fortschrittliche Liberale. Energisch, voll hochfliegender Pläne und undiszipliniert. In einer Kontroverse übernahm er sich dann. Ich erinnere mich der Broschüre noch: ein merkwürdiges Produkt, wirres Zeug, unter anderem auch Prophezeiungen; einige davon schöne Illusionen, andere mittlerweile realisiert. Aber wenn man solche Thesen liest, fühlt man doch, wie voll die Welt von ungeahnten Dingen ist. Er wird viel zu lernen haben, wenn er erwacht, und viel zu vergessen haben. *Wenn* er jemals erwacht.«

»Ich gäbe alles dafür, wenn ich dabei sein könnte«, meinte Isbister, »nur um zu hören, was er sagt.«

»Ich auch«, sagte Warming, und nach einer Weile wiederholte er, plötzlich sentimental werdend: »Ach ja, ich auch.«

Lange blickte er nachdenklich auf die wächserne Gestalt.

»Er wird nie wieder aufwachen«, sagte er schließlich und seufzte.

3

Das Erwachen

Warming behielt nicht recht, der Schläfer erwachte. Der Mensch, dieses komplizierte Wesen, kann sich kaum erklären, was vor sich geht, wenn er aus tiefem Schlaf allmorgendlich in den hellen Tag zurückfindet. Welche Phasen durchschreitet seine Seele, von den ersten unbewußten Regungen über das dämmernde Bewußtsein bis zum klaren Erkennen seiner selbst?

Grahams Pilgerreise aus der ungeheuren Nacht zurück in den Tag schien über Abgründe hinwegzugehen und Epochen zu dauern. Gigantische Träume, die zu der Zeit furchtbare Wirklichkeit waren, hinterließen in ihm die verwirrende Erinnerung an seltsame Geschöpfe in einer Landschaft, die es auf diesem Planeten nicht gab. Einen deutlichen Eindruck hatte er von einer gewichtigen Unterhaltung, von einem Namen – er konnte nicht sagen, von welchem Namen –, der später wieder auftauchen sollte. Auch an das Gefühl einer hoffnungslosen Anstrengung erinnerte er sich, der Anstrengung eines Menschen, der sich dagegen wehrt, im Dunkel unterzugehen. Dann kam ein Panorama von verwirrenden, unruhigen und unklaren Szenen.

Graham merkte, daß seine Augen offen waren und etwas Ungewohntes ansahen, etwas Weißes, irgendeine Kante, einen Holzrahmen. Mit einer müden Kopfbewegung versuchte er, den Konturen dieses Gegenstandes zu folgen, doch der Rahmen ging über sein Blickfeld hinaus. Dann versuchte er nachzudenken, wo er wohl sein mochte, aber im nächsten Augenblick war ihm das wieder gleichgültig, da er sich so schwach und elend fühlte. Er hatte eine unklare Wahrnehmung von Geflüster und von Schritten, die sich rasch entfernten.

Er nahm an, er liege im Bett des Hotels in jenem Ort unten im Tal, aber dort hatte es keine weiße Kante gegeben. Er mußte geschlafen haben und erinnerte sich nun, daß er hatte schlafen wollen. Und dann kam ihm auch die Klippe draußen am Meer wieder ins Gedächtnis ... und daß er da ein Gespräch mit einem Vorübergehenden geführt hatte ...

Wie lange hatte er geschlafen? Nun trappelten wieder Füße, und was war dieses an- und abschwellende Geräusch? Wie das Murmeln eines kleinen Baches über Kieselsteine klang es. Müde streckte er seine Hand nach dem Stuhl aus, auf den er allabendlich seine Uhr zu legen pflegte, und berührte eine glatte, kalte Oberfläche, etwas wie Glas. Er erschrak, drehte sich zur Seite, und dann gelang es ihm mit großer Mühe, sich aufzusetzen. Die Anstrengung hatte ihn schwindlig gemacht, er rieb sich die Augen. Die Umgebung war verwirrend, aber er war klar bei Sinnen, der Schlaf hatte ihm sichtlich wohlgetan. Er lag überhaupt in keinem Bett, wie er dieses Wort verstand, sondern auf einer sehr weichen Matratze in einer Mulde aus dunklem Glas. Um seinen Arm war ein merkwürdiger Apparat aus Gummi so kunstvoll gebunden, daß die Ränder mit der Haut gleichsam verwachsen waren. Es erschreckte ihn, daß seine Haut ausgetrocknet und gelb war. Und dieses seltsame Bett stand in einem Gehäuse aus grünlichem Glas, zu dessen Rahmenwerk jene Leiste gehörte, die er als erstes wahrgenommen hatte. Im Winkel dieses Gehäuses gab es einen Ständer mit glitzernden Apparaten, wie er sie noch nie gesehen hatte; ausschließlich ein Thermometer war ihm vertraut.

Sein gläserner Käfig stand in einem riesigen Raum von sehr schönen Proportionen, mit einem großen, einfachen Bogendurchgang seinem Bett gegenüber. Er erblickte einen Tisch mit einer silberschimmernden Decke und einige elegante, zierliche Stühle; auf dem Tisch eine Anzahl appetitlich angerichteter Schüsseln nebst einer Flasche und zwei Gläsern. Plötzlich verspürte er heftigen Hunger.

Kein Mensch war weit und breit zu sehen. Nach einigem Zögern erhob er sich mühsam und versuchte, auf dem weißen Boden seiner gläsernen Zelle zu stehen, doch er hatte seine Kräfte überschätzt. Er stolperte, streckte die Hand nach einer der glasartigen Wände aus, die zuerst nach außen nachgab und sich dann mit einem leisen Knall in nichts auflöste. Er taumelte in den riesigen Raum hinaus, griff nach dem Tisch, um nicht zu fallen, und warf dabei eines der Gläser zu Boden; es klirrte, zerbrach aber nicht. Müde ließ er sich in einen Stuhl fallen. Die farblose Flüssigkeit, die er sich aus der Flasche einschenkte, war nicht Wasser, sondern ein wohlschmeckendes Getränk, das ihn sogleich kräftigte und anregte.

Der Bogengang, den er vom Bett aus gesehen hatte, führte aus dem prächtigen Raum zu einer Treppenflucht, die in einen geräumigen Quergang mündete. Von dort her drang Stimmengewirr, das von einem tiefen, unablässig summenden Ton begleitet wurde. Er war nun hellwach und horchte so angespannt, daß er darüber die Schüsseln mit den Speisen vergaß.

Plötzlich besann er sich darauf, daß er nackt war. Hastig griff er nach einem schwarzen Gewand, das über einer Stuhllehne neben ihm hing. Darin hüllte er sich ein und setzte sich wieder, zitternd vor Schwäche.

Wo konnte er nur sein? Und wer waren die Menschen, deren Stimmen zu ihm heraufdrangen? War er noch in Boscastle oder hatte man ihn während seines tiefen Schlafes von dort weggebracht?

Er wollte rufen, brachte aber nur einen leisen Ton heraus. Mit unsicheren Schritten ging er wie ein Betrunkener auf das Bogentor zu und langsam die Stufen hinunter. Der lange Gang lief eine kühle Halle in Blau und Purpur entlang und führte auf einen hell beleuchteten Balkon, der wie das Innere eines gigantischen Bauwerks aussah. In der Ferne erblickte er riesige Bauten in einem Stil, der ihm völlig fremd war.

Der Tumult der Stimmen drang jetzt laut und deutlich herauf, und auf dem Balkon standen, den Rücken ihm zugekehrt, gestikulierend drei Männer in lose fallenden, leichten Gewändern. Es klang, als ziehe eine wogende Volksmenge an dem Balkon vorüber, Rufe ertönten, die er nicht klar verstand, sie hörten sich an wie Englisch. »Wach auf!« hallte es im Chor. Da begannen die drei Männer plötzlich zu lachen. Einer von ihnen, ein rothaariger Mensch, wiederholte lachend: »Wach auf! Ja, ja, wenn der Schläfer erwacht ... ja, *wenn*!« Während er das sagte, wandte er die Augen den Gang entlang und erstarrte vor Schreck. Die beiden anderen drehten sich ruckartig um und blieben ebenfalls reglos stehen. Ihre Gesichter nahmen den Ausdruck der

Bestürzung an, einen Ausdruck, der sich allmählich zur Scheu vertiefte.

Plötzlich knickten Grahams Knie ein, der Arm, mit dem er sich gegen einen Pfeiler stützte, sank schlaff herab, er taumelte vornüber und verlor das Bewußtsein.

4

Aufruhr

Grahams letzter Eindruck, ehe er das Bewußtsein verlor, war dröhnendes Glockengeläute. Später erfuhr er, daß er fast eine Stunde lang zwischen Leben und Tod geschwebt hatte. Als er erwachte, lag er wieder auf seinem transparenten Lager und fühlte eine wohlige Wärme seinen Körper durchströmen. Der Apparat an seinem Arm war abgenommen und durch einen Verband ersetzt worden. Das weiße Rahmenwerk umgab ihn noch, doch die grünliche Substanz war verschwunden. Einer der Männer, die er auf dem Balkon gesehen hatte – der im tiefvioletten Gewand –, blickte ihm scharf ins Gesicht.

Die Glocken läuteten immer noch, und es war ihm, als hörte er eine Menge Leute wild durcheinanderschreien. Plötzlich schien sich etwas über diesen Aufruhr zu senken, eine Tür schloß sich.

Graham drehte den Kopf zur Seite. »Was bedeutet das alles?« fragte er leise. »Wo bin ich?«

Er erblickte den rothaarigen Menschen, der ihn entdeckt hatte. Jemand schien zu fragen, was er gesagt hatte, aber die Frage wurde abgewehrt.

Der Mann in Violett antwortete mit weicher Stimme in einem nicht ganz akzentfreien Englisch: »Hier sind Sie absolut sicher. Man hat Sie von dort, wo Sie eingeschlafen waren, zu uns gebracht. Es ist alles in Ordnung. Sie haben einige Zeit hier geschlafen. In einem Trancezustand.«

Er sagte noch etwas Unverständliches, während Graham eine Phiole gereicht wurde. Eine kühlende Substanz zerstäubte über seiner Stirn und erfrischte ihn; befriedigt schloß er die Augen.

»Fühlen Sie sich besser?« fragte der Mann in Violett, als Graham die Augen wieder aufschlug. Der etwa dreißigjährige Flachsblonde hatte ein freundliches Gesicht, trug einen Spitzbart, und sein violettes Gewand zierte am Hals eine goldene Schließe.

»Ja«, antwortete Graham.

»Sie haben einige Zeit geschlafen. In einem kataleptischen Starrkrampf. Schon einmal davon gehört? Es soll Sie nicht beunruhigen, ich kann Ihnen versichern, daß nun alles gut ist.«

Graham forschte in den Gesichtern der drei Männer, die um ihn standen und ihn sonderbar ansahen. Er mußte doch irgendwo in Cornwall sein, aber was hier vor sich ging, war damit nicht in Einklang zu bringen.

Etwas, das ihn während seiner letzten wachen Momente in Boscastle beschäftigt hatte, fiel ihm wieder ein. Etwas, das er tun wollte und dann doch unterlassen hatte. Er räusperte sich.

»Haben Sie meinem Vetter telegraphiert?« fragte er. »E. Warming, Chancery Lane 27.«

Sie hatten sichtlich Mühe, ihn zu verstehen, er mußte die Frage wiederholen.

»Es soll alles nach Ihren Wünschen geschehen, Sir«, meinte der Flachsbärtige, »aber mit dem Telegramm hat es seine Schwierigkeit, da Ihr Vetter nicht mehr in London ist. Das soll Sie nicht beunruhigen.

Sie haben nämlich sehr lange geschlafen, und die Hauptsache ist nun, daß Sie darüber hinwegkommen, Sir.«

Graham versuchte sich einzureden, dieser Mann habe »Sir« gesagt, wenn er auch ganz deutlich »Sire« gehört hatte.

Es war alles sehr rätselhaft, aber offenbar wußten diese Leute in ihren sonderbaren Gewändern, woran sie waren. Sonderbar war auch der Raum, in dem er lag, es mußte wohl ein Neubau sein. Es war doch nicht etwa eine Ausstellungshalle, fragte er sich mißtrauisch. Warming sollte etwas zu hören bekommen, wenn er das zugelassen hatte. Aber nach einer Ausstellungshalle sah der Raum eigentlich nicht aus, zumindest wäre er nicht nackt hier gelegen.

Dann wurde ihm plötzlich und unvermittelt klar, was geschehen war: Dieser Trancezustand hatte eine unvorstellbar lange Zeit gedauert. Es war, als hätte er in den ehrfürchtig staunenden Gesichtern Gedanken gelesen. Sie versuchten ihrerseits, aus seinen Blicken klar zu werden; er starrte sie in ungeheurer Erregung an, war aber unfähig zu sprechen. Tonlos bewegte er die Lippen. Einen Augenblick später beschloß er, sein Wissen für sich zu behalten, damit schwand auch sein Verlangen zu reden. Er zitterte an allen Gliedern.

Sie gaben ihm eine rosafarbene, grünlich schimmernde Flüssigkeit zu trinken, die nach Fleisch schmeckte, und er fühlte seine Kräfte wiederkehren.

»Es geht mir schon besser«, sagte er heiser, und die anderen murmelten Beifall. Nach zwei vergeblichen Versuchen gelang es ihm weiterzusprechen. Er fragte mit ruhiger Stimme: »Wie lange habe ich geschlafen?«

»Eine beträchtliche Zeit«, erwiderte der Flachsbärtige und warf den anderen einen bedeutungsvollen Blick zu.

»Wie lang?«

»Sehr lang.«

»Ja, ja«, sagte Graham eigensinnig, »aber ich will es genau wissen. Sind es Jahre? Viele Jahre? Da war doch etwas – nun habe ich es vergessen. Ich bin ein bißchen verwirrt«, schluchzte er, »aber Sie ... Sie brauchen mit mir nicht Verstecken zu spielen. Wie lange?«

Er preßte die Finger auf die Augen, atmete stoßweise und wartete auf Antwort.

»Fünf oder sechs Jahre?« fragte er mit schwacher Stimme. »Mehr?«

»Sehr viel mehr.«

»*Sehr* viel mehr?«

»Ja.«

Er starrte die Männer durchdringend an, sein Blick war eine einzige stumme Frage.

»Wie lange?« kam es tonlos von seinen Lippen.

»Sie müssen auf eine Überraschung gefaßt sein.«

»Ja?«

»Mehr als ein Gros Jahre.«

Das fremde Wort irritierte ihn. »Mehr als ein *was*?«

Zwei der Männer tuschelten miteinander, er glaubte das Wort »Dezimalsystem« zu hören.

»Wie lange, sagten Sie? Schauen Sie mich nicht so an, sagen Sie es mir endlich.«

Von den Bemerkungen, die im Flüsterton gemacht wurden, fing er vier Worte auf: »Mehr als zwei Jahrhunderte.«

»Was?« schrie er und wandte sich dem Jüngsten zu: »Zwei Jahrhunderte?«

»Ja«, sagte der Rotbärtige ruhig und bestimmt, »zweihundert Jahre.«

Graham wiederholte die Worte. Er war darauf gefaßt gewesen, von einer unendlich langen Ruhe zu hören, die nüchtern ausgesprochene Anzahl der Jahre konnte er nicht begreifen. Es war, als täte sich sehr langsam ein ungeheurer Abgrund vor ihm auf.

Es folgte eine Pause. Graham betrachtete stumm die Gesichter der anderen und sah, daß das, was er gehört hatte, wahr sein mußte.

»Aber das kann doch nicht sein«, sagte er eigensinnig. »Ich träume ja. Ein Trancezustand – der dauert doch nicht ewig. Sie sollen sich keinen üblen Scherz mit mir erlauben – das ist nicht fair. Sagen Sie mir doch, daß ich vor ein paar Tagen noch an der Küste von Cornwall spazierengegangen bin –« Ihm versagte die Stimme.

Der Mann mit dem Flachsbart zögerte. »In Geschichte bin ich nicht sehr gut beschlagen«, sagte er leise und blickte die anderen an.

»Ganz richtig, Sire«, bestätigte der Junge. »Boscastle im ehemaligen Herzogtum Cornwall – im Südwesten hinter dem ausgedehnten Weideland. Dort steht heute noch ein Haus, ich habe es selbst gesehen.«

»Boscastle!« rief Graham erleichtert aus, »ja, so hieß es. Das liebe kleine Boscastle! Dort irgendwo bin ich eingeschlafen.«

Er hielt sich die Hand an die Stirn und flüsterte: »Mehr als zweihundert Jahre ... wenn das wahr ist, dann muß doch jeder Mensch, den ich kenne, den ich je gesehen oder gesprochen habe, längst gestorben sein?«

Niemand antwortete.

»Die Königin und die königliche Familie, Kirche

und Staat, hoch und niedrig, reich und arm, einer wie der andere ... Existiert England überhaupt noch? ... Das ist ein Trost. Und London? ... Das *ist* wohl London, was? Und ich bin der Kustos, und Sie sind alle meine Assistenten, was?«

Seine starren Gesichtszüge waren von Entsetzen gezeichnet. »Aber warum bin ich hier? Nein – reden Sie nicht, schweigen Sie! Lassen Sie mich ...«

Er verstummte. Man reichte ihm nochmals ein Glas voll irisierender Flüssigkeit, die ihn sogleich stärkte. Plötzlich starrte er ihnen ins Gesicht und lachte töricht. »Zwei-hun-dert Jahre!« Er verbarg das Gesicht in den Händen.

Nach einiger Zeit wurde er ruhig. Nun saß er da, die Hände schlaff herabhängend, in Haltung und Gebärde derselbe Graham, den Isbister damals auf den Klippen von Pentargen gefunden hatte. Plötzlich horchte er auf. Schritte näherten sich, jemand sprach mit befehlsgewohnter Stimme.

»Was geht hier vor? Warum hat man mich nicht verständigt? Dafür wird jemand zu büßen haben. Der Mann muß ruhig gehalten werden. Sind die Türen geschlossen? Alle? Er muß völlig ruhig gehalten werden und darf nichts erfahren. Hat man ihm schon etwas gesagt?«

Der Mann mit dem blonden Bart machte eine leise Bemerkung, und Graham sah, über die Schulter blikkend, einen Menschen herankommen, der wunderlich aussah. Untersetzt, dick und bartlos – Adlernase, Stiernacken und vorgestrecktes Kinn waren an sich schon keine attraktiven Merkmale, doch die über tiefliegenden Augen buschig gewachsenen Brauen, die an der Nasenwurzel fast zusammentrafen, machten ihn fast unheimlich. Nach einem kurzen, finsteren Blick auf Graham wandte er sich wieder dem Mann mit dem Flachsbart zu. »Die beiden da«, fauchte er aufs äußerste gereizt, »können gehen.«

»Gehen?« fragte der Rotbärtige.

»Ja, gehen habe ich gesagt. Aber achten Sie darauf, daß die Türen hinter Ihnen geschlossen werden.«

Die beiden gehorchten, verließen den Raum aber nicht durch den Bogengang, sondern gingen schnurstracks auf die gegenüberliegende Wand zu, die keine Türe hatte. Und dann geschah etwas Seltsames: Ein breiter Abschnitt dieser scheinbar festgefügten Mauer rollte schnappend hoch und senkte sich wieder, sobald die Männer das geheimnisvolle Tor durchschritten hatten. Graham war nun mit dem eben angekommenen und dem Mann mit dem Flachsbart allein.

Der Untersetzte nahm zunächst keine Notiz von Graham, sondern fragte den anderen im Ton eines strengen Vorgesetzten über die Behandlung des Schutzbefohlenen aus. Er sprach deutlich, aber in Phrasen, die Graham nur zum Teil verstand. Er schien sehr erregt und über Grahams Erwachen nicht nur bestürzt, sondern auch verärgert zu sein. »Sie dürfen ihn nicht verwirren, indem Sie ihm alles mögliche erzählen«, sagte er immer wieder, »ihn *ja* nicht verwirren!«

Als das Verhör zu Ende war, wandte er sich mit einem prüfenden Blick Graham zu.

»Sie fühlen sich eigenartig?« fragte er.

»Sehr eigenartig.«

»Was Sie von der Welt sehen, scheint Ihnen wohl seltsam?«

»Wie seltsam sie auch scheint, ich werde vermutlich in ihr leben müssen.«

»Vermutlich ja.«

»Könnte ich nicht zunächst einmal etwas zum Anziehen bekommen?«

Der Flachsbärtige entfernte sich, nachdem sich der Untersetzte durch einen Blick mit ihm verständigt hatte. »Sie werden sehr bald Kleider haben.«

»Ist es denn wirklich wahr, daß ich zweihundert Jahre geschlafen habe?«

»Hat man Ihnen das gesagt? Ja, zweihundertunddrei Jahre sind es genau.«

Eine Weile saß Graham schweigend da. Dann fragte er: »Ist hier irgendwo eine Mühle oder ein Dynamo in der Nähe?« Ohne eine Antwort abzuwarten, fuhr er fort: »Die Welt hat sich wohl ungeheuer verändert, nicht wahr?« Das klang müde und resigniert. Gleich darauf schrak er hoch: »Was ist das plötzlich für ein Rufen?«

»Nichts«, entgegnete der andere ungeduldig. »Da unten sind Leute. Das werden Sie später erst verstehen – vielleicht. Es hat sich eben mittlerweile sehr viel gewandelt.«

Mit gerunzelter Stirn blickte er unruhig umher, wie jemand, der in einer ernsten Lage eine Entscheidung zu fällen hat. »Kleidung und was Sie sonst brauchen, wird angefertigt. Sie sollen hier darauf warten. Hier kommt Ihnen niemand nahe. Eine Rasur haben Sie auch nötig.«

Graham rieb sich das Kinn.

Der Mann mit dem Flachsbart kam zurück, hörte das Rufen und eilte mit einem besorgten Blick auf den älteren durch den Bogengang auf den Balkon zu.

Das Rufen schwoll zu einem Geschrei an, das den Untersetzten sichtlich irritierte. Er fluchte leise vor sich hin und blickte unfreundlich auf Graham. Es war wie eine Brandung unzähliger Stimmen im Chor, der anschwoll und verebbte, dazwischen gellende Schreie und Gekreisch, dann wieder ein seltsames Knacken wie das Brechen dürrer Zweige.

Nach einiger Zeit kam in das chaotische Gebrüll ein eigentümlicher Rhythmus, ein kurzer Satz erscholl wieder und wieder. Graham horchte angespannt. Er traute zunächst seinen Ohren nicht, aber da war er nun ganz deutlich wieder, der Ruf: »Wir wollen unsern Schläfer sehen!«

Der Untersetzte stürzte zum Bogentor. »Die Masse ist außer Rand und Band geraten. Woher wissen sie –? Wissen sie oder vermuten sie nur?« rief er.

Jemand gab Antwort.

»Ich kann hier nicht weg, ich habe für *ihn* zu sorgen. Rufen Sie vom Balkon hinunter. Sagen Sie, er ist nicht wach. Sagen Sie, was Sie wollen.«

Er eilte wieder auf Graham zu. »Sie werden sofort Kleider bekommen. Hier können Sie nicht bleiben …« Er stürzte weg, während Graham ihm Fragen nachrief; gleich darauf war er wieder da. »Ich kann Ihnen nicht erzählen, was vorgeht, es ist zu kompliziert. Ihre Kleider werden sofort angefertigt sein. Und dann kann ich Sie von hier fortbringen. Sie werden unsere Probleme bald genug begreifen.«

»Aber diese Stimmen, sie riefen …«

»Etwas vom Schläfer. Das sind *Sie*. Die Masse hat irgendeine verschrobene Idee. Genaueres weiß ich nicht. Ich weiß überhaupt nichts.«

Eine schrille Glocke ertönte. Der Mann stürzte in eine Ecke, wo er sich komplizierter technischer Vorrichtungen bediente. Graham betrachtete ihn sprachlos vor Staunen. Er hörte ihn unverständliche Worte sagen, zu jemandem, der nicht da war, er sah ihn zustimmend nicken und aufmerksam eine Kristallkugel betrachten. Nun ging er auf die Wand zu, durch die die beiden anderen verschwunden waren, und wieder rollte sie wie ein Vorhang auf. Er blieb wartend davor stehen.

Der Flachsbärtige kam durch den Bogengang zurück, gleichzeitig glitt vor dem Untersetzten lautlos ein Lift herunter, dem, mit einer Rolle unter dem Arm, ein schmächtiger älterer Mann in einem enganliegenden grünen Gewand entstieg.

»Das ist der Schneider«, erklärte der Untersetzte mit einer Handbewegung. »Das Schwarz da können Sie doch nicht tragen. Ich verstehe gar nicht, wie es hergekommen ist. Aber ich werde daraufkommen, sicher sogar.« Dann fragte er den Schneider: »Und Sie werden sich beeilen, ja?«

Der Mann in Grün verneigte sich und setzte sich neben Graham auf das Bett. Er verhielt sich ruhig, nur aus seinen Augen sprach Neugier. »Sie werden die Mode verändert finden, Sire«, sagte er mit einem Seitenblick zum Untersetzten.

Mit einer flinken Bewegung öffnete er die Rolle und breitete eine ganze Kollektion glänzender weicher Gewebe aus. »In der Viktorianischen Zeit, Sire, in der Sie lebten, hatte man viel für zylindrische Formen übrig – bei Hüten neigte man zur Halbkugel – heute aber …«, und damit zog er einen zierlichen Apparat hervor, der die Größe einer Taschenuhr hatte und auch so aussah. Er drückte auf einen Knopf. Auf dem Zifferblatt erschien eine winzige Gestalt in weißer Seide, die herumspazierte und sich drehte. Der Schneider griff nach einem bläulich-weißen Satin aus der Kollektion. »So etwas stelle ich mir zunächst für Sie vor, Sire.«

Der Untersetzte kam näher und stellte sich neben Graham. »Wir haben sehr wenig Zeit«, sagte er.

»Verlassen Sie sich auf mich«, sagte der Schneider. »Meine Maschine wird sofort da sein.«

»Was ist denn das?« fragte Graham.

»Zu Ihrer Zeit, Sire, legte man dem Kunden ein Modejournal vor, heute werden ihm die Kreationen auf diese Weise vorgeführt.« Wieder ein Druck auf den Knopf, und die tänzelnde Gestalt erschien von neuem auf dem Zifferblatt, diesmal in einem anderen Kostüm. So ging es in flotter Folge weiter, während der Schneider bereits ungeduldig den Lift beobachtete. Da glitt die Kabine herab, und ein anämischer Bursche erschien, ein Chinese in grober blauer Arbeitsuniform mit einer komplizierten Maschine, die er geräuschlos ins Zimmer schob. Graham wurde zum Maßnehmen vor die Maschine gebeten, und der Schneider gab dem Burschen Instruktionen, die dieser mit einigen Worten entgegennahm; Graham verstand nicht ein einziges Wort davon.

Die Maßmaschine bestand aus etwa vierzig kleinen Scheiben, die auf ausziehbaren, mit Kerben versehenen Armen befestigt waren. Diese Scheiben legte der Schneider in einer bestimmten Reihenfolge gegen Grahams Körper. Im selben Augenblick betrat eine weitere Person den Raum. Der Schneider setzte einen Mechanismus in Gang, und die Maschine geriet sekundenlang in rhythmische Bewegung. Im nächsten Moment schlug er den Hebel auch schon zurück, und Graham war befreit. Der Flachsbärtige reichte ihm wieder ein Glas mit der erfrischenden Flüssigkeit, und der Schneider hängte ihm den schwarzen Mantel um. Der Chinese reichte dem Schneider eine Rolle des bläulichen Satins, den sie gemeinsam in dem Mechanismus befestigten; die Vorrichtung erinnerte an die Papierwalze in einer Druckerei des 19. Jahrhunderts. Dann schoben sie das Ganze auf geräuschlosen Rollen quer durch den Raum in einen entfernten Winkel, schlossen den Kontakt, und die Maschine begann zu surren.

»Ist das eine Art aufgespeicherter Kraft?« fragte Graham.

»Ja«, war die lakonische Antwort.

»Und wer ist das nun wieder?« fragte er den Flachsbärtigen und deutete auf den Bogengang.

Flüsternd erwiderte der andere: »Das ist Howard, Ihr Kurator, Sire. Die Erklärung ist etwas schwierig: Der Oberste Rat ernennt einen Kurator und einen Assistenten. Diese Halle war, mit gewissen Einschränkungen, öffentlich zugänglich. Das Volk soll an allem teilhaben können. Wir haben die Türen zum ersten Mal versperrt. Aber wenn Sie nichts dagegen haben, wird er selbst Ihnen alles weitere erklären.«

»Warum starrt dieser Mensch, der aus dem Lift gestiegen ist, mich unentwegt an? Will er mich hypnotisieren?«

»Nein. Er ist Kapillotom, einer der besten seines Faches. Sein Jahresgehalt beträgt sechsdut Löwen.« Als er sah, daß Graham diesen Satz für einen Scherz oder doch zumindest für reinen Unsinn hielt, besann er sich. »Ach, Sie rechneten ja noch nach Pfund Sterling. Das ist lange her. Jetzt heißt unser gesetzliches Zahlungsmittel Löwe, und mittlerweile gab es auch die Umrechnung auf das Dezimalsystem. Sechsdut sind sechs Dutzend. Hier kommen übrigens Ihre Gewänder.«

Graham drehte sich um und sah den Schneider lächelnd einige funkelnagelneue Gewänder auf dem Arm bereithalten. Der Chinese schob die komplizierte Maschine mit einem Finger auf den Lift zu. Graham starrte zuerst die Gewänder und dann den Schneider an. »Sie wollen doch nicht sagen –«

»Eben fertig geworden.« Während er Graham beim Ankleiden half, rief das Schrillen der Glocke den Untersetzten wieder in den äußersten Winkel des Raumes. Der Flachsbärtige stürzte ihm nach und lief dann schnurstracks zum Balkon. Gleich darauf kam er zurück, und die beiden flüsterten aufgeregt miteinander.

Graham musterte sich im Spiegel. Über einem dunkelpurpurnen Unterkleid – Strümpfe, Hose und Leibchen aus einem Stück – trug er ein kompliziertes Gewand aus bläulichem Weiß. »Ich muß mich rasieren«, sagte er.

»Einen Augenblick«, ertönte plötzlich Howards Stimme. »Einen Stuhl!« befahl er ungeduldig, und der Flachsbärtige holte dienstbeflissen die Sitzgelegenheit herbei. »Bitte nehmen Sie Platz«, sagte Howard.

Der junge Mann, den der Flachsbärtige als Kapillotomen bezeichnet hatte, kam herbei, prüfte Graham mit Kennerblick, befühlte seinen Hinterkopf und hätte sich zu eingehender Betrachtung gern mehr Zeit genommen, wäre nicht Howards Ungeduld hörbar gewesen. Mit flinken Bewegungen und einer Serie geschickt gehandhabter Instrumente rasierte er Graham das Kinn und stutzte den Schnurrbart, dann schnitt er ihm das Haupthaar. All dies tat er ohne ein Wort, aber mit der verzückten Miene eines inspirierten Künstlers. Als der Kapillotom sein Werk vollendet hatte, wurde Graham ein Paar Schuhe gereicht.

Plötzlich erklang – offenbar aus einem der geheimnisvollen Apparate in der Ecke – eine laute Stimme: »An alle – an alle! Die ganze Stadt weiß es bereits. Nicht länger warten, Arbeitsniederlegung – Aufmarsch – nicht länger warten – alle Räder stehen still.«

Dieser Aufruf schien Howard aus der Fassung zu bringen. Aus seinen Gesten war zu entnehmen, daß er zwischen zwei Richtungen zögerte. Er eilte zu den Apparaten in der Ecke, die um eine Kristallkugel gruppiert waren. Unterdessen schwoll das Rufen vom Bogentor her plötzlich an wie ein Orkan, der vorüberfegte, um gleich danach wieder schwächer zu werden, als käme etwas Bedrohliches näher und wiche wieder zurück.

Graham handelte unter unwiderstehlichem Zwang, als er nach einem kurzen Blick auf den untersetzten Menschen mit einem Satz das Tor erreichte und den Bogengang hinunterrannte, bis er draußen auf dem Balkon war.

5

Die gleitenden Straßen

Er trat an die Brüstung des Balkons und starrte nach oben. Aus dem weiten Raum erscholl plötzlich aus unzähligen Kehlen ein Aufschrei der Überraschung.

Sein erster Eindruck war der einer überwältigenden Architektur. Er sah vor sich den Flügel eines gigantischen Gebäudes, das sich nach allen Seiten hin fortzusetzen schien. Ein ungeheures Dach aus durchsichtigem Material schloß den Himmel aus. Kugelförmige Leuchtkörper gaben ein unnatürlich weißes, kaltes Licht. Hängebrücken mit Fußgängern führten über den Abgrund, Taue und Kabel verschiedener Stärke waren nahe am Dach befestigt, und Spruchbänder in unbekannter Schrift verwirrten den Betrachter vollends. In einem weit entfernten Teil des Riesengebäudes erblickte er die winzige Gestalt eines Menschen in blauem Arbeitsanzug. Er hantierte unter einem Mauervorsprung, an dem Kabel befestigt waren, mit einigen nahezu unsichtbaren Tauen. Plötzlich schwang sich dieser Mensch in den freien Raum hinaus und fuhr aus schwindelnder Höhe in die Tiefe, als sei das die natürlichste Sache der Welt. Graham stockte der Atem, doch schon sah er die kleine Gestalt unten völlig unversehrt durch eine Öffnung am Rand der Straße verschwinden.

Das alles hatte Grahams Aufmerksamkeit so sehr in Anspruch genommen, daß er sonst nichts sah. Und nun entdeckte er plötzlich die Straße. Was sich da seinen Augen bot, war unfaßbar. Für den Menschen des 19. Jahrhunderts waren Straßen und Chausseen planmäßig angelegte Verbindungswege aus festgestampfter Erde, auf denen pferdebespannte Fuhrwerke dahinzogen; wer zu Fuß unterwegs war, ging am Straßenrand seines Weges. Aber diese Straße war hundert Meter breit, und sie bewegte sich.

Zunächst traute er seinen Augen nicht, doch nach längerem Betrachten verstand er, wie hier das Verkehrsproblem gelöst war:

Unter dem Balkon, auf dem er stand, schoß eine endlose Fahrbahn mit schmalen, stufenförmig angeordneten Querplatten dahin. Gelenkverbindungen ermöglichten das Fahren in Kurven. Auf dieser Fahrbahn standen Bänke, hie und da auch kleine Kioske, aber sie fegten zu rasch vorbei, als daß er hätte sehen können, was sich darin befand. Von dieser höchsten und schnellsten Bahn führte eine Reihe anderer bis zur Straßenmitte hinunter; jede bewegte sich merklich langsamer als die nächsthöhere, so daß man ohne Schwierigkeit von einer Fahrbahn zur nächsten umsteigen konnte. So gelangte man mühelos und ohne jede Gefährdung bis zur Straßenmitte hinunter, die stabil und den Fußgängern vorbehalten war. Jenseits dieses Mittelstreifens spielte sich der Verkehr aus der Gegenrichtung auf dieselbe Weise ab. Eine unabsehbare Menschenmenge bevölkerte diese merkwürdige Straße. Die einen saßen in Gruppen auf den zwei breitesten und schnellsten Fahrbahnen, andere traten die Stufen hinunter, und unten auf dem Mittelstück schwärmten unbehindert die Fußgänger.

»Hier dürfen Sie nicht bleiben«, rief Howard plötzlich an seiner Seite, »kommen Sie sofort mit!«

Graham gab keine Antwort. Sein Erscheinen hatte die Massen in Bewegung gebracht. Die Leute schienen die laufenden Fahrbahnen auf beiden Seiten hinaufgedrängt und gegen ihren Willen davongetragen zu werden. Sie sprangen ab und liefen zurück, um die Sensation nicht zu versäumen.

»Es ist der Schläfer. Seht doch, es ist wirklich der Schläfer!« riefen Stimmen. »Ach wo, das ist niemals der Schläfer«, riefen andere. Immer mehr Gesichter wandten sich ihm zu. Auf dem Mittelstreifen zwischen den Fahrbahnen sah Graham Eingänge zu Treppen, die hinunterführten; sie waren von Menschen bevölkert. Um den nächstliegenden Eingang schien es einen Kampf zu geben. Das Volk lief die gleitenden Fahrbahnen hinunter, geschickt von einer Ebene zur anderen steigend – offenbar wollte jeder sehen, was sich da abspielte. Jene, die sich auf den höheren Fahrbahnen drängten, schienen ihr Interesse zwischen dem umkämpften Eingang und dem Balkon zu teilen. Kräftige kleine Gestalten in roten Uniformen waren dabei, diesen Eingang abzusperren; um sie sammelte sich rasch eine Volksmenge. Zwei Parteien, die sich in der Farbe ihrer Gewänder unterschieden, lagen im Streit miteinander.

Graham, der reglos neben Howard auf dem Balkon stand, sah das alles und wußte nichts damit anzufangen. Und dann war Howard plötzlich verschwunden, und er stand allein.

Er merkte, daß die Rufe »Der Schläfer!« immer lauter wurden, daß das Volk auf der obersten Fahrbahn vor seinem Balkon aufstand, um ihm nahe zu bleiben. Drüben auf der fernen Gegenfahrbahn spielte sich der gleiche Vorgang ab, alles strömte zum Mittelstreifen hinunter, auf dem sich in kürzester Zeit eine ungeheure Menschenmenge ansammelte. Tücher wurden geschwenkt, die Jubelrufe wurden immer gellender und arteten schließlich in hysterisches Geschrei aus. »Der Schläfer, der Schläfer!« Dazwischen hörte man: »Die Straßen anhalten!« Einzelne Gruppen riefen auch einen Namen, den Graham noch nie gehört hatte, es klang wie »Ostrog«.

Graham stand regungslos, und es dauerte eine Weile, bis ihm bewußt wurde, daß diese Ovationen ihm galten. Ihm machte diese seltsame Beliebtheit beim Volk plötzlich Freude, er verbeugte sich, und nach einer noch wirkungsvolleren Geste suchend, riß er den rechten Arm hoch. Die Reaktion, die diese Geste hervorrief, war ungeheuer, sie glich einem Aufruhr. Der Tumult um den Eingang zur Treppe wurde immer heftiger, immer mehr Menschen strömten herbei, sie glitten an Kabeln herunter, fegten in trapezartigen Sitzen durch den weiten Raum, und schon hörte er hinter sich rufende Stimmen; es waren Leute in das Gebäude eingedrungen und hatten sich durch den Bogengang Zutritt zu ihm verschafft. Plötzlich war sein Kurator Howard wieder da und packte ihn heftig am Arm. Graham drehte sich um. Howards Gesicht war leichenblaß. »Zurück!« schrie er. »Sie werden den Verkehr zum Erliegen bringen, es wird in der ganzen Stadt ein Chaos geben.«

Hinter Howard kam eine größere Anzahl von Leuten durch den Bogengang geeilt: der Rothaarige, der Flachsbärtige, ein hochgewachsener Mann in Scharlachrot, eine Menge anderer Gestalten, ebenfalls rot uniformiert, jeder mit einem Schlagstock in der Hand, und alle diese Leute schienen im Dienst und ängstlich besorgt zu sein.

»Bringen Sie ihn weg!« befahl Howard.

»Aber warum?« fragte Graham verständnislos. »Ich sehe nicht ein –«

»Sie kommen mit«, sagte der Mann in Scharlachrot mit resoluter Stimme. Sein Gesicht und seine Augen waren nicht minder resolut. Grahams Blicke wanderten von Gesicht zu Gesicht, und er spürte urplötzlich jenen unangenehmsten Geschmack auf den Lippen, den der Mensch erfahren kann: den Zwang. Irgend jemand faßte ihn am Arm, er wurde fortgezogen. Es war ihm, als hätte sich der Aufruhr zum Teil von der Straße herauf in die Gänge des Gebäudes verlagert. Verwundert und verwirrt, mit dem ohnmächtigen Wunsch, Widerstand zu leisten, wurde Graham, halb gestoßen, den blauen Bogengang entlanggeführt, bis er plötzlich mit Howard allein in einem Lift stand, der rasch nach oben stieg.

6

Die Halle des Atlas

Von dem Augenblick an, als der Schneider sich zum Abschied verbeugt hatte, bis zu dem Moment, da Graham sich im Lift sah, waren nicht mehr als fünf Minuten verstrichen. Noch ging er nach dieser ungeheuren Zeit des Schlafes wie im Nebel umher, er war sich selbst ein Fremder; mit dem Verstand war nicht zu fassen, was er erlebte, er nahm es hin wie einen realistischen Traum. Ein Zuschauer war er, der noch nicht aktiv am Leben teilnahm. Was er gesehen hatte, erfüllte ihn mit grenzenlosem Staunen, und der Tumult der Massen war wie ein Schauspiel, das man von einer Theaterloge aus sieht.

»Ich verstehe nichts von allem, was hier vorgeht. In meinem Kopf dreht sich alles. Was haben die Leute denn geschrien, und worin liegt die Gefahr?«

»Es gibt Unruhen«, sagte Howard. Seine Augen mieden Grahams fragenden Blick. »Eine neue Zeit bricht an. Und Ihr Erscheinen – daß Sie gerade jetzt erwachten – steht in einem gewissen Zusammenhang damit.« Er sprach stoßweise, als fiele ihm das Atmen schwer.

»Ich begreife nicht –«, wollte Graham fortfahren zu fragen.

»Es wird Ihnen später klarwerden.« Howard blickte unruhig nach oben, als sei ihm der Lift nicht schnell genug.

»Vermutlich werde ich es besser verstehen, wenn ich mich erst einmal ein wenig eingelebt habe. Vorläufig – und das kann wohl nicht anders sein – ist alles ungeheuer verwirrend.«

Der Lift hielt, und sie traten in einen engen, langen Gang hinaus. An den hohen Wänden sah man Rohrleitungen und dicke Kabel. »Ist das alles ein einziges Gebäude? Wo sind wir hier?«

»In der Zentrale für öffentliche Dienste. Von hier aus wird unter anderem die Stadt mit Licht und Wärme versorgt.«

»Waren das soziale Unruhen, auf dem großen Straßenplatz da unten? Wie werden Sie denn regiert? Haben Sie noch eine Polizei?«

»Mehrere.«

»Mehrere? Tatsächlich?«

»Etwa vierzehn. Unsere soziale Ordnung wird Ihnen wahrscheinlich sehr kompliziert erscheinen. Offen gestanden, ich verstehe sie selbst nicht allzu genau. Niemand kann das. *Sie* vielleicht – später. Doch nun müssen wir zum Obersten Rat.«

Graham konnte sich nur kurz auf Howard und seine zögernd gegebenen Antworten konzentrieren, dann nahm etwas anderes seine Aufmerksamkeit in Anspruch: Sie begegneten in den Hallen und Korridoren vor allem Männern in roter Uniform, die grobe blaue Einheitskleidung war hier nicht zu sehen. Diese Leute grüßten ihn und Howard im Vorübergehen.

Nun betraten sie einen langen Korridor, in dem Mädchen wie in einem Schulzimmer auf niedrigen Stühlen saßen. Es war kein Lehrer da, nur einer jener neuen Apparate, aus dem eine Stimme zu den Schülerinnen sprach. Die Mädchen sahen ihn und seinen Begleiter neugierig an, sie schienen Howard zu kennen und sich zu fragen, wen er da wohl mitbrachte. Dieser Howard war anscheinend ein bedeutender Mann, aber schließlich fungierte auch er nur als Grahams Kurator.

Immer weiter ging der Weg durch Gänge und Galerien. Die vielen neuen Eindrücke hatten Graham ermüdet, und er bat Howard, seinen Schritt zu verlangsamen. Zufällige Passanten drehten sich erstaunt um und starrten den beiden mit ihren rot uniformierten Wachen nach. Dann ging es in schwindelerregender Höhe über eine Brücke aus Glas quer über die Straße. Tief unten – es mochten nach seiner Berechnung über hundert Meter sein – sah er noch immer die Volksmenge gestikulieren, das Schreien drang jedoch nur sehr gedämpft herauf. Der Aufruhr war mittlerweile zur offenen Rebellion geworden, er sah die Rotuniformierten mit Stöcken und Knüppeln auf die dichte Menge losschlagen. Er wollte stehenbleiben, um die Szene durch den Glasboden genauer zu betrachten. »Weiter!« befahl Howard. Die Wachen, die sie begleiteten, schienen bereit, seinen Gehorsam zu erzwingen.

Die Korridore und Hallen, die sie durchschritten, schienen kein Ende zu nehmen. Im Weitergehen erblickte Graham am Ende des Ganges einige Neger in schwarz-gelber, enganliegender Livree, offenbar Diener, die Besucher durch eine geheimnisvolle Tür in ein Vorzimmer zu geleiten hatten. Dort standen sie endlich vor einem imposanten, schwer verhangenen und bewachten Portal und wurden in einen Raum von riesenhaften Proportionen eingelassen.

Die Räume, die Graham bisher gesehen hatte, waren durchwegs kahl und nüchtern gewesen, dieser Saal aber war ungemein prunkvoll ausgestattet. Auf einem

Sockel stand, in gleißendes Licht getaucht, eine gigantische Atlasfigur aus weißem Marmor. Graham war zutiefst beeindruckt von der Skulptur mit dem Erdball auf den Schultern, so riesig, so geduldig und so schmerzhaft-real stand sie in der unendlich weiten Halle. Der Fußboden war eine glänzende Leere, fern im Raum stand auf dieser Riesenfläche eine Estrade, auf der eine Gruppe von sieben Männern um einen Tisch versammelt war. Sie waren alle in weiße Gewänder gekleidet, hatten sich eben von ihren Sitzen erhoben und blickten Graham entgegen. Am Ende des Konferenztisches glitzerten einige kleine Apparate.

Howard führte ihn bis zum Monument, das »die ganze Welt der Schmerzen trug«. Dann blieb er stehen, und die zwei Männer in Rot pflanzten sich zu beiden Seiten Grahams auf.

»Sie müssen hier stehenbleiben«, murmelte Howard. Ohne eine Antwort abzuwarten, eilte er davon.

»Aber warum –?« begann Graham und machte Miene, ihm zu folgen, als auch schon einer der Roten ihm den Weg vertrat.

»Sie haben hier zu warten, Sire.«

»Warum?«

»Befehl, Sire.«

»Wessen Befehl?«

»*Unser* Befehl, Sire.«

Graham sah den anderen erbittert an. »Wo befinde ich mich, und wer sind diese Leute?«

»Es sind die Herren vom Obersten Rat, Sire.«

Das also war der Oberste Rat. Er sah, daß es jetzt acht Männer waren, obgleich er nicht bemerkt hatte, wie der achte sich ihnen angeschlossen hatte. Es gab keine Gesten der Begrüßung, sie standen da und sahen

Graham an, wie im fernen neunzehnten Jahrhundert eine Gruppe Menschen hätte auf der Straße stehen und ungläubig einen Ballon ansehen können, der plötzlich in ihr Blickfeld kam. Wer war dieser sogenannte Rat, der hier, abgeschirmt und abgeschlossen gegen jeden Lauscher, versammelt war, und warum ließ man ihn vorführen? Howard erschien nun vor der Estrade und führte einige abgezirkelte Bewegungen aus, die wohl eine Art Zeremoniell sein mochten. Dann stieg er die Stufen hinauf, blieb bei dem Apparat am Ende des Tisches stehen, und es folgte eine Unterredung, die Graham endlos schien. Gelegentlich warf einer der Weißgekleideten einen Blick auf ihn. Einmal streckte Howard wie zum Protest die Arme aus und schüttelte den Kopf. Er wurde von einem Funktionär, der auf den Tisch klopfte, unterbrochen. Da es Graham trotz aller Anstrengung nicht gelang, auch nur ein Wort aufzuschnappen, betrachtete er die kunstvoll geschmückten Wände dieser Riesenhalle. Endlich stieg Howard die Stufen herunter, und als er näher kam, merkte man, wie erregt er war. Schwer atmend und mit verstörtem Gesichtsausdruck stand er vor Graham.

»Hier entlang«, sagte er knapp. Sie gingen schweigend auf eine Tür zu, die sich bei ihrem Näherkommen selbsttätig öffnete. Die beiden Rotuniformierten bezogen zu beiden Seiten der Tür Posten. Im Hineingehen blickte Graham zurück und sah den Obersten Rat noch in einer Gruppe beisammen stehen. Alle schauten ihm nach. Dann fiel die Tür schwer ins Schloß, und zum ersten Mal seit seinem Erwachen war es vollkommen still um ihn; auch seine eigenen Schritte waren nicht zu hören.

Howard öffnete eine weitere Tür, und sie standen im

ersten von zwei ineinandergehenden Zimmern, die in Weiß und Grün gehalten waren.

»Wer sind diese Leute vom Obersten Rat?« begann Graham sogleich. »Worüber berieten sie, und was hat das mit mir zu tun?«

Howard schloß die Tür sorgfältig und seufzte tief auf. Er ging schräg durchs Zimmer, drehte sich um und sagte erleichtert: »Uff!«

Graham stand da und sah ihn an.

»Zunächst einmal muß ich Ihnen sagen«, begann Howard und vermied es, Graham anzusehen, »daß wir eine sehr komplizierte Gesellschaftsordnung haben. Aus einer halben Information, einer ungeschickten Darstellung würden Sie ganz falsche Schlüsse ziehen. Kurz gesagt – es geht hier zum Teil um Zins und Zinseszinsen – Ihr kleines Vermögen und das Vermögen Ihres Vetters Warming, das Sie geerbt haben, sowie gewisse andere, ursprünglich kleine Investitionen sind mittlerweile beträchtlich angewachsen. Auch auf eine andere Weise, die Sie zunächst nur schwer verstehen werden, sind Sie ein bedeutender Mann geworden – ein Mann von überragender Bedeutung, der in weltweite Probleme verwickelt ist.«

»Ja?« fragte Graham gedehnt.

»Wir haben heftige soziale Unruhen.«

»Ja?«

»Die Dinge liegen nun so, daß es – kurz –, daß es ratsam erscheint, Sie hier in Schutzhaft zu nehmen.«

»Mich gefangenzuhalten?« rief Graham empört.

»Nun – Sie zu bitten, sich abgeschlossen zu halten. Es tut Ihnen niemand etwas zuleid, aber Sie müssen hier in Gewahrsam bleiben.«

»Vermutlich, bis ich gelernt habe, welche Position ich einnehme.«

»Genau solange.«

»Also gut. Fangen wir gleich an: Warum sagten Sie *zuleid*?«

»Nicht jetzt.«

»Warum nicht?«

»Das ist eine zu lange Geschichte, Sire.«

»Um so mehr Grund, sofort damit zu beginnen. Sie sagen, ich bin ein Mann von überragender Bedeutung. Warum schreit die Volksmenge und regt sich auf, weil mein Schlaf zu Ende ist, und wer sind diese Männer in Weiß in dem riesigen Konferenzraum?«

»Alles zu seiner Zeit, Sire. Nicht alles auf einmal. Wir erleben eine Zeit des Umbruchs, in der jeder seinen klaren Kopf verliert. Ihr Erwachen, Sire – niemand hat damit gerechnet. Der Oberste Rat faßt Entschlüsse.«

»Welcher Oberste Rat?«

»Der, den Sie gesehen haben.«

»Das ist ungeheuerlich«, sagte Graham gereizt, »man müßte mir doch sagen, was hier vorgeht.«

»Sie müssen warten, Sire, zunächst nur warten.«

Graham setzte sich. »Da ich so unermeßlich lang gewartet habe, bis mein Leben neu begann, muß ich noch ein wenig länger warten können.«

»So ist es und nicht anders. Und ich muß Sie nun allein lassen. Nur eine Zeitlang, solange ich an der Diskussion im Obersten Rat teilnehme ... Entschuldigen Sie mich.«

Er ging auf die Tür zu, zögerte und verschwand. Auch Graham ging zur Tür und versuchte sie zu öffnen. Sie ging nicht auf; den Grund dafür konnte er nicht begreifen. Er drehte sich um, ging eine Weile rastlos im Zimmer umher und setzte sich wieder. Er versuchte, die kaleidoskopartigen Eindrücke dieser ersten Stunde seines neuen Lebens zu einem Ganzen zusammenzufügen und es zu deuten. Ihm kam die Ahnung eines ungeheuren Erbes von noch nie dagewesener Bedeutung – eines Erbes, mit dem man vielleicht nicht richtig umgegangen war. Welche Aufgabe fiel ihm nun zu? Die Stille dieses Zimmers sprach beredt von Gefangenschaft.

Plötzlich kam ihm der Gedanke, daß dieses überwältigende Erlebnis nur ein Traum gewesen war. Er schloß die Augen und versuchte weiterzuträumen, aber der Trick wirkte nicht. Dann begann er, die vielen unbekannten Gegenstände in den beiden Zimmern zu betrachten und in die Hand zu nehmen. In einem hohen ovalen Ankleidespiegel erblickte er sich und blieb erstaunt stehen. Eine Gestalt in einem gut gearbeiteten Kostüm aus purpurfarbenem und bläulich-weißem Material stand da. Kleiner Spitzbart, gepflegt und sorgfältig frisiert, Schläfen leicht ergraut, Alter etwa fünfundvierzig. Graham lachte auf, als er merkte, daß dieser andere er selber war.

»So bei dem alten Warming zu erscheinen«, rief er aus, »und mich von ihm zum Lunch in ein Nobelrestaurant einladen zu lassen!«

Dann malte er sich aus, wie er der Reihe nach die wenigen vertrauten Menschen seiner frühen Mannesjahre wiedersehen würde, bis ihm plötzlich klar wurde, daß sie alle, alle längst tot waren. Er wurde blaß vor Schreck, so sehr bestürzte ihn der Gedanke.

Die verwirrenden Eindrücke der vergangenen Stunden beschäftigten ihn von neuem: die gleitenden Fahrbahnen, die gigantischen Bauten, die jubelnden Massen – und dann jene fernen, unnahbaren Männer des Obersten Rates. Er empfand sich mitten darin als ein Niemand, klein und machtlos. Und rings um ihn war die Welt fremd.

7

In den stillen Zimmern

Obwohl er müde war, nahm Graham die Untersuchung seiner beiden Zimmer wieder auf. Der erste Raum war hoch, die Decke kuppelförmig, mit einem Schacht in der Mitte, durch den offenbar Luft hinaufgesogen wurde. Das leise Summen eines im Schacht rotierenden Fächers war der einzige vernehmbare Laut in dieser Stille. Da die Teile des Fächers einer nach dem anderen hochsprangen, erblickte Graham flüchtig ein Stückchen Himmel und war erstaunt, einen Stern zu sehen.

Nun fiel ihm auf, daß die Zimmer durch zahlreiche unter dem Gesims angebrachte Glühlampen erhellt waren. Fenster gab es keine. Er besann sich darauf, daß er in all den ungeheuren Gemächern und langen Korridoren, durch die er mit Howard gekommen war, überhaupt keine Fenster bemerkt hatte. An den Fassaden hatte er, vom Balkon aus, Fenster gesehen – waren sie nicht dazu da, Licht einzulassen? Oder war die ganze Stadt immerfort, Tag und Nacht beleuchtet, so daß es keine Nacht mehr gab?

Dann stellte er fest, daß sich in keinem der Zimmer ein Kamin befand. Waren dies nur Sommerwohnungen – war jetzt überhaupt Sommer? –, oder wurde die ganze Stadt nach Bedarf gleichmäßig geheizt oder gekühlt? Er begann, die glatte Struktur der Wände zu prüfen, das einfach konstruierte Bett, die vielen sinnreichen und arbeitsparenden Einrichtungen. Jede Art von Ornament schien verpönt zu sein, Form und Farbe allein gaben den Räumen wohltuende Atmosphäre. Mehrere sehr bequeme Sitzgelegenheiten standen da und ein Tisch auf geräuschlosen Rollen, darauf einige Flaschen mit Getränken und Gläsern sowie zwei Teller mit einer klaren, geleeartigen Substanz. Dann fiel ihm auf, daß es keine Bücher, keine Zeitungen und auch kein Schreibmaterial gab. »Die Welt hat sich freilich verändert«, sagte er.

Im angrenzenden Zimmer standen eine Wand entlang Reihen seltsamer Doppelzylinder mit Inschriften in Grün auf weißem Grund, auf den Farbton des Raumes abgestimmt; in der Mitte davor ein Apparat von etwa einem Quadratmeter mit einer weißen Bildfläche und einem Stuhl davor. Einen Augenblick meinte er, diese aufgereihten Zylinder könnten Bücher sein oder jedenfalls ein moderner Ersatz für Bücher ...

Das Entziffern der Inschriften machte ihm zu schaffen. Zunächst hielt er es für Russisch, aber dann bemerkte er Spuren von verstümmeltem Englisch in einzelnen Worten, bis ihm schließlich klar wurde, daß es tatsächlich phonetisch geschriebenes Englisch war. »Der Mann, der gern König sein wollte«, ein Buch, das er seinerzeit gelesen hatte, eine der besten Geschichten der Welt. Aber dieses Ding da vor ihm war kein Buch, wie er es verstand. Er entzifferte zwei weitere Titel. »Das dunkle Herz« und »Madonna der Zukunft« – sofern es Bücher waren, mußten deren Autoren nach der Viktorianischen Zeit gelebt haben.

Nun begann er, den viereckigen Apparat zu untersuchen. In einem Gehäuse befand sich ein Doppelzylinder mit einem Knopf am oberen Rand. Ein Druck auf diesen Knopf erzeugte ein kurzes Klicken, er hörte Stimmen und Musik und bemerkte gleichzeitig ein wirres Farbenspiel auf der glatten Vorderfläche. Verblüfft trat er einige Schritte zurück, um sich anzusehen, was das wohl sein mochte.

Auf der Fläche erschien nun ein Bild in sehr lebhaften Farben, und in diesem Bild bewegten sich Gestalten. Sie bewegten sich nicht nur, sie sprachen auch mit klaren Stimmen. Es war, als ob er eine Szene aus dem wirklichen Leben durch ein umgekehrtes Opernglas betrachtete. Offensichtlich handelte es sich um einen Ehekrach: Ein moderner junger Mann ging aufgeregt hin und her und schrie einer hübschen, aber leichtsinnigen Frau böse Worte zu. »Ich habe gearbeitet«, warf er ihr vor, »und was hast *du* getan?«

Aha! dachte Graham. Er vergaß alles andere und setzte sich in den Stuhl. Ehe fünf Minuten um waren, hörte er zu seiner ungeheuren Verblüffung, daß die beiden von ihm redeten. Der Satz »Wenn der Schläfer erwacht« wurde wie eine Verheißung, an die niemand mehr glaubte, abgetan.

Schließlich war das Miniaturdrama zu Ende, und die Bildfläche war wieder leer. Wie konnte es nur sein, daß ihm diese beiden Leute nach so kurzer Zeit wie gute alte Bekannte vorkamen?

Eine seltsame Welt war das, in die er nun einen Blick getan hatte, skrupellos, genußsüchtig, dynamisch und dabei eine Welt rücksichtslosen wirtschaftlichen Kampfes; da waren Anspielungen, die er nicht verstanden hatte, und Moralbegriffe, die ihm völlig fremd waren. Das grobe blaue Gewand, das ihm schon auf der Straße aufgefallen war, schien eine Uniform der werktätigen Menschen zu sein. Er zweifelte nicht daran, daß die Handlung in der Gegenwart spielte, die Darstellung war realistisch und der Schluß tragisch. Das bedrückte ihn, er saß da und starrte lange auf die weiße Fläche. Dann fuhr er plötzlich zusammen. Er war so in den modernen Ersatz des Romans versunken gewesen, daß er sich die Augen reiben mußte, um in die Wirklichkeit zurückzufinden.

Nun begann er ruhelos durch die beiden Zimmer hin- und herzuwandern, während seine Gedanken unablässig um die eine Frage kreisten: Was hatte man mit ihm vor, warum wurde er hier gefangengehalten? Um aus diesem Kreis auszubrechen, wollte er sich zerstreuen, und der Apparat mit dem Bildschirm schien ihm dazu ein geeignetes Mittel. Das Programm, das er aufs Geratewohl einschaltete, brachte eine zeitgenössische Version des »Tannhäuser«. Die Musik war ungewohnt, die Darstellung jedoch realistisch, mit einer zeitgenössischen Änderung: Tannhäuser weilte nicht im Venusberg, sondern ging in eine »Freudenstadt«. Was war eine Freudenstadt? Dieser Gedanke mußte der Phantasie eines Wüstlings entsprungen sein, meinte Graham. Je weiter die Handlung fortschritt, desto sentimentaler und peinlicher wurde sie. Er wollte nichts mehr vom Venusberg des zweiundzwanzigsten Jahrhunderts wissen. Das waren nicht die idealisierten Gestalten der ursprünglichen Fassung, sondern Menschen von heute, in photographischer Treue festgehalten. Er stand zornig auf und schämte sich, daß er sich das überhaupt angesehen hatte. Es gelang ihm in seiner Wut, diesen merkwürdigen Apparat zum Schweigen zu bringen, aber als er ihn am nächsten Tag wieder einstellen wollte, funktionierte er nicht mehr.

Wieder ging er ruhelos im Zimmer hin und her und versuchte, Ordnung in das Chaos dieser neuen, überwältigenden Eindrücke zu bringen. Wieso hatte er damals in den dreißig Lebensjahren vor dem großen Schlaf nie versucht, sich ein Bild von kommenden Zeiten zu machen? Wir schufen die Zukunft, sagte er sich, und kaum jemand von uns nahm sich die Mühe, darüber nachzudenken, wie diese Zukunft in Wirklichkeit aussehen würde. Und so sieht sie nun aus.

Er dachte an die Autoren seiner Jugendzeit, die mit ihren sozialistischen Utopien diese Gegenwart vorweggenommen hatten. Aber war *das* ein sozialistischer Staat? Er hatte schon genug gesehen, um zu erkennen, daß der alte Gegensatz zwischen arm und reich immer noch herrschte. Er wußte genug von den wesentlichen Faktoren sozialer Probleme, um diese Wechselwirkung zu verstehen. Alles war heute gigantisch, nicht nur die Bauten und die Menschenmassen, auch die Unrast und das tiefe Unbehagen, das über allem lag, schien ihm maßlos. In welchem Land befand er sich denn? Noch schien es England zu sein und war doch seltsam unenglisch.

Er versuchte, aus der Erinnerung die dreißig Jahre zu rekonstruieren, die er vor dem langen Schlaf gelebt hatte. Zunächst besann er sich nur auf Fragmente, auf Begebenheiten ohne große Bedeutung. Dann kamen die Knabenjahre, die Schulbücher, einzelne Lektionen aus dem Lehrbuch der Geometrie, und erst danach erinnerte er sich an Wesentliches: an seine Frau und ihren magischen Einfluß, an seine wahren und falschen Freunde, und dann an die letzten Jahre des Elends, an schwankende Entschlüsse und schließlich an seine ernsthaft betriebenen Studien. Alles sah er nun vor sich, dunkel vielleicht wie lange beiseite gelegtes Metall, doch unversehrt, der Neupolitur noch fähig. Und die Farbe war ein immer grauer werdendes Elend. War es die Neupolitur noch wert? Durch ein Wunder war er aus einem Leben gehoben worden, das er nicht mehr hatte ertragen können …

Nun kam ihm zu Bewußtsein, wie müde er war, wie schwer seine Glieder wurden. Er ging zu dem seltsamen kleinen Bett, legte sich hin und schlief sofort ein.

Mit diesen beiden Zimmern sollte er sehr vertraut werden, ehe er sie wieder verließ, denn er blieb drei Tage lang gefangen. Während dieser Zeit betrat außer Howard niemand sein Gefängnis. War er zum Leben erwacht, um von neuem in eine Einsamkeit verbannt zu werden, für die er keine Erklärung hatte? Howard kam regelmäßig mit wohlschmeckenden Getränken und guten, leichten Gerichten, die Graham nicht kannte. Er schloß, wenn er eintrat, stets fast ängstlich die Tür. In belanglosen Dingen wurde er immer liebenswürdiger, aber jeder Frage nach dem Leben, das hinter diesen schalldichten Wänden weiterging, wich er höflich, aber bestimmt aus. Sein Benehmen trug viel dazu bei, Grahams Eindruck von seiner eigenen geheimnisvollen Bedeutung zu vertiefen. Seine Fragen wurden bestimmter und drängender. Howard versuchte weiterhin, sich auf Schwierigkeiten herauszureden. Das Erwachen war unvorhergesehen, wiederholte er, es sei rein zufällig mit einem sozialen Umbruch zusammengefallen. »Um Ihnen das zu erklären, müßte ich Ihnen die Geschichte von zwei Jahrhunderten erzählen.«

»Sie fürchten sich anscheinend vor etwas, was ich tun werde oder doch vielleicht tun könnte.«

»Das ist es nicht. Aber Sie haben – soviel kann ich Ihnen sagen – durch das automatische Anwachsen Ihres Vermögens während zweier Jahrhunderte die Möglichkeit, unsere Wirtschaft empfindlich zu stören. Und auch auf manch andere Weise haben Sie Einfluß – mit Ihren Begriffen aus einer versunkenen Zeit.«

»Sehe ich denn aus wie ein Mann, der übereilt handelt?«

»Es war nie erwartet worden, daß Sie überhaupt handeln sollen. Niemand hat auch nur im Traum damit gerechnet, daß Sie je wieder erwachen. Auf Befehl des Obersten Rates wurden Sie unter dieser Glashaube völlig steril und unter antiseptischen Bedingungen der Nachwelt erhalten. Wir hielten Sie für tot und meinten, es solle nur der Verfall aufgehalten werden.«

»Ich lebe aber. Zweifeln Sie nicht daran, ich lebe. Mit jedem Tag wird mein Puls kräftiger, mein Geist klarer! Ich bin ein Mensch, der ins Leben zurückgekehrt ist. Und ich will leben!«

Graham verlor zunehmend die Beherrschung. Er schwang die geballten Fäuste.

»Ich bin hier im Dunkeln, und Sie halten mich im Dunkeln. Aber soviel weiß ich, daß ich hier zu keinem guten Zweck isoliert gehalten werde. Ich warne Sie, warne Sie vor den Folgen. Komme ich einmal zur Macht –«

Plötzlich fühlte er, daß solche Drohungen ihm gefährlich werden könnten. Er sprach nicht weiter. Howard stand da und sah ihn merkwürdig an.

»Soll das eine Botschaft an den Obersten Rat sein?« fragte er eiskalt.

Es trieb Graham förmlich, sich auf den Mann zu stürzen, ihn zu fällen oder zu betäuben. Das mußte sich in seinem Gesicht ausgedrückt haben. Howard handelte jedenfalls rasch. In einer Sekunde hatten sich die geräuschlosen Türen geöffnet und geschlossen, und der Mensch aus dem neunzehnten Jahrhundert war allein.

Einen Augenblick stand er starr, die geballten Fäuste noch halb gehoben. Dann ließ er sie fallen. »Was für ein Narr ich gewesen bin!« sagte er und gab sich von neuem seiner Wut hin. Lange Zeit raste er, förmlich von Sinnen, über seine Lage, über seine eigene Torheit und über die Büttel, die ihn gefangen hatten. Er raste, weil er seine Lage nicht mehr ruhig betrachten *wollte*. Er klammerte sich gleichsam an seine Wut, um seine Furcht nicht aufkommen zu lassen.

Dann merkte er plötzlich, daß er mit sich selber stritt. Seine Gefangenschaft war unerklärlich, aber nach den Gesetzen von heute mußte sie natürlich legal sein. Diese Leute waren auf dem Vormarsch der Zivilisation eben zweihundert Jahre weiter als die Viktorianische Generation. Es war doch nicht anzunehmen, daß sie heute weniger human waren. Oder gehörte Humanität nun nicht mehr zu den grundlegenden Werten einer menschenwürdigen Existenz? Er erwog sogar den Gedanken an Flucht, aber wohin sollte er in dieser riesigen, von Menschen wimmelnden Stadt entkommen? Er sah keinen Ausweg und beruhigte sich endlich mit dem Gedanken: Wie kann es irgend jemandem nützen, wenn mir etwas zuleide getan wird? Doch dann erinnerte er sich dunkel an einen Ausspruch, der sich immer beharrlicher aufdrängte und von dem er nicht loskommen konnte: »Es dient der Sache, wenn ein Mann für sie zu sterben bereit ist.« Der diesen Ausspruch getan hatte, war zu seiner Zeit auch Mitglied eines Obersten Rates gewesen.

8

Die Dachräume

Der Ventilator an der Zimmerdecke kreiste, Graham stand darunter und sah, daß draußen tiefe Nacht war. Er rang in Gedanken wieder mit den unbekannten Mächten, die ihn gefangenhielten und die er nun herausgefordert hatte. Plötzlich erschrak er über eine Stimme, die von oben aus dem Ventilator zu kommen schien.

Im nächsten Moment erblickte er über dem wirbelnden Fächer tatsächlich Gesicht und Schultern eines Mannes, der ihn ansah. Dann streckte sich eine dunkle Hand aus und wurde offenbar durch das noch immer rotierende Gerät verletzt: Blut tropfte zu Boden. Zu seinen Füßen sah Graham Blutflecke. Als er die Augen wieder zur Decke hob, war die Gestalt verschwunden. Ein Lichtstrahl flackerte kurz auf, dann lag der Schacht wieder im Dunkel. Schneeflocken wirbelten lautlos herein. Es berührte Graham seltsam, daß es da draußen, nur einige Fußbreit von ihm entfernt, schneite.

Plötzlich war der Kopf des Mannes wieder da, aufgeregtes Flüstern mehrerer Stimmen, unmittelbar darauf ein harter Schlag auf Metall, und dann standen die Fächer still.

»Fürchten Sie sich nicht«, sagte eine Stimme.

»Wer sind Sie?« rief Graham mit verhaltener Stimme hinauf.

Vorsichtig schob sich ein Kopf durch die Öffnung, das Haar naß von Schneeflocken, ein junges Gesicht mit glänzenden Augen. Ein Arm, ins Dunkel hinaufgestreckt, hielt etwas Unsichtbares fest.

»Sind Sie der Schläfer, Sire?« fragte der Fremde.

»Ja«, sagte Graham. »Was wollen Sie von mir?«

»Ich komme von Ostrog, Sire.«

»Ostrog?«

Der Mann im Ventilator drehte den Kopf so, daß er Graham das Profil zuwandte. Er schien zu lauschen. Plötzlich verschwand er, und nichts war zu sehen als der langsam fallende Schnee.

Es dauerte wohl eine Viertelstunde, ehe sein Gesicht wieder im Ventilatorschacht auftauchte. Graham hatte die ganze Zeit ausgeharrt, zitternd vor Aufregung.

»Wer sind Sie? Was wollen Sie?« fragte er.

»Wir wollen mit Ihnen reden, Sire. Treten Sie bitte zurück.« Der junge Mann ließ sich durch den Schacht zu Boden gleiten und stand vor Graham. »Ihr Volk ruft nach Ihnen, Sire.«

»Mein Volk?«

»Hier ist Ihr Leben in Gefahr. Der Oberste Rat hat heute beschlossen, Sie zu töten. Wir haben noch rechtzeitig davon erfahren. Alles ist zu Ihrer Flucht bereit. Das Volk hat sich erhoben, Sie zu schützen. Kommen Sie!«

Was dann geschah, ließ Graham gleichsam willenlos über sich ergehen. Es blieb ihm weder Zeit zu weiteren Fragen noch die Möglichkeit zu eigenen Entscheidungen. Durch den Ventilatorschacht, über dem sich im wirbelnden Schnee geisterhaft dunkle Gestalten bewegten, wurde eine Leiter herabgelassen. Im selben Augenblick öffnete sich die Tür, und Howard erschien mit einem Tablett in der Hand. Ein Stahlbeil sauste auf seinen Kopf nieder. Er stürzte wie ein gefällter Baum und blieb liegen. Der junge Mann, der ihn getroffen hatte, bückte sich schnell, als wolle er sich das Gesicht des Toten einprägen. »Auf dem Tablett war der Becher mit dem Gift für Sie, Sire«, stieß er atemlos hervor.

Graham zögerte einen Moment. »Ich verstehe nicht«, sagte er. »Aber ich vertraue Ihnen. Sagen Sie mir, was zu tun ist.«

»Klettern Sie die Leiter herauf«, flüsterte eine Stimme eindringlich von oben. »Schnell, schnell, sie müssen uns gehört haben.«

Hände streckten sich Graham helfend entgegen, als er die Leiter eilig hinaufstieg, und dann stand er auf etwas Kaltem, Glitschigem außerhalb des Schachtes. Ein halbes Dutzend Männer scharte sich um ihn. Es war kalt und dunkel, leichte Schneeflocken schmolzen auf seinem Gesicht. Einen Augenblick blitzte gespenstisch grelles Licht auf, dann war wieder dunkle Nacht um ihn. Soweit er sehen konnte, befand er sich auf dem Dach des gigantischen Gebäudes, das an die Stelle der winkeligen Häuser, Straßen und Plätze des Viktorianischen London getreten war. Jemand warf ihm einen dicken weichen Mantel aus pelzartigem Material um und befestigte ihn mit Schließen an Schultern und Hüften. Gesprochen wurde nur das Nötigste in knappen Formulierungen.

Ehe er noch klar denken konnte, faßte ihn eine dunkle Gestalt am Arm. »Hier entlang!« sagte diese Gestalt und schob ihn vorwärts, indem sie über das flache Dach auf einen halbkreisförmigen Lichtnebel wies. Graham gehorchte.

»Vorsicht!« sagte eine Stimme, als Graham stolperte. »Wir müssen eilen.«

Der Fremde ließ Grahams Arm los und ging nun mit raschen Schritten voraus. Graham folgte blind. Nach einer Minute merkte er, daß er lief. »Kommen die anderen?« keuchte er, bekam jedoch keine Antwort. Der andere blickte sich kurz um und lief weiter. Sie kamen zu einer Art Pfad aus durchbrochenem Metall, quer zu der Richtung, die sie gekommen waren. Dort bogen sie ein. Graham blickte zurück, aber das Schneegestöber nahm ihm die Sicht.

»Kommen Sie, kommen Sie!« mahnte sein Gefährte. Im Laufschritt erreichten sie eine kleine Windmühle, die sich hoch in der Luft drehte. »Bücken Sie sich!« hörte er den anderen rufen, und sie wichen einem endlosen Laufriemen aus, der lärmend zur Welle des Windrades hinaufführte. »Hier entlang!« Sie wateten knöcheltief im Schneematsch durch einen Graben zwischen Metallwänden in Schulterhöhe. Graham zog den Mantel fester um sich. Der Graben verengte sich zu einer Rinne, die über einen schmalen Abgrund in das schneebedeckte Dunkel auf der anderen Seite führte. Graham blickte einen Augenblick über den Rand, der Abgrund war schwarz. Er wagte nicht, ein zweites Mal hinunterzuschauen. Einen Moment lang bereute er seine Flucht, ihn schwindelte, als er durch den aufgetauten Schnee weiterwatete.

Nun kletterten sie schlüpfrige Stufen hinauf zum Rand einer großen Glaskuppel, die sie umgingen. Tief unten schienen Leute zu tanzen, Musik klang gedämpft durch die Kuppel ... Graham meinte durch den Schneesturm Rufe zu hören, er wollte stehenbleiben, doch der andere trieb neuerlich zur Eile an. Weiter ging es, an dem kolossalen metallenen Unterbau riesiger Windmühlen vorbei, bis sie einen Platz mit gleitenden Fahrbahnen erreichten, jenem ähnlich, auf den Graham vom Balkon aus hinuntergesehen hatte. Sie krochen auf allen vieren über die abschüssige durchsichtige Masse, die diese Plattformstraße eindeckte und glitschig vom nassen Schnee war.

Das Glas war angelaufen, und Graham nahm die Gestalten tief unten nur wie im Nebel wahr. Je höher sie krochen, desto klarer wurde das Glas, und er blickte nun senkrecht auf das Treiben hinunter. Kurze Zeit gab er seinem Schwindelgefühl nach und blieb, wie gelähmt vor Müdigkeit, Arme und Beine von sich gestreckt, auf dem Glas liegen. Weit unten tummelte sich das Volk dieser schlaflosen Stadt in ihrem immerwährenden Tageslicht, und die gleitenden Fahrbahnen liefen auf ihrer unaufhörlichen Reise dahin. Menschen mit unbekannten Zielen schossen die Kabel entlang, und auch auf den Hängebrücken drängten sich die Leute. Es war, als blicke er in einen riesigen Bienenkorb aus Glas. Die Straße war warm und hell, und Graham war nun vom tauenden Schnee bis auf die Haut durchnäßt, seine Füße spürte er vor Kälte nicht mehr.

Wieder mahnte der andere: »Kommen Sie, kommen Sie!«

Graham erreichte mit Mühe den First des Daches.

Als er oben angelangt war, folgte er dem Beispiel seines Retters: Er setzte sich nieder und glitt den Hang sehr rasch herunter. Am Rand der Kuppel angelangt, dankte er dem Himmel, daß er wieder festen, undurchsichtigen Boden unter den Füßen hatte.

Durch die spärlicher fallenden Schneeflocken tauchte eine Reihe riesiger Windräder auf. Plötzlich hörte man das ohrenbetäubende Gellen einer Sirene. Es schien aus allen Himmelsrichtungen zugleich zu kommen.

»Sie haben uns bereits vermißt«, rief der andere, zu Tode erschrocken, als im selben Augenblick die Nacht durch einen blendenden Blitz zum Tag wurde.

Über dem wirbelnden Schnee erschienen in Höhe der Windräder riesige Masten, an denen grelle Lichtkugeln montiert waren. Sie zogen sich nach jeder Himmelsrichtung in endlosen Reihen dahin. Sekunden später standen die beiden Männer im eisernen Unterbau der ungeheuren Windräder und versuchten, sich im schwarzen Schatten eines hohen Sockels zu verbergen.

Graham erblickte eine unheimliche Szenerie. Das Schneien hatte ganz plötzlich aufgehört, nur hin und wieder sah man noch eine vereinzelte Flocke. Ringsum auf der breiten ebenen Fläche erhoben sich in dem gespenstischen weißen Licht ungeheure Metallkonstruktionen und eiserne Strebepfeiler, die Räder der Windmühlen, die sich in der eingetretenen Stille kaum noch bewegten, zogen in großen glitzernden Kurven immer steiler hinauf in einen leuchtenden Nebel. Wohin er auch blickte, es gab nichts als Balken, Strebepfeiler und endlose Laufriemen. Und trotz der gewaltigen furchterregenden Aktivität schien diese Maschinenwüste menschenleer zu sein; pfadlos und verlassen wie ein Schneefeld im Hochgebirge, das noch nie eines Menschen Fuß betreten hatte.

»Sie werden uns jagen«, sagte der andere tonlos. »So kalt es auch ist, wir müssen uns hier verbergen. Vielleicht beginnt es doch wieder, dichter zu schneien.«

»Was in aller Welt ist *das*?« fragte Graham nach geraumer Zeit, deutete nach oben und kroch dann gleichsam in sich selbst zusammen. Er brachte nun kein Wort mehr heraus.

Es hatte plötzlich wieder zu schneien begonnen, und mitten in dem dichten Flockenwirbeln kam über den schwarzen Nachthimmel vage und groß und sehr schnell etwas näher. Es kam in einer steilen Kurve herunter und drehte ab, weite Flügel gespreizt und hinter sich einen Schweif weißen Dampfes, der sich kondensierte. Nach einer Weile stieg dieser Flugkörper wieder höher, fegte waagrecht in weiter Kurve dahin und verschwand im dichten Schneetreiben. Durch die Metallrippen der Außenwand hatte Graham zwei Menschen gesehen, die die Schneeflächen um ihn, wie ihm schien, mit Feldstechern absuchten. Eine Sekunde lang waren sie klar zu sehen, dann durch einen dicken Flockenwirbel neblig, gleich darauf nur noch klein und fern, und nach einer Minute war der Spuk vorbei.

»Jetzt nichts wie los!« schrie der andere. »Kommen Sie!«

Er zog Graham am Ärmel hoch, und sie rannten hintereinander durch den Bogengang von Eisengerüsten unter den Windrädern entlang. Graham lief blind drauf los und prallte auf seinen Retter, der sich plötzlich nach ihm umgewandt hatte. Er erblickte, nur wenige Meter vor sich, einen dunklen Schlund, der sich nach beiden Richtungen hin erstreckte.

»Mir nach!« keuchte der andere. Er legte sich hin, kroch an den Rand und schob sich darüber hinaus. Er schien mit dem Fuß nach etwas zu tasten, fand es und ließ sich vorsichtig über den Rand gleiten. Sein Kopf erschien wieder. »Es gibt ein Gesims«, flüsterte er hastig, »es läuft im Dunkel die ganze Front entlang. Kommen Sie, kommen Sie!«

Graham zögerte, als hätte er nicht mehr den Mut, diesen Fluchtweg fortzusetzen. Als er dann doch über den Rand kroch, war ihm, als müsse er in unermeßliche Tiefen abstürzen, doch im nächsten Augenblick schon stand er auf einem schlammigen Gesims in undurchdringlichem Dunkel. In den folgenden Minuten, die sie, an die Mauer gedrückt, diesen Vorsprung entlangschlichen, meinte er alle Stufen des Elends über Kälte und Nässe bis zur völligen Erschöpfung durchzumachen. Er fühlte Hände und Füße kaum noch.

Das Gesims führte abwärts. Graham sah, daß sie jetzt tief unter dem Rand der Gebäude waren. Reihen gespenstischer weißer Formen, verhängten Fenstern ähnlich, erhoben sich über ihnen. Beim nächsten dieser Fenster stießen sie auf ein Kabel, das, kaum sichtbar, in undurchdringliche Schatten hinabfiel. Plötzlich berührte ihn sein Führer mit der Hand. »Still!« flüsterte er leise.

Graham blickte nach oben und sah die riesigen Flügel der Flugmaschine geräuschlos über das graublaue Himmelsband gleiten. Im nächsten Moment war die Maschine wieder verschwunden.

»Bleiben Sie still, sie wenden nur.«

Eine Weile verharrten beide reglos, dann begann Grahams Begleiter, mit den Befestigungen des Kabels zu hantieren.

»Was ist das?« fragte Graham.

Die Antwort war ein leiser Schrei. Grahams Begleiter kauerte sich reglos hin und starrte das lange Himmelsband hinunter, wo die Flugmaschine wieder aufgetaucht war. Sie kam am Rand des Abgrunds auf sie zu.

Die Bewegungen des Mannes wurden krampfhaft.

Er drückte Graham zwei Querstangen in die Hand, die dieser nicht genau sehen, deren Form er aber fühlen konnte. Sie waren durch Tragseile mit dem Kabel verbunden. Die Seile hatten Handgriffe aus einer elastischen Substanz. »Stecken Sie sich das Kreuz zwischen die Beine und fassen Sie die Handgriffe! Fassen Sie fest – also fassen Sie schon!« zischte er. Graham gehorchte schweigend.

»Und jetzt springen Sie! Springen Sie – in Gottes Namen – oder sie haben uns.«

Graham erinnerte sich erst sehr viel später an das, was dann geschah. In dem Augenblick, da er sich zu dem ungeheuren Wagnis Mut zusprach, hatte er im Himmelsraum die riesigen Tragflächen des Flugzeuges geräuschlos näher kommen sehen. Dann war er gesprungen. Was in Wirklichkeit nur kurz gedauert haben konnte, war ihm eine Ewigkeit erschienen. Plötzlich war er in einem Meer von Licht und erkannte die gleitenden Fahrbahnen und die verschlungenen Strebepfeiler, die ihm gleichsam entgegenstürzten. Und dann landete er in der prunkvoll erleuchteten Halle, in der ein rauschendes Fest stattzufinden schien. Eine ungeheure Volksmenge brach in den Ruf aus: »Der Schläfer, der Schläfer ist da!« Diese Ovation drang nur noch wie von fern an sein Ohr, denn ihm begannen die Sinne zu schwinden.

9

Das Volk marschiert

Er merkte, daß ihm jemand eine klare Flüssigkeit einflößen wollte, blickte auf und sah, daß dieser Jemand ein dunkelhäutiger junger Mann in gelbem Gewand war. Er trank, und im nächsten Augenblick glühte er vor Hitze. Ein hochgewachsener, schwarzgekleideter Mensch stand ebenfalls da; er deutete auf die halboffene Tür zur Halle und rief Graham dicht an seinem Ohr etwas zu, doch das ungeheure Getöse von nebenan verschluckte fast jedes Wort. Hinter diesem Mann stand ein Mädchen in einem silbergrauen Kleid. Ihre Schönheit fiel Graham auf, obwohl er noch immer leicht verwirrt war. Ihre großen dunklen Augen waren voll Staunen und Neugier auf ihn gerichtet, ihre halb geöffneten Lippen bebten vor Erregung. Der Tumult, der aus der Festhalle in das kleine Zimmer drang, dauerte an. Jubelrufe, Händeklatschen und Trampeln ließen zuweilen nach, doch nur, um plötzlich wieder zu höllischem Lärm auszuarten.

Graham versuchte, dem Mann in Schwarz von den Lippen abzulesen, was dieser sagte, konnte aber nur erraten, daß es eine umständliche Erklärung war.

Eine Weile ließ Graham das alles über sich ergehen, dann stand er plötzlich auf, faßte den Mann am Arm und rief:

»Sagen Sie mir, *wer* ich bin und *wo* ich bin.«

Die anderen drängten sich heran, um zu hören, was er sagte.

»Wer bin ich?« wiederholte er. Seine Augen suchten in ihren Gesichtern.

»Man hat ihm nichts gesagt«, rief das Mädchen.

»So sagen *Sie* es mir!«

»Sie sind der Herr der Erde. Sie besitzen die halbe Welt.«

Er glaubte, nicht recht gehört zu haben. Das ließ *er* sich nicht einreden. Er tat, als verstehe er nicht, als höre er schlecht, und erhob seine Stimme von neuem: »Ich bin seit drei Tagen wach – und war diese drei Tage lang ein Gefangener. Ich nehme an, es findet in dieser Stadt eine Art Machtkampf statt – ist das London?«

»Ja«, sagte der jüngere Mann.

»Und wer sind die, die in dem großen Saal, wo der Atlas steht, zu Sitzungen zusammenkommen? Irgendwie hat es mit mir zu tun, ich weiß nur nicht, warum. Geht es da um Gifte und Drogen? Mir scheint, die ganze Welt ist wahnsinnig geworden, während ich geschlafen habe. Oder *ich* bin derjenige, der den Verstand verloren hat.«

Schweigen.

»Wer sind diese Mitglieder des Obersten Rates dort unter dem Atlas? Und warum sollten sie ein Interesse daran haben, mich zu vergiften?«

»Um Sie in einem Trancezustand zu halten«, sagte der Mann in Gelb, »und an jeder Einflußnahme zu hindern.«

»Aber warum?«

»Weil *Sie* der Atlas sind, Sire«, antwortete der Gelbe. »Auf Ihren Schultern liegt die Welt, der Oberste Rat aber beherrscht sie in Ihrem Namen.«

Nebenan im Festsaal war es still geworden, nur eine einzelne monotone Stimme war zu hören. Nun aber, unmittelbar nach den Worten, die der Gelbe gesprochen hatte, entstand ein ohrenbetäubender Lärm, brausende Jubelrufe mischten sich mit dem Geschrei schriller, sich überschlagender Stimmen. In dem kleinen Zimmer hörte einer des anderen Wort nicht mehr.

Graham stand da und versuchte zu begreifen, was er eben gehört hatte. »Der Oberste Rat ...«, wiederholte er leer. Dann fiel ihm plötzlich ein Name ein, und an den klammerte er sich:

»Aber wer ist Ostrog?« fragte er.

»Der Organisator des Aufstandes – Ihr Stellvertreter.«

»Und warum ist er nicht hier?«

»Er hat uns delegiert. Ich bin Lincoln, sein Bruder, sein Halbbruder. Sie sollen sich dem Volk zeigen und dann zu ihm kommen. Deshalb hat er uns hergeschickt. Er ist auf dem Windfahnenamt und organisiert den Aufmarsch. Das Volk marschiert.«

Plötzlich rief der jüngere Mann mit hoher, schriller Stimme dazwischen: »Tyrannisiert, geschunden und vernichtet haben sie uns in Ihrem Namen, Sire. Niemand erwartete, daß Sie erwachen würden. Sie waren schlau, diese verdammten Despoten, aber sie wurden überrumpelt. Sie konnten zu keinem Entschluß kommen, ob man Sie narkotisieren, in Hypnose versetzen oder einfach ermorden soll.«

Wieder verschlang der Lärm jedes weitere Wort.

Der Mann, der sich Lincoln genannt hatte, trat ganz nahe an ihn heran.

»Ostrog ist auf dem Windfahnenamt bereit. Es heißt, daß der Kampf bereits begonnen hat. Ostrog hat den Plan fertig. Vertrauen Sie ihm. Unsere Organisationen sind instruiert. Wir werden die Flugbühnen besetzen. Vielleicht hat er dazu schon den Befehl erteilt. Und dann ...«

»Was sich hier in der Festhalle versammelt hat, ist nur ein Kontingent«, schrie der Mann in Gelb. »Wir haben fünf Myriaden ausgebildeter Leute –«

»Wir haben Waffen«, rief Lincoln. »Wir haben Pläne und einen Anführer. Die Polizei ist von den Straßen verschwunden, sie sammelt sich im ... Jetzt oder nie. Die Regierung ist ratlos – sie kann nicht einmal der Exekutive trauen –«

»Hören Sie das Volk? Es ruft nach Ihnen.«

Die Tür ging auf, und einige Gestalten taumelten, verzückt gestikulierend, auf Graham und Lincoln zu. Was sie sagen wollten, blieb unverständlich, denn von draußen dröhnte es nun im Chor: »Wir wollen den Schläfer sehen ... wir wollen den Schläfer sehen!«

Ein Ordnungshüter versuchte vergeblich, sich Gehör zu verschaffen.

Durch die offene Tür blickte Graham nun in die Festhalle. Da schrie eine wogende, dichtgedrängte Menschenmenge, Männer und Frauen durcheinander, viele schwenkten Tücher oder hatten den Arm zum Gruß erhoben. Dort hatte sich ein Mann in braunen Lumpen, eine hagere, abgezehrte Gestalt, auf seinen Stuhl gestellt und schwang ein schwarzes Tuch. Hier neben ihm stand das Mädchen, dessen Schönheit ihm aufgefallen war, und schaute gläubig zu ihm auf. Was erwarteten alle diese Menschen von ihm? Er wurde sich dunkel bewußt, daß die Stimmung der Massen umgeschlagen hatte, die Emotionen schienen gleichsam in geordnete Bahnen gelenkt. Er erschrak, als er merkte, daß diese Stimmung auch ihn mitzureißen begann. Außer dem Mädchen gestikulierten alle nach der Halle hin, als bereite sich dort etwas Besonderes vor. Und im nächsten Augenblick sang dieses Volk. Das war nicht nur ein Lied, die Stimmen wurden mächtig, gleich dem Klang eines Orchesters, emporgetragen, es war, als hätte feierlich eine Orgel eingesetzt, man meinte Trompeten zu hören und sah im Geiste ein ganzes Volk unter wehenden Fahnen singend in die Schlacht ziehen. Und dieses singende Volk stampfte den Takt zu dem Lied.

Graham wurde zur Tür gedrängt. Ehe er von Lincoln hinaus in die Halle geleitet wurde, sah er wieder das schöne Mädchen neben sich. Wie sie, strahlend vor Begeisterung, mit einer Geste nach vorn wies, schien sie ihm die Verkörperung dieses Liedes zu sein. Das Singen brach abrupt ab und wurde zu einem einzigen Jubelschrei, als er die Tribüne betrat und sich dem Volk zeigte.

Die Halle war ein ungeheuer weiter und hoher Raum mit Balkonen und Galerien, zu denen wie im antiken Theater abgestufte Sitzreihen hinaufführten. Der letzte Rang hoch oben schien in ein riesiges Foyer überzugehen, in dem Menschen sich anscheinend um ihre Plätze balgten. Aus der wogenden Menge erfaßte sein Blick sekundenlang einzelne Gestalten, die ihn flüchtig beeindruckten. Nahe an der Tribüne neigte eine wunderbare Frau mit einem Kommandostab in der Hand ihr blondes Haupt vor ihm. Männer hatten sie auf die Schultern gehoben. Neben dieser Gruppe behauptete ein vergrämter Alter in blauer Arbeitsuniform mühsam seinen Platz im Gedränge, dahinter schrie ein weit aufgerissener, zahnloser Mund in einem bartlosen Gesicht. Eine Stimme rief gellend immer von neuem den geheimnisvollen Namen »Ostrog«. Alle diese Bilder nahm er nur vage auf, so hingerissen war er von dem Lied, zu dem das Volk mit den Füßen den Takt schlug – eins, zwei – eins, zwei. Nun gruppierten sich die Bannerträger und marschierten mit dem Ruf »Auf zum Obersten Rat!« an der Tribüne vorbei auf ein großes Tor zu. Er hob den Arm, das Gebrüll überschlug sich, er schrie »Vorwärts!«, und sie marschierten. In dieser Heerschar waren bärtige Männer, Alte und Jünglinge, reife Frauen und junge Mädchen – Menschen der neuen Zeit. Da waren teure Gewänder und graue Lumpen, dominierend jedoch das verwaschene Blau der Arbeitsuniform.

Wieder fielen ihm flüchtig einzelne Gestalten oder Gruppen auf, als der breite Menschenstrom an ihm vorüberzog: da waren zwei Chinesen, ein Neger, ein verschrumpeltes gelbes Weiblein, Gruppen hochgewachsener blonder junger Männer; dazwischen sah er ein großes schwarzes Banner vorwärtsrücken. Ein schöner, dunkelhaariger Jüngling mit leuchtenden Augen im bleichen Gesicht, von Kopf bis Fuß in Weiß gekleidet, kletterte rufend zur Tribüne hinauf, sprang wieder zurück und verschwand in der Menge.

Gesichter lösten sich aus dem Wirrwarr, Blicke trafen die seinen, Männer gestikulierten, um seine Aufmerksamkeit auf sich zu lenken. Die meisten Gesichter waren gerötet, doch auch gespenstisch weiße waren darunter. Und Krankheit sah er, und manche Hand, die ihm zuwinkte, war hager und dürr. Männer und Frauen der neuen Zeit. Während die Menge an ihm vorüberzog, strömten aus den oberen Rängen unaufhörlich Menschen nach und ordneten sich ein – eins, zwei; eins, zwei; eins, zwei. Männer und Frauen mischten sich in den Reihen – die ganze Welt schien zu marschieren.

Nun geleitete Lincoln ihn zum Tor, und er marschierte unbewußt im Gleichschritt, obwohl er in seiner Erregung kaum merkte, daß er sich bewegte. Eines schicksalhaften Weges war er sich bewußt, auch seines Gefolges, der Wachen und Würdenträger, und Lincoln ging an seiner Seite. Vor sich sah er die Rücken der schwarzuniformierten Leibwache, die zu dritt marschierte – eins, zwei; eins, zwei; eins, zwei. Er wußte nicht, wohin er ging, er wollte es auch nicht wissen.

10

Der Kampf der Finsternis

Er war nicht mehr in der Halle. Er marschierte eine Galerie entlang, die über einer der großen Straßen mit den gleitenden Fahrbahnen hing, wie sie die Stadt durchzogen. Vor ihm und hinter ihm marschierte seine Leibwache. Auf den Bahnen unter ihm stampfte im Gleichschritt das Volk. Es schrie, wenn es in Sicht kam, es schrie, wenn es an ihm vorüberzog, und schrie immer noch, wenn es schon außer Sicht war.

Der Gesang war nun nicht mehr von Musik getragen, ein heiseres Gebrüll drang zu Graham herauf, und in das eins, zwei, eins, zwei des Gleichschritts mischte sich das undisziplinierte Trampeln des Pöbels, der auf den höheren Fahrbahnen mitzog.

Plötzlich fiel ihm ein Kontrast auf. Die Gebäude auf der gegenüberliegenden Straßenseite schienen verlassen, die Kabel und Brücken, die unter der Glaskuppel hinüberführten, leer und dunkel. Graham meinte, auch sie hätten von Menschen wimmeln müssen.

Er fühlte eine seltsame Erregung und blieb noch einmal stehen. Die Wachen vor ihm marschierten weiter, die hinter ihm machten halt. Sie schauten auf die Ampeln der Straßenbeleuchtung, und auch er blickte hinauf. Ein seltsames Pochen schien von diesen Ampeln auszugehen.

Zunächst hielt er das für ein isoliertes Phänomen, das

mit den Vorgängen unten nichts zu tun hatte. Die riesigen Kugeln begannen, wie von fremder Hand gepackt, zu zucken, und dann wechselten in rascher Folge einige Male Finsternis und Licht. Es wurde ihm plötzlich erschreckend klar, daß dieses Verlöschen des Lichts mit dem Aufmarsch zu tun hatte. Sooft die Ampeln kurz aufleuchteten, sah er die stetig zunehmende Verwirrung in der Menschenmenge, die drängend und stoßend vorwärtstrieb. Ein friedlich marschierendes Volk schien, aus dem Schatten kommend, zu aggressivem Dasein erwacht; das Singen und Stampfen hatte aufgehört, unzählige Stimmen schrien durcheinander: »Licht!« Und immer drohender: »Licht!« In diesem tanzenden Tod des Lichts war die Straße plötzlich zum ungeheuren Kampfplatz geworden. Immer von neuem wurden die riesigen Ampeln grellweiß, purpurn mit rötlichem Schein, sie flackerten rascher und rascher, schwankten in Sekundenschnelle zwischen Leuchten und Erlöschen, und waren schließlich nur noch ein verglühender Schein in ungeheurer Finsternis. Was blieb, war das brüllende Dunkel, das plötzlich die Bevölkerung einer Stadt verschlungen zu haben schien.

Er fühlte unsichtbare Gestalten um sich, jemand ergriff seine Arme, etwas schlug gegen sein Schienbein. Eine Stimme schrie ihm ins Ohr: »Alles in Ordnung – alles in Ordnung!«

Graham, der wie gelähmt in den weiten Raum hinuntergestarrt hatte, faßte sich. Er prallte in der Finsternis gegen Lincoln. »Was geht hier vor?«

»Der Oberste Rat hat den Strom abgeschaltet – in der ganzen Stadt. Wir müssen warten – nur halten. Das Volk wird weitermarschieren. Es wird –«

Seine Stimme ging unter, wurde übertönt von anderen Stimmen, die im Chor riefen: »Rettet den Schläfer! Habt acht auf den Schläfer!« Ein Mann seiner Leibwache stolperte auf Graham zu und verletzte ihm die Hand durch unachtsames Hantieren mit seiner Waffe. Ein wilder Aufruhr war rings um ihn aufgebrochen und schien mit jedem Moment bedrohlicher zu werden. Fragmente, Wortfetzen erreichten ihn und waren fortgewirbelt, noch ehe er sie erfassen konnte. Schneidende Stimmen brüllten einander widersprechende Befehle, und plötzlich ertönte in dem Chaos eine Folge gellender Schreie.

Jemand schrie in sein Ohr: »Die rote Polizei!« und war schon wieder von der Menge verschluckt, ehe Graham fragen konnte.

Ein Prasseln war auf einmal deutlich zu hören, am Straßenrand flackerten gleich Irrlichtern hie und da kleine Flämmchen auf, verlöschten und begannen erneut im Dunkel zu tanzen. In ihrem schwachen Licht erblickte Graham Männer mit Waffen, die denen seiner eigenen Leibwache glichen. Das Prasseln war nun schon in weitem Umkreis vernehmbar, immer zahlreicher blitzten die kleinen Lichter auf, bis sich plötzlich die Dunkelheit wie ein schwerer Vorhang hob.

Der Glanz der Lichter blendete ihn, die unabsehbare Menge miteinander ringender Menschen verwirrte ihn. Ein Jubelschrei erklang über die Fahrbahnen herauf. Er blickte in die Höhe, um zu sehen, woher das Licht kam. Hoch oben in der Glaskuppel hing ein Mann vom oberen Ende eines Kabels herab und hielt an einem Tau einen gleißenden Stern, der die Finsternis vertrieben hatte. Er trug eine rote Uniform.

Graham starrte wieder auf die Straßen hinunter. Ein roter Keil im Gedränge der Fahrbahn aus der Gegenrichtung fesselte seinen Blick. Es war eine dichte Menge rotgekleideter Männer, die dort in die Masse eingeklemmt war, im Rücken die Häuserfront, umringt von einer Schar von Gegnern. Es wurde gekämpft. Waffen blitzten, Menschen verschwanden am Rand des Getümmels, andere drängten heran.

Plötzlich erlosch der Lichtschein, und die Straßen lagen noch einmal in tiefem Dunkel.

Etwas prallte gegen ihn, er wurde auf der Straße weitergeschoben, jemand schrie – das mochte ihm gegolten haben. Er wurde gegen eine Wand gestoßen, und einige Gestalten tappten an ihm vorüber. Ihm schien, daß auch die Männer seiner Leibwache miteinander rangen.

Plötzlich erschien, an einem Kabel hängend, der Mann mit dem Stern von neuem, und im nächsten Augenblick war die Szene in grelles Licht getaucht. Die Rotuniformierten hatten mittlerweile nicht nur Verstärkung bekommen, sie waren auch näher gerückt.

Graham traute seinen Augen kaum, als er jetzt in den verdunkelten Galerien der gegenüberliegenden Häuserfront rote Polizeiuniformen erblickte. Die Polizisten feuerten über die Köpfe ihrer eigenen Leute hinweg auf die brodelnde Volksmenge der Fahrbahnen auf Grahams Seite. Es wurde ihm mit einemmal klar, was hier geschehen war: Die marschierenden Massen waren gleich nach ihrem Aufbruch aus dem Hinterhalt überfallen worden und durch den Stromausfall völlig in Verwirrung geraten; nun rückte die Polizei gegen sie vor. Graham stand plötzlich allein da, die Männer seiner Leibwache und Lincoln befanden sich auf dem Weg, den sie gekommen waren, ehe die Finsternis hereinbrach. Sie versuchten, sich mit wilden Gesten verständlich zu machen und kamen zu ihm zurückgelaufen. Über die Fahrbahnen erscholl lautes Rufen, und das Gebäude gegenüber schien von Rotuniformierten besetzt zu sein. Sie zeigten zu ihm herüber und schrien: »Der Schläfer! Rettet den Schläfer!«

Irgend etwas schlug über seinem Kopf gegen die Mauer, einmal und ein zweites Mal. Erst als Lincoln, zu Tode erschrocken, herbeisprang und nach seinem Arm faßte, begriff er, daß man zweimal auf ihn geschossen und ihn zweimal verfehlt hatte.

Plötzlich sah er nichts mehr: die zweite Leuchte war ausgebrannt.

Lincoln riß ihn mit sich fort, die Galerie entlang. »Schnell, schnell, ehe das Licht wieder angeht!« schrie er außer sich vor Entsetzen. Nun geriet auch Graham, der bisher alles Geschehen gleichmütig wie ein Beobachter verfolgt hatte, in Panik. Er handelte aus Selbsterhaltungstrieb, als blindes Geschöpf seiner Todesangst, in dem einzigen Wunsch, von dem Ort fortzukommen, wo er allen Blicken ausgesetzt war. Er rannte und stolperte durch das Dunkel, prallte auf seine Leibwache, die gerade kehrtmachte, um mit ihm zu fliehen. Über seinen Kopf hinweg hörte er Kugeln pfeifen, und als das Licht zum dritten Mal aufflammte, sah er mit einem raschen Blick, daß die rote Polizei bereits den Mittelstreifen zwischen den Fahrbahnen erreicht hatte. Sie schrien und zeigten zu ihm herauf, und er zweifelte nun nicht mehr daran, daß sie ihn auf Befehl des Obersten Rates gefangennehmen sollten.

Eine seiner Wachen stürzte, von einer Kugel getroffen, und Graham, außerstande anzuhalten, sprang über den sich windenden Körper hinweg.

In der nächsten Sekunde war er unverletzt in einen

schwarzen Gang getaucht. Jemand, der aus der Querrichtung kam, prallte heftig gegen ihn. Er taumelte eine Treppe hinunter, fiel mit den Händen gegen eine Mauer und war im nächsten Augenblick in einer Menschenmenge eingekeilt. Er konnte sich nicht bewegen, kaum atmen und wurde im Gedränge mitgeschoben. Es gab Momente, da seine Füße den Boden nicht berührten. Hinter ihnen Rufe: »Sie kommen!« – gleichzeitig stieß sein Fuß gegen etwas Weiches, er hörte einen heiseren Schrei von jemandem, der auf dem Boden lag. Von neuem Rufe: »Der Schläfer, der Schläfer!«, aber er war zu verwirrt, um darauf zu reagieren. Im Gedränge stoßend und sich windend, stieß er gegen eine Stufe und merkte, daß sich der Menschenknäuel nun einen Hang hinaufbewegte. Und plötzlich sprangen all die Gesichter rings um ihn aus schwarzer Nacht herauf, gespenstisch weiß vor Schreck und voll Angstschweiß im fahlen Licht. Ein Gesicht, das eines jungen Mannes, war ihm sehr nahe, unnatürlich weit geöffnete Augen schienen ihn anzublicken. Was in diesem Moment nur ein flüchtiger Zwischenfall war, suchte ihn später in seinen Träumen heim: Dieser junge Mensch, der eine Zeitlang aufrecht in der Menge eingekeilt stand, war von einer Kugel getroffen worden und schon tot.

Ein vierter weißer Stern mußte von dem Mann am Kabel entzündet worden sein. Das Licht fiel durch riesige Fenster und Bogen herein und zeigte Graham, daß er jetzt von einer dichten Masse schwarzuniformierter Männer umgeben war. Er erkannte auch den Festsaal, aus dem sie aufgebrochen waren. In seiner Nähe versuchten die Roten, sich einen Weg durchs Volk zu erkämpfen; ob sie ihn sahen, wußte er nicht. Er sah

Lincoln, von einer Schar schwarzer Revolutionäre umgeben, neben der Tribüne umherspähen, als suche er ihn.

Der rettende Gedanke kam ihm, als er die leeren, ansteigenden Sitzreihen hinter sich erblickte. Es gelang ihm, unbemerkt bis zu einer der höchsten Reihen hinaufzulaufen und sich dort zu verbergen. Er prägte sich die Richtung zum Ausgang in das Foyer genau ein, um ihn finden zu können, sobald das Licht wieder erlosch. Geduckt hinter eine Sessellehne, entdeckte er plötzlich, daß sich unter ihm zwischen den Sitzreihen bewaffnete Schwarzuniformierte verborgen hielten. Sie eröffneten das Feuer auf die rote Polizei.

Er hatte im Dunkel diesen Ausgang schon erreicht und war einen Korridor entlang gelaufen, als, aus einem Quergang kommend, eine Schar unsichtbarer Flüchtlinge ihn mitriß. Sein einziger Gedanke war auch der ihre: aus dieser Hölle zu entkommen. Er schob und stieß, stolperte, lief, wurde eingekeilt, verlor den Boden und kam wieder hoch.

Einige Minuten lief er im Dunkeln einen gewundenen Gang entlang, dann kam er über einen weiten Platz. Er hörte Rufe: »Sie kommen! Die Wachen kommen!« Die Menge strömte zu einem Torweg, drängte durch einen kurzen Gang und tauchte wieder auf einem Platz auf. Die schwarzen Gestalten liefen etwas hinan, das im Zwielicht wie eine gigantische Treppenflucht erschien. Graham folgte. Plötzlich merkte er, daß er nicht mehr in der Menge mitlief. Er blieb kurz vor der obersten Stufe stehen und sah sich atemlos um.

Alles war unbestimmt und grau, aber er erkannte, daß diese großen Stufen eine Reihe von Plattformen waren, die auf beiden Seiten schräg anstiegen. Dahinter erhoben sich große Gebäude. Eine Anzahl von Leuten lief vorbei. Von fern her konnte er den Kampflärm hören. Welch grotesker Gedanke – sie kämpften für ihn.

Ihm war plötzlich zumute wie einem Menschen, der die Lektüre eines Buches unterbricht und mit einemmal bezweifelt, was er bisher ohne zu fragen hingenommen hat. Was er seit der Flucht aus dem Gefängnis erlebt hatte, stand klar vor ihm, doch es kostete ihn Mühe, sein Erwachen und die drei Tage in den stillen Zimmern zu rekonstruieren. Sein Gedächtnis übersprang diese kurze Zeitspanne und führte ihn zu dem Wasserfall nach Pentargen zurück, der im Wind glitzerte, und zu der herben Schönheit der sonnigen Küste von Cornwall.

Dann schloß sich die Lücke, und er begann seine Lage zu begreifen. Da er durch sein Vermögen die halbe Welt besaß, kämpften zwei große politische Parteien um seinen Besitz. Auf der einen Seite stand der Oberste Rat mit seiner roten Polizei, entschlossen, ihn zu enteignen und vielleicht zu ermorden; auf der anderen Seite die Revolutionäre, die ihn befreit hatten, mit dem legendären Ostrog als Führer, den er noch nicht zu Gesicht bekommen hatte. Und diese gigantische Stadt war durch den Machtkampf der beiden Parteien in Aufruhr gebracht. »Ich verstehe die Welt nicht mehr«, sagte er still vor sich hin.

Er hatte sich unerkannt bereits meilenweit vom Kampfplatz entfernt. Die Straßen waren leer, und der Bezirk, in dem er sich befand, schien unbewohnt zu sein. Ein riesiges Warenhaus reihte sich an das andere. Er setzte sich auf eine der zahllosen Bänke, von denen man auf die Fahrbahnen hinuntersah. Immer von neuem kam ihm der Gedanke, daß das Ganze vielleicht nur ein Traum sei, so zusammenhanglos, so ohne Vernunft war alles, was geschah. Warum kämpfte das Volk für ihn? Warum sollte ihn diese so ganz und gar veränderte Welt als Herrn und Besitzer ansehen?

Graham blickte auf. Vor einer riesigen dunklen Mauer marschierte eine Gruppe von Männern mit einem schwarzen Banner, begierig zum Kampf.

»Es ist kein Traum«, sagte er und senkte das Gesicht in die Hände.

11

Der Alte, der alles wußte

Er fuhr auf, als es dicht neben ihm hustete. Er wandte sich scharf um und sah im Halbdunkel eine kleine bucklige Gestalt im Schatten der Einfriedung sitzen.

»Haben Sie neue Nachrichten?« fragte die hohe, atemlose Stimme eines sehr alten Mannes.

Graham zögerte. »Nein«, sagte er schließlich.

»Ich bleibe hier, bis es wieder Strom gibt. Diese blauen Halunken sind überall – überall.«

Grahams Antwort war eine unartikulierte Zustimmung. Er hätte das Gesicht des Alten gern gesehen, aber das Dunkel verbarg ihn. Er hätte gern mit ihm geredet, aber er wußte nicht, wie er beginnen sollte.

»Kein Licht und ausgestoßen, verdammt noch mal«, sagte der Alte plötzlich, »hinausgeworfen aus meinem Zimmer in diese gefährliche Welt.«

»Das ist hart ... wirklich hart für Sie.«

»Die Dunkelheit ... ein alter Mensch im Dunkel verloren. Und die ganze Welt ist verrückt geworden. Nichts als Krieg und Unruhen! Die Polizei geschlagen und die Gauner auf freiem Fuß. Warum holen sie nicht die Neger zum Schutz für uns? Für mich sind Gänge im Dunkeln nichts mehr. Ich bin über einen Toten gestolpert.«

Nach einer Weile fuhr er fort: »In Gesellschaft ist man sicherer, vorausgesetzt, daß es die richtige Gesellschaft ist.« Er schaute nachdenklich vor sich hin. Dann stand er plötzlich auf, näherte sich Graham und warf ihm einen prüfenden Blick zu. Offenbar war das Ergebnis der Prüfung befriedigend, denn der Alte setzte sich, als sei ihm wohler, weil er nicht mehr allein war.

»Ach!« sagte er, »es ist eine schreckliche Zeit. Krieg und Unruhen, und die Toten liegen herum – Männer, starke Männer in den besten Jahren, die im Dunkeln sterben – Söhne! Ich hab drei, Gott weiß, wo sie heut nacht sind.«

Er verstummte, und nach einer Weile sagte er noch einmal zittrig: »Gott weiß, wo sie heut nacht sind.«

Graham überlegte, was er den Alten fragen könnte, ohne seine Unwissenheit zu verraten. Wieder kam ihm der andere zuvor.

»Dieser Ostrog wird gewinnen«, sagte er, »passen Sie auf, der gewinnt. Und wie die Welt dann ausschauen wird, kann keiner sagen. Meine Söhne sind unter den Windfahnen, alle drei. Eine meiner Schwiegertöchter war eine Zeitlang seine Geliebte. Wir sind keine gewöhnlichen Leute. Auch wenn sie mich heute hinausgeschmissen haben und ich schauen muß, wo ich unterkomme ... Ich habe gewußt, was gespielt wird. Früher als die meisten anderen. Aber dieses Stromabschalten! Und plötzlich im Dunkeln über eine Leiche zu stolpern!« Man hörte sein schnaufendes Atemholen.

»Ostrog –«, sagte Graham.

»Der größte Mensch, den die Welt jemals gesehen hat«, sagte der Alte überzeugt.

Graham überlegte eine neue Frage. »Der Oberste Rat hat wenig Freunde unterm Volk«, sagte er aufs Geratewohl.

»Wenig Freunde. Und auch bloß arme. Für die sind

die guten Zeiten vorbei. Ach – sie hätten sich an die Klügeren halten sollen. Aber zweimal haben sie Wahlen abgehalten. Und Ostrog – jetzt ist es soweit, jetzt gibt es kein Halten mehr. Zweimal haben sie Ostrog als Kandidaten abgelehnt – bedenken Sie – Ostrog! Ich habe gehört, wie er damals getobt hat, es war furchtbar. Gott helfe ihnen, denn ein Mensch kann das nicht mehr, seit er die Arbeiterkompanien gegen sie aufgewiegelt hat. Kein anderer hätte das gewagt. Die blauen Arbeitsuniformen bewaffnet und auf dem Marsch! Er wird sich durchsetzen, er wird gewinnen.«

Eine Weile schwieg er. »Dieser Schläfer –«, sagte er dann und verstummte wieder.

»Ja?« fragte Graham, »was ist mit ihm?«

Die Greisenstimme sank zu vertraulichem Flüstern, das blasse Gesicht kam nahe heran. »Der wirkliche Schläfer –«

»Ja?«

»Ist schon seit Jahren tot.«

»Was?« fragte Graham scharf.

»Ja. Tot – seit Jahren.«

»Das kann nicht wahr sein.«

»Doch, es *ist* wahr. Er ist tot. Der Schläfer, der aufgewacht ist, den haben sie nämlich unterschoben, heimlich in der Nacht. Ein armer Kerl, den sie betäubt und bewußtlos gemacht haben. Aber ich darf nicht alles sagen, was ich weiß – beileibe nicht ...«

Eine Weile murmelte er vor sich hin. Es wurde ihm zu schwer, das Geheimnis allein zu tragen. »Ich kenne die nicht, die ihn eingeschläfert haben – das war vor meiner Zeit –, aber ich kenne den, der ihm die stimulierenden Injektionen gegeben und ihn dann wieder aufgeweckt hat. Es stand zehn zu eins – wecken oder umbringen. Wecken oder umbringen. So macht es Ostrog.«

Graham war so verblüfft, daß er den Alten unterbrach, ihn wiederholen ließ, was er gesagt hatte, und ihn nochmals vorsichtig ausfragte, um sicher zu sein. Sein Erwachen wäre kein natürliches gewesen? War das der Aberglaube eines senilen Mannes, oder war daran etwas Wahres? Er durchforschte sein Gedächtnis und erinnerte sich vage an etwas, das möglicherweise auf solche Injektionen zurückzuführen war: Er war – so dämmerte ihm – jemandem begegnet, von dem er endlich etwas über die neue Zeit erfahren konnte. Der Alte keuchte eine Zeitlang asthmatisch, dann spuckte er aus und setzte schließlich fort:

»Das erste Mal haben sie ihn abgelehnt. Ich habe alles genau verfolgt.«

»Abgelehnt? Wen? Den Schläfer?«

»Den Schläfer? *Nein*, Ostrog. Schrecklich war das – schrecklich. Und da versprach man ihm … das nächste Mal ganz sicher! Daß sie sich nicht *mehr* vor ihm gefürchtet haben, die Narren! Jetzt ist die ganze Stadt sein Mühlstein, und wir werden zu Staub gemahlen. Zu Staub gemahlen. Bevor er an die Arbeit ging, da schnitten sich die Arbeiter manchmal gegenseitig die Hälse ab, oder sie brachten einen Chinesen um … oder einen Polizisten – aber unsereinen ließen sie in Ruhe. Leichen! Raubüberfälle! Stromabschalten! So was ist seit Menschengedenken nicht dagewesen. Tja, aber den kleinen Leuten geht es schlecht, wenn die großen ausfallen. Es sieht nicht gut aus.«

»Was meinten Sie, *was* ist nicht mehr dagewesen seit Menschengedenken?«

Der Alte nuschelte etwas von Silbenverschlucken

und wiederholte dann starrsinnig: »Raufen und erschlagen und mit Waffen in der Hand herumrennen. Und Narren, die ›Freiheit!‹ und dergleichen schreien. Mein ganzes Leben lang hat es das nicht gegeben. Das ist ja wie damals – aber das ist auch schon lang her – als in Paris die Revolution ausbrach –, das, meine ich, hat es nicht gegeben. Aber so ist die Welt. Es mußte ja wiederkommen – ich weiß, ich weiß. Fünf Jahre lang hat dieser Ostrog gearbeitet, und so lange hat es immer Unruhen gegeben und Hunger, Drohungen und große Worte. Blaues Einheitsgewand und Mundpropaganda. Aber jetzt sind wir soweit. Revolten und Kämpfe, und der Oberste Rat ist am Ende mit seiner Weisheit.«

»Sie sind sehr gut informiert«, sagte Graham.

»Ich weiß, was ich höre. Aber ich habe nicht alles nur aus der Schwätzmaschine.«

»Nein, sicher nicht«, meinte Graham und fragte sich, was eine Schwätzmaschine wohl sein mochte. »Und Sie sind sicher, daß dieser Ostrog – hm – den Aufstand organisiert und das Erwachen des Schläfers veranlaßt hat? Nur um seine Position zu stärken – weil er nicht in den Obersten Rat gewählt wurde?«

»Das weiß doch jeder, sollte man meinen. Außer den Narren eben. Er wollte zum Herrn über irgend etwas werden – im Obersten Rat oder nicht. Jeder, der überhaupt etwas weiß, weiß *das*. Und da haben wir es jetzt – im Dunkeln liegen Leichen herum. Wo sind Sie denn gewesen, daß Sie nichts von dem Streit zwischen Ostrog und den Verneys gehört haben? Und was meinen Sie, worum es dabei geht? Um den Schläfer vielleicht? Und der ist vielleicht echt und ist wohl von selber wieder aufgewacht, was?«

»Ich bin älter, als ich aussehe, und ein bißchen vergeßlich«, erwiderte Graham. »Da war anscheinend einiges los, besonders in den letzten Jahren. Ich muß Ihnen ehrlich sagen, wenn ich selbst der Schläfer wäre, könnte ich auch nicht weniger davon wissen.«

»Ach, alt sagten Sie, wirklich? Ihre Stimme klingt nicht alt. Es behält natürlich nicht jeder sein Gedächtnis bis in meine Jahre. Aber solche Dinge merkt man sich doch. Sie sind ja nicht so alt wie ich – längst nicht so alt wie ich. Na, ich sollte andere nicht nach mir beurteilen. Ich bin jung für einen so alten Mann. Vielleicht sind Sie eben alt für einen so jungen Mann.«

»Genau das ist es. Und ich habe eine merkwürdige Geschichte. Ich weiß sehr wenig. Überhaupt Geschichte – die ist nicht meine Stärke. Der Schläfer oder Julius Cäsar – das ist mir alles eins. Aber es ist interessant, Sie von diesen Dingen reden zu hören.«

»Ich weiß ein paar Sachen«, sagte der Alte. »So eins und das andere … aber horchen Sie, was ist das?«

Sie verstummten beide und lauschten. Es gab einen heftigen Erdstoß, eine Erschütterung, daß ihre Bank bebte. Die Vorübergehenden blieben stehen. Der Alte rief einen Mann an, der eben an ihm vorbeikam. Durch sein Beispiel ermutigt, stand auch Graham auf und sprach andere an. Niemand wußte, was geschehen war.

Er setzte sich wieder auf die Bank und hörte, wie der Alte leise Selbstgespräche führte.

Das Gefühl, daß dieser gigantische Kampf sich so nahe und doch so fern von ihm abspielte, bedrückte Graham. Hatte dieser Alte recht, stimmten die Gerüchte und siegten die Revolutionäre? Oder trieben die Roten bereits alle vor sich her? Jeden Augenblick konnte der Schrecken des Bürgerkriegs auf dieses stille

Stadtviertel übergreifen und ihn von neuem erfassen. Er mußte unbedingt erfragen, was er konnte, solange noch Zeit war. Er wandte sich dem Alten zu, sprach seine Frage aber dann doch nicht aus.

»Ach!« begann der Alte von selbst, »wie viele Dinge da ineinandergreifen! Dieser Schläfer, auf den alle Narren vertrauen! Ich weiß alles über ihn – ich bin immer gut gewesen in Geschichte. Als Kind – so alt bin ich schon – habe ich noch gedruckte Bücher gelesen. Sie werden es kaum glauben. *Sie* haben wohl kaum mehr welche gesehen. Sie verkommen und verstauben – und die Gesellschaft für Hygiene stampft sie ein, um sie der Wiederverwertung zuzuführen. Aber wenn sie auch schmutzig waren, nützlich waren sie doch. Man lernte eine Menge daraus. Diese neumodischen Schwätzmaschinen – für Sie sind sie freilich nicht neumodisch, was? –, das geht bei einem Ohr hinein, beim anderen heraus. Aber die Geschichte mit dem Schläfer habe ich von Anfang an verfolgt.«

»Sie werden es kaum glauben«, sagte Graham, »aber ich war so sehr von meinen eigenen Angelegenheiten in Anspruch genommen und habe unter so seltsamen Verhältnissen gelebt, daß ich tatsächlich nichts von der Geschichte des Schläfers weiß. Wer war er denn?«

»Ach«, sagte der Alte, »er war ein kleiner Niemand und geriet an eine leichtsinnige Frau, der arme Teufel. Und dann verfiel er in einen Starrkrampf. Diese merkwürdigen Bilder, die sie damals machten – die Silberphotographien –, zeigen ihn noch, wie er dalag, vor zweihundert Jahren – ja, vor zweihundert Jahren.«

»Geriet an eine leichtsinnige Frau, der arme Teufel«, sagte Graham leise vor sich hin. »Ja – und weiter?«

»Sie müssen wissen, er hatte einen Vetter namens

Warming, ein einsamer Mensch ohne Frau und Kinder, der kam durch Spekulationen im Straßenbau zu einem großen Vermögen – er baute die ersten Betonstraßen. Aber das haben Sie doch wohl schon gehört? Nein? Wie? Er kaufte alle Patentrechte auf und gründete eine große Gesellschaft. Damals gab es noch unzählige Einzelfirmen und Gesellschaften. Unzählige. Seine Straßen brachten innerhalb von zwanzig Jahren die Eisenbahnen um, die alten Dinger. Er kaufte auf und baute Betonstraßen, wo früher Geleise waren. Und weil er sein Riesenvermögen nicht zerstückeln oder es Aktionären überlassen wollte, vermachte er alles miteinander dem Schläfer und ließ es von einer Treuhandgesellschaft verwalten, die er selbst bestellt hatte. Er wußte damals schon, daß der Schläfer nicht erwachen würde, daß er schlafen und schlafen würde bis an sein seliges Ende. Das wußte er sehr wohl. Und – nicht genug an dem – kommt da ein Mann aus den USA, der zwei Söhne bei einer Schiffskatastrophe verloren hat, und setzt ihn ebenfalls zum Universalerben ein. Seine Treuhandgesellschaft hatte gleich von Anfang an ein Milliardenvermögen zu verwalten.«

»Wie hieß er?«

»Graham.«

»Nicht der Schläfer – der Amerikaner.«

»Isbister.«

»Isbister!« rief Graham. »Und ich kenne ihn nicht einmal dem Namen nach.«

»Natürlich nicht«, sagte der Alte. »Natürlich nicht. Die Leute lernen heutzutage nicht viel in den Schulen. Aber ich weiß alles über ihn: Er war ein steinreicher Amerikaner, aus England gebürtig. Er hinterließ dem Schläfer sogar noch mehr als Warming. Wie er das Vermögen gemacht hat? Das weiß ich nicht. Etwas wie Bilder, im Druckverfahren hergestellt, oder so. Jedenfalls hat er das dem Schläfer hinterlassen. Und das war der Start für den Obersten Rat, der zunächst das Vermögen als Treuhandgesellschaft nur verwaltete.«

»Und wie ist das Vermögen gewachsen?«

»Sie verstehen aber auch rein gar nichts! Wo Tauben sind, fliegen Tauben zu – und ein Dutzend Köpfe ist besser als einer. Sie haben es geschickt angefangen, sind mit Geld in die Politik gegangen, haben Kurse und Tarife beeinflußt und so das Geld fortwährend vermehrt. Jahrelang haben diese zwölf Männer den Vermögenszuwachs durch Buchungen auf die verschiedensten fingierten Konten verschleiert. Sie legten Anleihen auf, gaben Pfandbriefe und Aktien aus, kauften jede politische Partei, jede Zeitung auf. Wenn Sie diese alten Geschichten hören, wird Ihnen klar, wie unermeßlich Geld und Macht wuchsen – alles aus dem Vermögen dieses Schläfers. Und schließlich alles aus einer Laune des Schicksals – aus dem Testament dieses Warming und aus einem Unfall, dem Isbisters Söhne zum Opfer fielen.«

»Die Menschen sind sonderbar«, fuhr der Alte nach einer Weile fort. »Mir erscheint es sonderbar, wie die Zusammenarbeit im Obersten Rat so lange funktioniert hat. Bedenken Sie – zwölf Mitglieder! Aber sie waren von Anfang an in Cliquen gespaltet. Und sie sind schon lange nicht mehr das, was sie einmal waren, der Glorienschein um ihre Köpfe ist verblaßt. Wenn man in meiner Jugend vom Obersten Rat sprach, so war das, als redete man von Gott; daß sie Unrecht tun könnten, kam uns nicht einmal in den Sinn. Von ihren Weibergeschichten und all dem wußten wir doch nichts. Mittlerweile bin ich klüger geworden.«

Nach einer weiteren Pause fuhr er fort: »Sonderbar sind die Menschen. Da sitzen Sie, jung und unwissend, und ich mit meinen siebzig Jahren, der eigentlich schon vergessen könnte, erkläre Ihnen alles klipp und klar. ... Siebzig – und ich höre und sehe noch gut, höre besser noch, als ich sehe. Klarer Kopf, und über alles auf dem laufenden ... Zwanzig war ich, als Ostrog noch in den Windeln lag. Ich kannte ihn schon, längst bevor er sich in eine Spitzenposition des Windfahnenamtes hinaufgearbeitet hatte. Ich habe so manchen Wechsel mitgemacht – ich habe auch die blaue Uniform getragen. Und jetzt muß ich diesen Umsturz erleben – Aufruhr und Tumult, die ganze Stadt ohne Strom, und Leichen, die in Haufen auf den Straßen vorbeigetragen werden. Und alles sein Werk –!«

Graham dachte nach. »Jetzt wollen wir einmal sehen, ob ich alles richtig begriffen habe.« Er hielt die Hand hin und zählte die einzelnen Punkte an den Fingern ab. »Der Schläfer lag also da –«

»Er wurde ausgewechselt«, unterbrach der Alte starrsinnig.

»Möglicherweise. Und inzwischen ist sein Vermögen in den Händen von zwölf Männern angewachsen, bis es fast den gesamten Privatbesitz der ganzen Welt aufschluckte. Und durch das Vermögen des Schläfers sind diese zwölf sozusagen die Herren der Welt geworden. Weil sie das Geld und die Macht hatten – genau wie es im alten England im Parlament war –«

»Ja, genau so. Das ist ein guter Vergleich. Sie sind gar nicht so –«

»Und jetzt hat dieser Ostrog die Welt revolutioniert,

und zwar dadurch, daß er den Schläfer geweckt hat, von dem außer dem Mann von der Straße doch kein Mensch annahm, er würde je erwachen. Hat den Schläfer geweckt, um in seinem Namen nach zweihundert Jahren vom Obersten Rat die Herausgabe des Vermögens zu fordern.«

Der Alte nickte zustimmend und hustete. »Höchst merkwürdig, einem Menschen zu begegnen, der das heute zum ersten Mal hört ... Sind Sie in einer Freudenstadt gewesen? Mein ganzes Leben lang hätte ich gern –« Er lachte etwas verlegen. »Heute noch könnte ich mich an ein bißchen Spaß erfreuen. Auf jeden Fall mich noch freuen, wenn ich was zu sehen kriegte.« Dann murmelte er einen Satz, den Graham nicht verstand.

»Und wann ist der Schläfer aufgewacht?«

»Vor drei Tagen.«

»Und wo ist er?«

»Ostrog hat ihn. Es sind noch nicht vier Stunden her, seit er dem Obersten Rat entflohen ist. Mein lieber Herr, wo sind Sie denn währenddessen gewesen? Er war in der Festhalle, dort, wo dann geschossen wurde. Das ging doch wie ein Lauffeuer durch die Stadt. Alle Schwätzmaschinen brachten die Nachricht, überall wurden Sondermeldungen ausgerufen. Und selbst die Narren, die zum Obersten Rat halten, gaben alles zu. Waren Sie betrunken oder haben Sie geschlafen? Aber selbst dann – nein, Sie scherzen. Sicher, Sie tun nur so. Sie haben doch den Strom abgeschaltet und uns diese verdammte Finsternis beschert, damit die Schwätzmaschinen ausfallen und keine Demonstrationen abgehalten werden können. Sie wollen doch nicht etwa sagen –?«

»Ich habe gehört, daß der Schläfer befreit worden ist, aber ich glaube nicht, daß er eine Chance hat, sich durchzusetzen. Er wird nur eine Marionette sein, in Ostrogs Händen oder denen des Obersten Rates, wenn der Machtkampf erst einmal entschieden ist.«

»In Ostrogs Händen – gewiß. Warum sollte er keine Marionette sein? Sehen Sie sich seine Stellung an, er hat doch alles, was sein Herz begehrt – warum sollte er sich durchsetzen wollen?«

»Was sind diese Freudenstädte?« fragte Graham unvermittelt.

Der Alte ließ ihn die Frage wiederholen und stieß ihn dann scherzhaft in die Rippen. »Das ist *zu* viel«, sagte er. »Sie machen sich lustig über einen alten Mann. Ich hab mir's gleich gedacht, daß Sie mehr wissen, als Sie vorgeben.«

»Vielleicht. Aber ich weiß tatsächlich nicht, was eine Freudenstadt ist. Ich kenne aber auch Ihr Alphabet nicht, ich weiß nicht, was für Geld Sie haben, weiß nicht, was für fremde Länder es gibt. Ich weiß nicht, wo ich bin, und ich kann nicht zählen. Ich weiß nicht einmal, wo ich etwas zu essen, zu trinken und ein Dach über dem Kopf finde. Können Sie mir das sagen?«

»Haha!« lachte der Alte belustigt. Eine welke Hand streichelte über Grahams Ärmel. »Na ja – Herren, die Seide tragen, müssen natürlich immer einmal ihren Spaß haben. Ja, ja. Wie dem auch sei – ich wollte, ich wäre der Mann, den sie als den Schläfer hingelegt haben. Stellen Sie sich vor, wie gut es dem jetzt geht – was er sich wünscht, kann er haben. Er hat ein merkwürdiges Gesicht. Als er noch zu besichtigen war, habe ich eine Eintrittskarte gehabt und bin dort gewesen. Der Unterschobene war genau wie der wirkliche, den man auf Photos sehen kann. Gelb. Aber man wird ihn auffüttern. Eine komische Welt ist das schon. So ein Glück zu haben! Ich denke mir, sie werden ihn nach Capri schicken. So gut müßte es einem einmal gehen.«

Ein Hustenanfall unterbrach ihn von neuem, dann brummte er neidisch noch eine Weile vor sich hin. »Mein ganzes Leben lang bin ich immer nur in London gewesen und habe gehofft, daß sich mir eine Chance bietet.«

»Aber Sie wissen nicht, daß der Schläfer gestorben ist«, sagte Graham plötzlich.

»Menschen leben nun einmal nicht länger als hundertzwanzig Jahre. Das ist ein Naturgesetz. Aber das können Sie nicht wissen – woher sollen Sie es denn auch wissen?«

»Ich *bin* der Schläfer.«

Er mußte es für den Alten wiederholen, und dann folgte eine kurze Pause.

»So etwas zu sagen, ist nicht sehr gescheit, mein Herr – entschuldigen Sie. Es kann Ihnen in diesen Tagen der Volkserhebung die größten Schwierigkeiten bereiten.«

»Ich habe Ihnen gesagt, daß ich der Schläfer war. Daß ich tatsächlich vor vielen, vielen Jahren in einem kleinen Dorf an der Küste von Cornwall einschlief, damals, als es noch Bäume und Hecken gab, Dörfer und Gasthöfe, und als das ganze Land in Wiesen und Felder aufgeteilt war. Haben Sie nie von diesen Tagen gehört? Und ich, der mit Ihnen spricht, bin der, der heute vor vier Tagen erwacht ist.«

»Sie sind ein komischer Mensch. Sitzen da und erzählen mir Lügen.«

Graham sprang auf. »Es ist absurd!« rief er gereizt,

»einfach absurd! Der Traum muß ein Ende haben. Hier stehe ich und versuche, einen alten Narren zu überzeugen, daß ich tatsächlich ich bin, und inzwischen –« Er ging mit großen Schritten davon.

Der Alte war sogleich hinter ihm. »Oh, gehen Sie nicht weg!« rief er. »Ich weiß, daß ich ein alter Narr bin. Gehen Sie nicht weg – lassen Sie mich hier im Dunkel nicht allein.«

Graham zögerte, wandte sich um und blieb stehen. Plötzlich erfaßte er, wie töricht es war, daß er sein Geheimnis verraten hatte.

»Ich wollte Sie nicht beleidigen, wenn ich Ihnen nicht glaubte«, sagte der Alte, als er ihn eingeholt hatte. »Es war nicht böse gemeint. Nennen Sie sich den Schläfer, wenn Sie wollen, nur lassen Sie mich nicht im Dunkeln allein.«

Graham zögerte, drehte sich plötzlich um und ging seines Weges. Eine Zeitlang hörte er den Alten noch hinter sich herhumpeln und schnaufen und rufen – dann nicht mehr.

12

Ostrog

Graham konnte nun seine Lage einigermaßen überschauen. Er wanderte noch lange umher, aber nach dem Gespräch mit dem Alten war ihm klar, daß er diesen Ostrog unbedingt finden mußte. Eines stand fest: Im Hauptquartier des Putsches hatte man es großartig verstanden, sein Verschwinden geheimzuhalten. Aber er erwartete, daß der Oberste Rat die Meldung von seinem Tod oder seiner Wiederergreifung jeden Augenblick durchgeben ließ.

Plötzlich blieb jemand vor ihm stehen. »Haben Sie schon gehört?«

»Nein.« Graham fuhr zusammen.

»Fast ein Dutzend – ein Dutzend Mann!« sagte der andere und eilte weiter.

Mehrere Männer kamen im Dunkel mit einem Mädchen vorbei. Sie gestikulierten und riefen begeistert: »Kapituliert! Widerstand aufgegeben! Hurra, Ostrog! Ostrog, hurra!« Die Rufe verhallten und waren bald nur noch aus der Ferne zu hören.

Andere Rufe folgten. Eine Zeitlang horchte Graham aufmerksam auf Fragmente von Sätzen, die an sein Ohr drangen. Er fragte sich, ob das denn Englisch war. Wortfetzen flogen ihm zu, die wie Pidgin-Englisch oder Negerdialekt klangen, jedenfalls verstümmeltes Englisch. Er wagte nicht, jemanden anzusprechen und zu fragen. Der Eindruck, den die Leute machten, deckte sich nicht mit seinen Vorstellungen vom Aufstand, und er begann zu begreifen, daß der Alte sein Vertrauen auf Ostrog setzte. Es fiel ihm schwer zu glauben, daß die Leute sich über die Niederlage des Obersten Rates freuten und daß dieser Oberste Rat, der ihn verfolgt hatte, nun der Schwächere im Kampf um die Macht sein sollte. Und wenn das der Fall war, wie berührte es ihn? Er ging eine Weile einem rundlichen, sympathischen Menschen nach, um Fragen an ihn zu richten, brachte es dann aber wieder nicht fertig, ihn anzusprechen.

Endlich fiel ihm ein, daß er nach dem Windfahnenamt fragen könnte, was immer das auch sein mochte. Auf seine erste Frage bekam er die Antwort, er solle in Richtung Westminster weitergehen. Der zweite, den er ansprach, zeigte ihm einen kürzeren Weg, auf dem er sich bald verlief. Dann riet man ihm, über eine Treppe hinunter zu einer Querstraße zu gehen, die im Dunkel lag. Dort hatte er zunächst einige abenteuerliche Begegnungen. Ein weibliches Wesen blieb vor ihm stehen. Sie sprach einen Dialekt, der sich wie eine fremde Sprache anhörte; da in ihrem Redestrom aber auch Überreste englischer Wörter vorkamen, mußte das wohl die Sprache des modernen Pöbels sein. Dann näherte sich ein anderes Mädchen, das »Tralala, tralala ...« sang. Sie stieß, wie ihm schien, nicht zufällig mit ihm zusammen und erzählte ihm lachend im ordinärsten Dialekt, daß sie ihre Schwester verloren habe. Mit einem klaren Wort des Protestes gelang es ihm, sie abzuwimmeln.

Im Dunkel stolperten Leute an ihm vorbei, die aufgeregt miteinander redeten. »Sie haben sich ergeben! Der Oberste Rat!« – »Doch nicht der Oberste Rat!« widersprachen andere. »Das pfeifen doch schon die Spatzen vom Dach!«

Nun weitete sich die Unterführung – seine Augen hatten sich inzwischen an die Dunkelheit gewöhnt –, und er entdeckte, daß zu beiden Seiten kleine Tische aufgestellt waren. Tellerklappern, Gläserklirren inmitten aller Betriebsamkeit ließen ihn vermuten, daß hier ein Buffet sein mußte. Es gab also Leute, die an einem solchen Tag die Ruhe zu einer Mahlzeit fanden, oder war es der Pöbel, der im Schutz der Dunkelheit das Buffet geplündert hatte?

Dann hörte er ein Schluchzen und fand zwei verängstigte kleine Mädchen neben einem Gitter kauernd. Sie verstummten, als seine Schritte sich näherten. Er versuchte sie zu trösten, aber sie blieben stumm, bis er sie verließ. Erst im Weitergehen konnte er sie wieder heftig schluchzen hören.

Schließlich sah er sich im Zwielicht am Fuß einer Treppe, die wieder auf gleitende Fahrbahnen und Wege hinaufführte. Auf einer der Straßen marschierte lärmend ein ungeordneter Menschenhaufen dahin. Man hörte einzelne Strophen aus dem Revolutionslied, die meisten sangen falsch. Hier und dort brannten Fackeln, die kurze Schatten warfen. Er fragte zweimal nach dem Weg, konnte aber aus dem vulgären Dialekt nicht einmal erraten, was man ihm geantwortet hatte. Erst ein dritter Versuch trug ihm eine Antwort ein, die er verstand. Er war noch zwei Kilometer vom Windfahnenamt in Westminster entfernt, aber der Weg war nicht mehr zu verfehlen.

Als er sich schließlich dem gesuchten Gebäudekomplex näherte, schloß er aus den jubelnden Demonstrationen, daß der Oberste Rat bereits zurückgetreten sein mußte. Und noch immer war keine Meldung von seinem Verschwinden erfolgt.

Das Licht über der Stadt flammte so unerwartet und plötzlich wieder auf, daß er geblendet stehenblieb. Er arbeitete sich mühsam durch die aufgeregte Volksmenge bis zu einer der Treppen des Windfahnenamtes. Das Gedränge war so dicht, daß er sehr lange brauchte, bis er das Wachzimmer erreichte. Dort lachte man ihn einfach aus, als er darum bat, bei Ostrog angemeldet zu werden. Dadurch klüger geworden, beteuerte er im Wachzimmer bei der nächsten Treppe, er bringe Nachrichten, die für Ostrog von großer Wichtigkeit seien. Lange Zeit ließ man ihn in einem kleinen Zimmer neben dem Aufzug warten. Schließlich ging die Tür auf, und Lincoln trat ein. Er blieb einen Augenblick stehen, blickte Graham forschend an und stürzte dann, überströmend vor Freude, auf ihn zu.

»Da sind Sie ja!« rief er.

Graham gab eine kurze Erklärung.

»Mein Bruder erwartet Sie«, sagte Lincoln. »Er ist allein im Windfahnenamt. Wir haben gefürchtet, Sie könnten in der Festhalle getötet worden sein. Kommen Sie, kommen Sie!«

Sie fuhren im Lift hinauf, gingen einen schmalen Gang entlang, durchquerten eine große Halle und betraten einen kleinen Raum, dessen einziges Möbel eine lange Ruhebank war. An der Wand hing an Kabeln eine große ovale Scheibe von undefinierbarem Grau. Lincoln verließ Graham für kurze Zeit, und er blieb allein, ohne zu verstehen, was es mit den Gestalten auf sich hatte, die sich verschwommen über diese Scheibe bewegten. Plötzlich setzte ein Ton ein, das Jubeln und Frohlocken einer sehr fernen Menge. Es steigerte sich zu Gebrüll und endete ebenso scharf und plötzlich, wie es begonnen hatte.

Draußen hörte er Stimmen, Schritte, Bewegung. Die Schritte eines einzelnen lösten sich von den anderen Geräuschen und näherten sich, energische, gleichmäßige Schritte. Der schwere Vorhang hob sich langsam, ein hochgewachsener, weißhaariger Mann in einem Gewand aus cremefarbener Seide erschien und blickte Graham an. Einen Augenblick blieb die weiße Gestalt stehen, während sie den Vorhang noch hielt, dann ließ sie ihn fallen und trat vor Graham hin. Sein erster Eindruck war der einer sehr breiten Stirn, heller blauer Augen, die tief unter weißen Brauen lagen, einer Adlernase und eines sehr energischen Mundes. Die Tränensäcke unter den Augen und die herabgezogenen Mundwinkel verrieten, daß der Mann alt war, wenngleich er sich untadelig aufrecht hielt. Graham stand instinktiv auf, einen Augenblick lang standen die beiden Männer einander schweigend gegenüber und maßen sich mit den Blicken.

»Sie sind Ostrog?« fragte Graham.

»Jawohl.«

»Der Führer?«

»So nennt man mich.«

Graham empfand, daß es unpassend war, nun zu schweigen. »Ich höre, ich habe vor allem Ihnen für meine Rettung zu danken«, sagte er korrekt.

»Wir fürchteten, man könnte Sie getötet haben – oder schlafen geschickt – für immer. Wir haben alles getan, um Ihr Verschwinden geheimzuhalten. Wo sind Sie gewesen? Wie sind Sie hierher gekommen?«

Graham erzählte es ihm kurz. Ostrog hörte schweigend zu.

»Wissen Sie, womit ich eben beschäftigt war, als man mir Ihre Ankunft meldete?«

»Wie sollte ich das wissen?«

»Ich war dabei, Ihren Doppelgänger aufzubauen.«

»Meinen Doppelgänger?«

»Einen Mann, der Ihnen zum Verwechseln ähnlich sieht. Wir wollten ihn hypnotisieren, um ihm das Rollenspiel zu ersparen. Das war das Gebot der Stunde. Dieser Putsch setzt voraus, daß Sie erwacht sind, am Leben sind und mit uns sind. Jetzt schon hat sich eine große Volksmenge in der Festhalle versammelt und ruft nach dem Schläfer. Uns traut das Volk nicht. Sie wissen natürlich etwas ... von dem Amt, das Sie ausüben werden?«

»Sehr wenig.«

Ostrog ging einige Schritte unruhig im Zimmer umher, ehe er begann:

»Mehr als die Hälfte der Welt gehört Ihnen, Sie sind absoluter Eigentümer, daher dem Wesen nach König. Ihre Macht ist praktisch auf mancherlei komplizierte Weise begrenzt, doch Sie repräsentieren die Macht. Dieser Oberste Rat, wie man ihn nennt –«

»Eine vage Vorstellung habe ich davon.«

»Das habe ich mich eben gefragt.«

»Ich bin unterwegs auf einen geschwätzigen alten Mann gestoßen.«

»So? Die Massen – das Wort stammt noch aus Ihrer Zeit, ist aber auch heute zutreffend – sehen in Ihnen den Herrscher. So wie zu Ihrer Zeit, in der Monarchie, viele Leute glaubten, Herrschen und Regieren wäre dasselbe. Sie sind unzufrieden, diese Massen – nicht nur bei uns, sondern auf der ganzen Welt –, mit der Regierung der Treuhänder. Zu einem großen Teil ist es die alte

Unzufriedenheit, der Streit des gewöhnlichen Menschen mit seiner Gewöhnlichkeit: er mag die Arbeit nicht, er mag die Disziplin nicht, und seine eigene Unfähigkeit ist ihm auch zuwider. Die Unzufriedenheit mit den Treuhändern ist allerdings berechtigt, denn sie haben schlecht regiert. In manchen Belangen der Verwaltung zum Beispiel haben sie unklug gehandelt, haben zuviel Freiheit gewährt, zu viele Versprechen gegeben, ohne sie zu halten. Wir Widerstandskämpfer hatten schon an Reformen gearbeitet, da erwachten Sie. Erwachten, als sei das alles auf die Minute geplant gewesen.« Er lächelte. »Die Leute waren bereits auf den Gedanken verfallen, Sie aus Ihrem immerwährenden Schlaf zu wecken, an Sie zu appellieren … Im Obersten Rat herrschte Konfusion, es wurde gestritten. Das tun sie immer. Sie konnten sich nicht darüber einigen, was mit Ihnen geschehen sollte.«

»Ich verstehe. Und jetzt? Gewinnen wir?«

»Wir gewinnen, darüber besteht kein Zweifel mehr. Heute abend noch, in den nächsten fünf Stunden. Der Aufstand war gut vorbereitet: Die Windfahnenleute, die Millionen bewaffneter Arbeiter schlugen gleichzeitig los. Wir besetzten die Flugplätze. Das war natürlich wesentlich, damit kein Mitglied des Obersten Rates entwischen konnte. Die ganze Stadt erhob sich, jeder dritte Mann war am Aufstand beteiligt. Alle machten mit, die Blauen, der gesamte öffentliche Dienst mit Ausnahme einiger Aeronauten und der Hälfte der roten Polizei. Ganz London ist in unserer Hand, nur das Rathaus ist von den verbliebenen Verkehrspolizisten besetzt, alle anderen sind versprengt, entwaffnet oder getötet. Die rote Polizei erlitt die größten Verluste bei dem törichten Versuch, Sie wieder einzufangen. Sie verloren den Kopf, warfen alle Kräfte in den Kampf um die Festhalle – da haben wir sie vom Rathaus einfach abgeschnitten. Überall erstrahlt Ihr Stern. Gestern noch herrschte der Oberste Rat, wie er seit anderthalb Jahrhunderten geherrscht hat, und dann ... es begann mit ein bißchen Flüsterpropaganda, hie und da wurden ein paar Waffen verteilt ... und plötzlich ...«

»Ich weiß so wenig, daß ich mir kein klares Bild machen kann«, sagte Graham. »Würden Sie mir erklären ... Wo ist der Oberste Rat? Wo wird noch gekämpft?«

Ostrog ging durch das Zimmer, hantierte an einem Schalter, und sie saßen plötzlich im Dunkel. Nur an der Wand konnte man einen ovalen Schein erkennen. Einen Augenblick war Graham verwirrt. Dann sah er, daß die undefinierbar graue Scheibe an Tiefe und Farbe gewann; es war, als schaue man durch ein Fenster auf eine seltsame, ungewohnte Szene auf der Straße.

Im ersten Moment war ihm nicht klar, was sie darstellen mochte. Es war eine Szene bei Tageslicht, dem Licht eines kalten, klaren Wintermorgens. Quer über das Bild und – wie ihm schien – halbwegs zwischen ihm und dem Hintergrund streckte sich ein dickes Kabel aus gewundenem weißen Draht. Dann bemerkte er, daß die Reihen großer Windräder und die dunklen Abgründe dazwischen denen glichen, durch die er bei seiner Flucht gelaufen war. Er erkannte eine geordnete Linie rotuniformierter Gestalten, die zwischen Reihen von Männern in Schwarz über einen offenen Platz marschierten, und es wurde ihm klar, noch bevor Ostrog es aussprach, daß er aus der Vogelschau auf ein modernes London hinuntersah. Der Schnee der Nacht war verschwunden. Er nahm an, dieser Apparat sei ein moderner Ersatz oder eine weiterentwickelte Camera obscura, nur liefen die Bilder langsam und anscheinend endlos über den Schirm.

»Nun werden Sie gleich sehen, wie gekämpft wird«, sagte Ostrog neben ihm. »Diese Kerle in Rot, die Sie dort sehen, sind Gefangene. Da haben Sie den Dachraum von London, er erstreckt sich über die ganze Stadt, Straßen und Plätze sind überdacht, Spalten und Abgründe zwischen den Häusern gibt es nicht mehr.«

Nun fegte und flackerte etwas über den Bildschirm, das er nicht genau ausnehmen konnte, die Form deutete jedoch auf einen Menschen. Dann war das Bild wieder klar, und er sah Leute unter den Windrädern dahinlaufen, Waffen auf jemanden richten und auch feuern. Immer mehr kamen herangelaufen, sie gestikulierten, vielleicht riefen sie auch, doch davon sagte das Bild ihm nichts. Die Menschen und die Windräder zogen langsam und stetig über den Bildschirm.

»Jetzt«, sagte Ostrog, »kommt das Rathaus.« Zuerst sah man einen dunklen Grat, den Graham für eine Feuermauer hielt. Er wartete gespannt darauf, was nun folgen würde. Bald war es nicht mehr der Grat, sondern eine Höhlung, ein riesiger geschwärzter Raum zwischen den Gebäuden, aus dem dünne Rauchsäulen in den blassen Winterhimmel stiegen. Die Ruinen mächtiger Pfosten und Pfeiler ragten finster aus dem Dunkel. Und über diese Trümmer eines Prachtbaues kletterten und sprangen zahllose Menschen.

»Das ist das Rathaus«, erklärte Ostrog. »Ihre letzte Festung. Und diese Narren haben, um unseren Ansturm aufzuhalten, die Gebäude ringsum in die Luft gesprengt und ihre Munition dafür verschwendet.«

Während Ostrog sprach, sah Graham jenseits dieser

Trümmerstätte hochaufragende isolierte Gebäude, die bei der Sprengung ebenfalls beschädigt worden waren. Durch große Löcher in der Außenmauer sah man in lange Korridore, riesige Hallen waren gleichsam aufgeschlitzt und boten ein grausiges Bild der Zerstörung. Die roten Punkte, die sich auf dieser Szene bewegten, entpuppten sich als die rotuniformierten Verteidiger des Obersten Rates. Hin und wieder beleuchteten matte Blitze die finsteren Schatten. Auf den ersten Blick erschien es Graham, als erfolge ein Angriff gegen dieses weiße Gebäude, doch dann sah er, daß die Revolutionäre nicht vorrückten, sondern, hinter riesigen Trümmern geschützt, diese letzte Festung unter Beschuß nahmen.

Es schien ihm unfaßbar, daß er die Zeit noch in Stunden zählen konnte, da er als Gefangener in einem kleinen Zimmer unter einem Ventilator gestanden war und sich gefragt hatte, was wohl draußen in der Welt vorging.

Während Graham nun erkennen konnte, daß das weiße Gebäude rings von Ruinen umgeben war, erläuterte Ostrog in knappen Sätzen die Strategie des Kampfes. Von den Opfern an Menschenleben bei diesem riesigen Einsturz der Häuser sprach er in gleichgültigem Ton. Er zeigte auf ein improvisiertes Massengrab zwischen den Trümmern, zeigte Ambulanzwagen, die sich gleich Käsemaden ihren Weg auf der von Mauerwerk verlegten Fahrbahn suchten. Wirklich interessiert war er nur an den strategischen Fragen. Nach kurzer Zeit war Graham das Geschehen dieser vergangenen Nacht kein Geheimnis mehr. Es war kein Aufstand und auch kein Bürgerkrieg, sondern ein glänzend organisierter Staatsstreich.

Ostrogs Fachkenntnisse in den strategischen Einzelheiten waren erstaunlich, er schien die Aufgaben selbst der kleinsten Gruppe schwarz oder rot Uniformierter genau zu kennen, die in diesen Trümmern eingesetzt waren. Mit einem Stab wies er auf den Bildschirm und zeigte das Zimmer, aus dem Graham entkommen war, sowie seinen Fluchtweg. Graham erkannte jedes Detail wieder, die Rinne, die er entlanggelaufen war, die Windräder, unter denen er vor der Flugmaschine Schutz gesucht hatte. Die letzte Wegstrecke war der Explosion zum Opfer gefallen.

»Und die Regierung des Obersten Rates ist wirklich gestürzt?« fragte Graham.

»Gestürzt – und Sie sind der Herr der Welt.«

»Und diese weiße Flagge da?«

»Ist die Flagge des Obersten Rates – die Flagge der Weltherrschaft. Sie wird fallen. Der Kampf ist zu Ende.«

»Aber – ist diese Stadt denn die Welt?«

»Sie ist alles, was ihnen von ihrem Imperium noch geblieben war. Im Ausland haben sich die Städte entweder mit uns erhoben, oder sie warten den Ausgang ab. Den Mann, der auf Sie schoß, haben wir hingerichtet – vor einer Stunde. Und ein Scharmützel mit den Aeronauten war schnell vorbei. Sie wollten nicht riskieren, auf unserer Seite zu kämpfen, wollten aber auch nicht gegen uns sein. Einige haben wir abgeschossen, als sie sich dem Rathaus näherten, andere ergaben sich, offensichtlich nicht ungern, und der Rest hat sich davongemacht; sie wollen auf dem Kontinent um Landeerlaubnis ansuchen, wenn ihnen nicht vorher schon der Treibstoff ausgeht. Von dieser Seite hat der Oberste Rat nichts zu erwarten – seine Tage sind vorbei.«

Und dann erschienen auf dem Bildschirm noch einmal die schwarzen Ruinen und die belagerte weiße Festung. Sie glich nun nicht mehr einem gespenstischen Turm, sondern glühte bernsteinfarben im Sonnenlicht. Die roten Verteidiger hatten das Feuer eingestellt.

So sah der Mann aus dem neunzehnten Jahrhundert als Zuschauer die letzte Szene im Kampf um die Machtergreifung seiner eigenen Partei durch Gewalt. Er erschrak bei dem Gedanken, daß dies nun die Welt war und nicht jene andere, die er hinter sich gelassen hatte; daß dies kein Schauspiel war, das zu einem Höhepunkt führt und dann aufhört, und daß in dieser Welt geschehen würde, was vom Leben noch vor ihm lag. Alle Pflichten, alle Gefahren, alle Verantwortung.

Ostrog schnitt ihm das Wort ab, als er von neuem Fragen an ihn stellen wollte.

»Diese Dinge muß ich Ihnen später ausführlich erklären. Zunächst Ihre erste Pflicht: Das Volk strömt auf den gleitenden Straßen von allen Seiten der Stadt hier zusammen, die Plätze und Theater sind gedrängt voll. Sie lärmen und wollen Sie sehen. Paris, New York, Chicago, Denver, Capri – Tausende von Städten haben sich erhoben und warten fiebernd darauf, Sie zu sehen. Sie haben seit Jahren verlangt, man solle Sie wecken, und jetzt, wo es soweit ist, werden sie kaum glauben –«

»Aber ich kann doch nicht – einfach hingehen?«

Das Bild auf dem ovalen Schirm verschwand, denn es wurde wieder Licht. Ostrog antwortete von der anderen Seite des Zimmers. »Es gibt eine Erfindung, die Sie noch nicht kennen, die Kineto-Tele-Photographie. Wenn Sie sich hier vor dem Volk verbeugen, werden das in der ganzen Welt Milliarden Menschen, die in verdunkelten Sälen gedrängt stehen, sehen. In Schwarz und Weiß natürlich. Und Sie selbst werden das Rufen und Jubeln der Massen in der Festhalle verstärkt hören.« Nach einer kurzen Pause fuhr er fort: »Und dann werden wir ein optisches Gerät benutzen, das Ihnen vielleicht auch neu ist; Akrobaten und Tänzerinnen verwenden es gern. Sie selbst stehen in sehr hellem Licht, und das Publikum sieht ein Bild von Ihnen auf einen Schirm geworfen, das so vergrößert ist, daß selbst der Mann auf der letzten Galerie, wenn er mag, Ihre Wimpern zählen kann.«

Graham stellte verwirrt eine der Fragen, die ihn bewegten.

»Wie viele Einwohner hat London?«

»Mehr als dreiunddreißig Millionen.«

Diese Ziffer ging über Grahams Vorstellungskraft hinaus.

»Man wird erwarten, daß Sie etwas sagen«, erklärte Ostrog weiter. »Nicht das, was man zu Ihrer Zeit eine Rede nannte, sondern was unser Volk ein Wort nennt – nur einen Satz mit sechs oder sieben Worten. Eine Formel. Wenn ich Ihnen raten darf: ›Ich bin erwacht, und mein Herz ist mit euch.‹ Das ist es etwa, was sie hören wollen.«

»Wie bitte?«

»Ich bin erwacht, und mein Herz ist mit euch! Und verbeugen Sie sich, verbeugen Sie sich königlich. Aber zuerst müssen Sie schwarze Kleider haben, denn Schwarz ist Ihre Farbe. Macht Ihnen das etwas aus? Und nach diesem Erlebnis wird das Volk sich wieder zerstreuen, die Leute werden nach Hause gehen.«

Graham zögerte. »Ich bin in Ihrer Hand«, sagte er, und Ostrog schien durchaus derselben Meinung zu sein. Er überlegte einen Augenblick, hob dann den

Vorhang und rief einige kurze Anweisungen in den Vorraum. Sogleich erschien ein Diener mit einem schwarzen Gewand. Als Graham dieses Gewand um die Schultern legte, schrillte im Vorraum eine Glocke, und Ostrog verschwand.

Für kurze Zeit war Graham mit dem unterwürfigen Diener allein im Zimmer und lauschte. Man hörte rasche Fragen und Antworten. Menschen liefen hin und her. Gleich darauf kam Ostrog zurück. Glühend vor Erregung ging er mit großen Schritten durchs Zimmer, machte dunkel, faßte Grahams Arm und zeigte auf den Bildschirm.

»Da!«

Graham sah Ostrogs Zeigefinger, schwarz und riesengroß, über dem Rathaus. Einen Moment fand er sich nicht zurecht, dann sah er, daß der Flaggenmast, der das weiße Banner getragen hatte, leer war.

»Wollen Sie sagen –?« begann er.

»Der Oberste Rat hat sich ergeben. Seine Herrschaft ist zu Ende – für immer.«

Das Bild verblich in dem Augenblick, da die schwarze Fahne gehißt wurde. Lincoln war eingetreten und hatte Licht gemacht.

»Sie warten und rufen und schreien«, sagte er.

Ostrog hielt Grahams Arm gefaßt. »Wir haben das Volk aufgeputscht, wir haben ihm Waffen gegeben. Für heute wenigstens müssen seine Wünsche Gesetz sein.«

Auf dem Weg zur Festhalle bekam Graham flüchtig einen langen, weißgetünchten Raum zu sehen, in dem Männer in blauer Arbeitskleidung verdeckte Tragbahren abstellten. Stöhnen und Klagen drangen an sein Ohr. Da war ein leeres, blutbeflecktes Lager, dort lagen Verwundete und Verletzte, Blut sickerte durch die Verbände ... Es war nur ein flüchtiger Blick vom Fußpfad einer gleitenden Straße herüber, im nächsten Augenblick verdeckte ein Pfeiler die Sicht.

Jetzt war das Rufen der Menge nahe, es steigerte sich zu ohrenbetäubendem Gebrüll, je näher sie kamen. Schwarze Banner, Winken, Tücherschwenken, wohin er blickte. Das riesige Gebäude der Festhalle erstrahlte in blendendem Licht. Diesmal betrat er die Halle durch eine Galerie hoch über der Bühne. Er suchte den Gang, durch den er vor der roten Polizei geflohen war, doch es gab zu viele solcher Gänge. Auch von den Spuren des Kampfes war nichts mehr zu merken, weil die Halle und die übrigen Räume zum Bersten voll waren. Als er mit Ostrog auf der Bühne erschien, erstarb der Jubel, verstummte der Gesang, feierliche Stille lag über dem gigantischen Raum. Ihm war zumute, als seien Millionen Augenpaare auf ihn gerichtet.

13

Das Ende der alten Ordnung

Als das weiße Banner fiel und der Oberste Rat sich ergab, mußte – soweit Graham das beurteilen konnte – Mittag schon vorüber gewesen sein. Bis zur formellen Kapitulation würden noch einige Stunden verstreichen, daher zog er sich, nachdem er sein »Wort« gesprochen hatte, in seine Wohnung im Windfahnenamt zurück. Die Aufregungen der letzten zwölf Stunden hatten ihn müde gemacht, selbst seine Neugier war erschöpft. Eine Weile saß er apathisch da, dann schlief er ein. Er wurde durch zwei Krankenwärter geweckt, die mit Stimulantien kamen, welche ihn für die nächste Aufgabe stärken sollten. Nachdem er die Medikamente geschluckt und dem Rat der Wärter folgend ein kaltes Bad genommen hatte, war er wieder bei Kräften und bereit, Ostrog durch lange Gänge, über Aufzüge und Fahrbahnen entlang zu begleiten. Die formelle Kapitulation sollte als Schlußszene der Herrschaft des Obersten Rates dem Volk vorgeführt werden.

Der Weg ging durch ein Labyrinth von Gebäuden, bis sie das flache Dach eines gigantischen Baues erreichten, das terrassenartig über die Ruinen hinausragte. Wie ein riesiger Krater lag die Stätte der Zerstörung vor Grahams Augen. Über dem Rathaus, das kahl inmitten der eingestürzten Häuser stand, wehte die große schwarze Fahne in den Strahlen der sinkenden Sonne.

Auf dem Grund dieses Kraters glitzerte unter schwarzen Trümmern fließendes Wasser, und weit draußen, am äußersten Rand, ragte aus einer Ruine ein geborstenes Leitungsrohr, aus dem sich kaskadenartig das Wasser ergoß.

Wo auf dieser Trümmerstätte nur ein fußbreit Platz war, wimmelte es von Menschen. Sie kletterten die schwankenden Mauern hinauf, standen auf hochragenden Säulenstümpfen und drängten sich in Scharen am Rand des Ruinenfeldes. Die obersten Stockwerke des Rathauses schienen verlassen, keine Menschenseele war zu sehen. Die Toten waren im Rathaus, oder man hatte sie weggetragen. Nur in schwer zugänglichen Ruinenspalten und mitten im fließenden Wasser sah Graham einige vergessene Leichen.

»Wollen Sie sich ihnen zeigen, Sire?« fragte Ostrog.

Graham zögerte und trat dann bis zum Rand des Flachdaches vor, unter dem die Mauer senkrecht abfiel. Er stand da und blickte hinab, eine einsame, hohe, schwarze Gestalt vor dem Abendhimmel.

Bei seinem Erscheinen marschierte weit draußen eine Gruppe schwarzuniformierter Männer los und bahnte sich durch die Menge ihren Weg zum Rathaus. Nun ging es wie eine Welle des Erkennens über den weiten Raum, Gesichter hoben sich zu ihm auf, das Jubeln und Schreien hob wieder an. Ihm fiel ein, daß er mit einer Geste darauf reagieren sollte. Er hob den Arm, wies mit weitausholender Gebärde auf das Rathaus und ließ die Hand wieder sinken. Die Rufe brachen nun gleichzeitig aus und drangen als Sprechchor zu ihm herauf.

Der westliche Himmel war in ein blasses, bläuliches Grün getaucht, der Jupiter leuchtete hell im Süden, und langsam senkte sich die Nacht herab. Tief unten steigerte sich der Lärm zum Tumult – Eile, Aufregung, einander widersprechende Befehle einzelner Organisationen. Bevor der Oberste Rat das Regierungsgebäude verließ, schleppten schwitzende Männer die Leichen derer heraus, die im Handgemenge in den langen Gängen und Gemächern umgekommen waren. Es waren Hunderte.

Wachen in Schwarz flankierten den Weg, den der Oberste Rat kommen mußte. Ostrog hatte auf dem eingestürzten Gemäuer aus Balken und metallenen Stützen eine breite Bühne errichten lassen, in deren Mitte auf einem Podium Graham, Lincoln sowie er selbst und in entsprechendem Abstand eine Gruppe Funktionäre geringeren Ranges standen. Dieses Deck umgab eine breitere, niedrigere Bühne, und dort standen die schwarzuniformierten Wachen, ausgerüstet mit Schußwaffen.

Die Stimmen der Menge schwollen nun zu einem ohrenbetäubenden Tumult an. Graham sah die Mitglieder des Obersten Rates weit hinten im Schein der provisorischen Lichter, die ihren Weg markierten. Er beobachtete sie, wie sie näher kamen. Das drohende Geschrei der Menge, über die sie hundertfünfzig Jahre lang geherrscht hatten, zog gleichsam neben ihnen her. Als sie noch näher kamen, konnte man auch ihre müden, blassen und von Angst gezeichneten Gesichter erkennen. Graham erinnerte sich der eiskalten Blicke, mit denen sie ihn in der Halle des Atlas gemustert hatten. Der Weg war so gebahnt, daß sie an der Tribüne vorbeiziehen und dann wenden mußten, ehe sie über einen schmalen Brettersteg die Bühne betreten konnten, auf der ihre Kapitulation vollzogen werden sollte.

»Der Herr der Welt! Gott und der Herr!« rief das Volk, und »Nieder mit dem Obersten Rat!«. Graham blickte auf die unabsehbare Menschenmenge, die zu seinen Füßen wogte, und dann auf Ostrog, der weiß, verschlossen und still neben ihm stand. Sein Auge fiel nochmals auf die kleine Gruppe Männer des Obersten Rates. Und dann hob er den Blick zu den ewigen Sternen. Wie konnte es wirklich sein, daß jenes kleine Leben vor zweihundert Jahren ihm gehört hatte, und dieses auch?

14

Im Ausguck

Als Graham nach dem langen, tiefen Schlaf erwachte, der seiner Befreiung und der Kapitulation des Obersten Rates folgte, erkannte er seine Umgebung nicht. Nur langsam wurde er sich dessen bewußt, was er erlebt hatte; es schien ihm so unwirklich, als hätte er die Geschichte von jemandem gehört oder sie in einem Buch gelesen. Und noch ehe er sich der Einzelheiten klar erinnerte, war die Freude über seine Errettung wieder da und das unermeßliche Staunen darüber, wozu man ihn berufen hatte. Ihm gehörte nun die halbe Welt, er war der Herr der Welt. Diese neue große Zeit war im vollen Sinn des Wortes sein. Er hoffte nicht mehr wie einst, seine Erlebnisse wären nur ein Traum, jetzt wollte er sich davon überzeugen, daß sie Wirklichkeit waren.

Ein unterwürfiger Diener half ihm unter der Leitung eines würdevollen Haushofmeisters beim Ankleiden; den kleinen Diener verriet nur sein Gesicht als Japaner, denn Englisch sprach er wie ein Engländer. Von ihm erfuhr Graham einiges über den Stand der Dinge. Schon war die Revolution eine vollendete Tatsache, schon ging man in der ganzen Stadt wieder seinen Geschäften nach. Im Ausland war der Sturz der Regierung zum überwiegenden Teil mit Genugtuung aufgenommen worden. Nirgends war der Oberste Rat beliebt gewesen, und die tausend Städte im amerikanischen

Westen, die nach zweihundert Jahren immer noch auf New York, London und den Osten eifersüchtig waren, hatten sich vor zwei Tagen aus Protest gegen die Gefangennahme Grahams schlagartig erhoben. Der Rest der Welt wartete ab.

Während er beim Frühstück saß, läutete das Telephon, und der Haushofmeister meldete, daß Ostrog sich nach Grahams Befinden erkundige. Er ging zum Apparat, um selbst zu antworten. Gleich darauf erschien Lincoln, um ihm zu melden, daß in drei Stunden in den Repräsentationsräumen des Windfahnenamtes eine Versammlung der Beamten und deren Frauen abgehalten würde. Grahams Wunsch, mehr von der Stadt zu sehen und mit Leuten zu reden, sei vorläufig unerfüllbar, doch sei es ihm sehr wohl möglich, London aus der Vogelperspektive zu betrachten, und zwar vom Ausguck des Windfahnenwächters aus. Sein japanischer Diener würde ihn dorthin begleiten. Lincoln bedauerte, wegen dringender Verwaltungsarbeiten unabkömmlich zu sein.

Dieser Ausguck hing noch höher als die gigantischen Windräder, ganze dreihundert Meter über den Dächern. Man fuhr in einer Art Gondel hinauf, in halber Höhe lief um diesen Aussichtsturm eine rotierende Galerie.

Es war ein schöner Vorfrühlingstag. Ein leichter, warmer Wind wehte, der Himmel war tiefblau, und die Morgensonne strahlte über der riesigen Stadt. Es gab keinen Rauch und keinen Nebel, die Luft war klar wie auf den Bergen. Abgesehen von den Ruinen um das Rathaus und der schwarzen Flagge der Kapitulation waren in dieser mächtigen Stadt kaum Spuren einer Revolution zu erkennen, die das Geschick der Welt von einem Tag zum anderen verändert hatte. In den Ruinen wimmelte es von Menschen, und weit draußen der Flughafen für den Linienverkehr nach New York und dem Kontinent schien noch von Schwarzuniformierten besetzt. Eine Schar von Arbeitern war damit beschäftigt, das durchtrennte Kabel neu zu verlegen.

Sobald Graham den Blick von den Ruinen abwandte, konnte er vergessen, welche Opfer die Revolution gefordert hatte, vergessen die Tausenden von Toten und Verwundeten, die improvisierten Lazarette mit Scharen von Chirurgen, Krankenpflegern und Trägern, vergessen sogar die eigene Bestürzung über die veränderte Welt, die er vorgefunden hatte. Tief unten in den verborgenen Straßen dieses gigantischen Ameisenhaufens hatte die Revolution gesiegt, triumphierten die schwarzen Flaggen, die schwarzen Uniformen, die schwarzen Straßengirlanden.

Weit draußen am Horizont erhoben sich blau und blaß die Hügel von Surrey; nach Norden zu konnte man die scharfen Konturen von Highgate erkennen. Und über das ganze Land hin, wo es einst Farmen mit ihren Hecken und Bäumen gab, Dörfer mit Gasthöfen und Kirchen, standen nun auf jedem Hügel, wie Symbole der neuen Zeit, gigantische Windräder und speicherten unablässig die Kraft, die das Stromnetz der Stadt belieferte.

Unter ihm, im Panorama der Stadt, fand er in dem Meer der modernen Hochhäuser keinen vertrauten Umriß, keine Kontur einer historischen Stätte jener Metropole, die er in Erinnerung hatte. Die St.-Pauls-Kathedrale, das wußte er, war noch vorhanden, auch viele der noblen alten Gebäude in Westminster, sie waren nur, eingezwängt zwischen Wolkenkratzern, nicht mehr zu sehen. Auch die Themse war kein glitzerndes Silberband mehr in dieser Wüste aus modernem Baustoff. Die Wasserleitungen wurden aus ihr gespeist, noch ehe sie die Mauern der Stadt erreichte. Ihr Bett und ihre Mündung waren jetzt ein Kanal von Meerwasser. Die Güter, die aus allen Enden der Welt hierherkamen, wurden sowohl auf großen Containerschiffen wie auch auf kleinen Frachtern befördert.

Eines hatte Graham in Erfahrung gebracht, das ihm fast unvorstellbar war: alle kleineren Städte und fast alle Dörfer waren verschwunden. Nur hier und dort, hörte er, stand inmitten einer unabsehbaren Ackerfläche ein riesiges Hotel, das noch den Namen der Stadt trug – wie etwa Bournemouth, Wareham oder Swanage. Aber bald hatte man ihn davon überzeugt, daß eine solche Veränderung unvermeidlich gewesen war. Die alte Ordnung kannte die Streusiedlungen: Jeweils im Abstand von einigen Kilometern gab es den Hof des Gutsherrn sowie das Dorf mit Gasthof und Schuhmacher, Krämerladen und Kirche. Ungefähr alle acht Kilometer gab es eine kleine Stadt, wo Anwalt, Arzt, Getreidehändler, Wollkaufmann, Sattler, Tierarzt, Leinenhändler, Putzmacherin und so weiter lebten. Acht Kilometer nur deshalb, weil der Bauer, wenn er zum Markt fuhr, diese Entfernung – vier Kilometer hin, vier zurück – gerade noch gemütlich zurücklegen konnte. Aber als die Eisenbahnen kamen und nach ihnen die Straßenbahnen und die Motorfahrzeuge, die ihrerseits schon Pferd und Wagen verdrängt hatten, und als man Straßen baute, ursprünglich mit Holzpflasterung, dann aus Asphalt, Beton und allen möglichen Substanzen – da war die Kleinstadt gestorben. Und die großen Städte wuchsen und wuchsen. Die Großstadt übte eine zweifache Anziehungskraft aus: für den Arbeiter eine scheinbar unbegrenzte Zahl von Arbeitsplätzen, für den Unternehmer ein scheinbar ebenso unermeßliches Reservoir an Arbeitskräften.

Mit dem stetig steigenden Lebensstandard und den ebenso stetig wachsenden Ansprüchen des Großstädters war gleichzeitig das Leben auf dem Land immer teurer geworden, immer abgeschiedener und immer weniger reizvoll. Den Vikar und den Gutsherrn gab es nicht mehr, und den Landarzt hatte der Facharzt in der Stadt abgelöst; das hatte dem Dorf schließlich den letzten Anflug von Kultur genommen. Nachdem Telephon, Kinematograph und Phonograph die Zeitung, das Buch, den Lehrer und den Brief verdrängt hatten, lebte man dort, wo es keinen Stromanschluß gab, als isolierter Barbar. Auf dem Land konnte man weder Kleider noch Lebensmittel kaufen, jedenfalls keine, die dem verfeinerten Geschmack genügten, es gab nicht genug Ärzte für den Notfall, keine Geselligkeit und keinen Sport.

Überdies erfand man auch für die Landwirtschaft Maschinen, und was früher dreißig Knechte taten, leistete nun ein einziger Techniker. In jenen fernen Tagen, da man in London kaum leben konnte, weil die Luft vom Kohlengas verpestet war, flüchteten die Menschen nach Arbeitsschluß aus der Stadt. Danach war der umgekehrte Trend festzustellen: Die Leute strömten am Abend herein, um ihr Leben und die Freuden der Großstadt zu genießen und sie am Morgen wieder zu verlassen. Der Mensch war in eine neue Phase seiner Entwicklung getreten, die Stadt hatte die Menschheit aufgesogen. Ursprünglich war der Nomade da, der Jäger, dem der Ackerbauer folgte. In dieser Epoche hatten Städte und Häfen die Funktion des Marktes als Umschlagplatz für Agrarprodukte. Und danach kam es als logische Folge der rasanten technischen Entwicklung zur Ballung der Menschenmassen in den Großstädten. Schließlich gab es außer London in Großbritannien nur noch vier Städte – Edinburgh, Portsmouth, Manchester und Shrewsbury. Es fiel Graham nicht leicht, sich das alles vorzustellen, was für die Zeitgenossen nichts als eine Aufzählung von Tatsachen war. Was man ihm aber von »da drüben«, vom Kontinent erzählte, überstieg seine Vorstellungskraft.

Er hatte eine Vision von Städten, die sich aneinanderreihten, von Städten auf großen Ebenen, Städten an großen Flüssen, riesigen Städten am Meeresrand, Städten, die von Schneebergen umgürtet waren. Und überall sprach man Englisch, es war die Alltagssprache von zwei Dritteln der Völker der Erde. Auf dem Kontinent hatten sich, abgesehen von seltsamen Überresten, nur noch drei andere Sprachen gehalten - das Deutsche, das bis Antiochia und Genua reichte, ein französisiertes Russisch, das in Persien und Kurdistan ans Indisch-Englische und in Peking ans Pidgin-Englisch stieß, und das Französische, das sich mit dem Indisch-Englischen und Deutschen bis ans Mittelmeer teilte und durch einen Negerdialekt bis zum Kongo reichte.

Und überall auf dieser städtebesetzten Erde herrschte nun die gleiche soziale Verwaltung, mit Ausnahme des »Schwarzen Gürtels« in den Tropen. Die ganze Welt war zivilisiert, die ganze Welt wohnte in Städten, die ganze Welt war sein Eigentum. Kongreß und Parlament betrachtete man fast überall als antiquierte, wunderliche Einrichtungen, und selbst in den zwei noch verbliebenen Kaiserreichen Rußland und Deutschland hatte er kraft seines Reichtums ungeheuren Einfluß. Von dort kamen möglicherweise Probleme auf ihn zu, aber Rußland und selbst Deutschland waren – so glaubte er – weit. Und an die Probleme, die aus der Verwaltung des »Schwarzen Gürtels« für ihn erwachsen könnten, dachte er, dessen Denken noch vom neunzehnten Jahrhundert geprägt war, überhaupt nicht. Dann aber erinnerte er sich einer Bedrohung, von der zu seiner Zeit oft die Rede gewesen war.

»Und die Gelbe Gefahr?« fragte er seinen Begleiter Asano. Der Japaner bat darum, ihm dieses Schlagwort zu erklären. Das chinesische Gespenst, sagte er dann, gäbe es nicht mehr. Chinesen und Europäer lebten in Frieden. Das zwanzigste Jahrhundert hatte einsehen gelernt, daß der Durchschnitts-Chinese ebenso zivilisiert, aber gleichzeitig moralischer und viel intelligenter war als der durchschnittliche europäische Untertan. Die Verbrüderung, zwischen Schotten und Engländern im siebzehnten Jahrhundert vollzogen, hatte sich nun in gigantischem Maßstab zwischen Chinesen und den übrigen Völkern wiederholt. Wie Asano sich ausdrückte: »Sie haben sich's überlegt. Wir sind schließlich alle Weiße, fanden sie.«

Graham wandte sich wieder der Aussicht zu.

Im dunklen Südwesten hoben sich in gleißender Pracht – und dennoch abstoßend – die Freudenstädte ab. Der Alte auf der Straße hatte davon gesprochen. Seltsame Orte, die an das sagenhafte Sybaris des klassischen Altertums erinnerten, Städte der Kunst und der Schönheit, einer käuflichen Kunst und käuflicher Liebe. Dorthin begaben sich alle zur Erholung, die aus dem erbarmungslosen Wirtschaftskampf in dem glühenden Labyrinth da unten profitierten und danach erschöpft waren.

Der Kampf wurde erbarmungslos geführt, das wußte er. Wie erbarmungslos, entnahm er den Gesprächen mit modernen Menschen; in ihrer Vorstellung war das Leben im neunzehnten Jahrhundert eine Idylle und England eine heile Welt gewesen. Er versuchte nun, mit dem Blick auf die Szenerie unmittelbar unter ihm, sich die großen Fabriken vorzustellen.

Im Norden, das wußte er, waren die Töpfer, die nicht nur Keramik und Porzellan erzeugten, sondern den Weltmarkt auch mit Produkten der modernen Chemie belieferten. Daneben lag ein Werk, das Wandornamente, Statuetten und vielerlei Prunkstücke für den modernen Wohnstil herstellte. Und dort standen auch die Fabriken, in denen Autoren in fieberhaftem Wettkampf Reden und Reklamesprüche für die Phonographen und dramatische Werke für die Kinematographen verfaßten. Aus diesen Fabriken wurden auch weltweit die neuesten Nachrichten ausgestrahlt; sie dienten als Ersatz für die Zeitungen der Vergangenheit und waren – auch das wußte er bereits – oft genug Unwahrheiten, die von Neuigkeitserzählern verbreitet wurden.

Nach Westen, hinter den Ruinen um das Rathaus, lagen die Ämter der Stadtverwaltung und der Regierung, und im Osten, nach dem Hafen zu, hatte der Handel seine Niederlassungen. Dort waren auch die riesigen öffentlichen Märkte, die Theater, die Versammlungshäuser und Paläste mit den Konferenzsälen, die Ballspielplätze und Billardsalons, die Arenen für wilde Tiere und die unzähligen Gotteshäuser der verschiedensten Konfessionen und Sekten, der Mohammedaner, Buddhisten, Gnostiker, Gespensteranbeter, Incubusanbeter, Möbelanbeter und so weiter. Nach

Süden erstreckten sich Verkaufshallen für Gewebe, Pökelwaren, Weine und Gewürze. Ein dichtes Netz gleitender Fahrbahnen regelte den Verkehr in diesem ungeheuren Bienenkorb.

Er dachte an die dreiunddreißig Millionen Leben da unten, und der euphorische Zustand, den der schöne Tag, der prachtvolle Blick aus luftiger Höhe und das Gefühl seiner eigenen Bedeutung geschaffen hatten, schwand langsam dahin.

Er versuchte, sich das Leben des einzelnen Menschen vorzustellen und war erstaunt, wie wenig sich der »Mann von der Straße« trotz der total veränderten Umwelt selbst geändert hatte. Leben und Eigentum waren nun freilich auf der ganzen Welt vor Terror und Gewalt sicher. Infektionskrankheiten gab es keine mehr, die moderne Medizin konnte Viren und Bakterien wirksam bekämpfen, jedermann hatte ausreichend Nahrung und Kleidung, er wurde auf den Stadtstraßen gewärmt und vor den Unbilden der Witterung geschützt. Auf allen Gebieten der Wissenschaft hatte es einen überwältigenden Fortschritt gegeben. Aber die Masse – das begann er bereits zu begreifen – war immer noch eine Masse, hilflos in den Händen von Demagogen und Meinungsmachern, individuell feig, beherrscht von Trieben, unberechenbar. Unzählige Gestalten hatte er in der blauen Arbeitsuniform gesehen. Millionen dieser Männer und Frauen – das war ihm bekannt – waren nie außerhalb der Stadt gewesen, hatten nie über den eigenen engen Kreis hinausgesehen, in dem Neid, Mißgunst und billige Freuden zu Hause waren.

Er dachte an die Hoffnungen seiner dahingeschwundenen Zeitgenossen, und für einen Moment tauchten der Traum von London in William Morris' ›Kunde von Nirgendwo‹ und das vollkommene Land in William Hudsons ›Kristallzeit‹ wieder vor ihm auf, begleitet von dem Gefühl unwiederbringlichen Verlustes. Und er dachte an seine eigenen Hoffnungen, die auch jene seiner Zeit waren: Das Opfer der Vielen für die Wenigen werde eines Tages aufhören, der Tag sei nahe, an dem jedes von einer Frau geborene Kind das gesicherte Anrecht auf Glück haben werde. Und hier schrie nach zweihundert Jahren immer noch dieselbe verzweifelte Hoffnung durch die Stadt und wartete immer noch auf Erfüllung. Mühsal und Sorge waren gegenwärtig wie zu seiner Zeit, vielfach waren sie mit der Stadt zu gigantischen Proportionen gewachsen.

Schon hatte er einiges aus der Geschichte dieser Zwischenzeit gehört: Der moralische Verfall hatte eingesetzt, als die Menschen eine übernatürliche Macht nicht mehr gelten ließen, der Begriff der Ehre war geschwunden, und die Jagd nach Erfolg bedeutete alles. Der Mensch, der den Glauben an Gott verloren hatte, hatte den Glauben an den Erfolg um jeden Preis bewahrt, das Geld beherrschte eine korrupte Welt.

Sein japanischer Begleiter setzte ihm die politische Geschichte dieser zwei Jahrhunderte auseinander und zog den Vergleich mit einem Saatkorn, das von parasitären Insekten verzehrt wird. Zuerst ist der ursprüngliche Same da und reift gesund und kräftig. Und dann kommt ein Insekt und legt ihm ein Ei unter die Schale. In kurzer Zeit ist das Saatkorn eine hohle Form mit einer Larve darin, die seine Substanz ausgefressen hat. Und dann kommt ein sekundärer Parasit, eine Schlupfwespe, und legt ein Ei in diese Larve; auch sie wird zur hohlen Form, und das neue Lebewesen sitzt in der Haut der Larve, die selbst warm im Saatkornmantel liegt. Und diese äußere Hülle bewahrt noch immer ihre Gestalt, wird von den meisten Leuten noch immer für ein gesundes Samenkorn gehalten und hält sich auch selbst dafür. »Ihr Viktorianisches Königreich«, sagte der Japaner, »war ein Königreich, dem das Herz ausgefressen war.« Die Grundherren – die Barone und die Gentry – begannen diesen Prozeß vor Jahrhunderten mit König Johann; sie enthaupteten König Karl und machten praktisch mit König Georg, der bloßen Hülse eines Königs, ein Ende ... die wirkliche Macht lag nun in den Händen ihres Parlaments. Aber das Parlament als Organ der landbesitzenden, bauernbeherrschenden Gentry behielt die Macht nicht lange. Es wurde schon im neunzehnten Jahrhundert reformiert, das Wahlrecht wurde ständig erweitert, bis es die Millionen unwissender Menschen einschloß, die als gesichtslose Maske wählen gingen. Die natürliche Folge einer zahllosen Wählerschaft aber ist die Herrschaft der Parteiorganisation. Die Macht ging schon in der Viktorianischen Zeit auf die Parteimaschinerie über, eine geheime, komplizierte und korrupte Maschinerie. Sehr bald war die Macht in den Händen der Wirtschaft, die diese Maschinerie finanzierte. Es kam eine Zeit, da die wirkliche Macht und das Wohl des Landes offensichtlich zwischen den Spitzen der beiden Parteien aufgeteilt war, zwei kleinen Gruppen reicher und fähiger Leute, die zuerst in Opposition standen und dann bald zusammenarbeiteten. Es folgte eine Reaktion sehr kraftloser Art. Zahllose Bücher darüber füllen die Bibliotheken, so furchtlos rebellierten – auf dem Papier – die Reaktionäre in ihren Studierstuben. Eine ernsthafte Gegenbewegung kam jedoch niemals zustande, sie konnte sich nie organisieren und rein erhalten. Es war nicht mehr genug von der alten Gesinnung, dem alten Glauben an die Rechtschaffenheit unter den Menschen übrig. Sobald eine Organisation groß genug war, die Wahlen zu beeinflussen, wurde sie geschickt unterminiert oder einfach von tüchtigen reichen Männern gekauft. Und die große Sorge der Reichen war es natürlich, den Besitz intakt zu bewahren und die Bahn frei zu haben für das Geschäft – so wie es vorher die Sorge der Feudalen gewesen war, die Bahn frei zu haben für Jagd und Kriege. Die ganze Welt wurde ausgebeutet, Kriege gab es nur noch in der Wirtschaft. Börsenkurse, Tarife, Währungsmanipulationen und Staatsbankrotte brachten im zwanzigsten Jahrhundert mehr Elend über die Menschen, als es Kriege, Pest und Hungersnot in der früheren Geschichte getan hatten.

Der Oberste Rat hatte sich aller modernen Methoden der Machtergreifung geschickt bedient, wobei Hunderte von Banken, Syndikaten und Trusts seine Operationen tarnten. Das Volk ahnte zuerst noch nichts von der Tyrannei, in die es nach und nach geriet. Der Rat zögerte nie, schwankte nie und riß bedenkenlos alles an sich, was seiner Macht diente. Er bildete seine Leute aus und drillte sie, seine Eisenbahnpolizei, seine Straßenpolizei, seine Hauswachen, seine Kanal- und Kabelwachen, seine Scharen von Landarbeitern. Ihre Bünde bekämpfte er nicht, er untergrub, verriet und kaufte sie. Er kaufte schließlich die Welt, und als er den Flugverkehr einführte, hatte ein neues Zeitalter begonnen.

Hundertfünfzig Jahre, nachdem Graham eingeschlafen war, herrschte der Oberste Rat in seinem Namen unumschränkt. Wahlen waren eine Farce geworden, eine lächerliche Formalität. Man ließ das Volk alle sieben Jahre zur Urne schreiten, weil das eine alte Sitte war. Der Rat hatte sich schließlich nicht einmal mehr die Mühe gemacht, seine Dekrete von den konstitutionellen Autoritäten bestätigen zu lassen – und er, in dessen Namen regiert wurde, hatte als reglose Gestalt in tiefem Schlaf gelegen. Zu welchem Zweck war er erwacht?

Weit unten auf einer Dachterrasse nach Süden hin standen ein Mann und eine Frau und genossen die frische Morgenluft. Der Mann hatte ein Fernglas mitgebracht, um das Rathaus zu beobachten. Er zeigte der Frau, wie man damit umging. Da sie keine Spuren des Blutvergießens entdecken konnte, war ihre Neugier bald befriedigt, und nach einem Rundblick über den leeren Himmel stellte sie das Glas auf den Ausguck des Windfahnenamtes ein und reichte es dann dem Mann. Er blickte durch und rief: »Ich glaube, es ist der Herr. Ja, sicher, es *ist* der Herr.« Dann senkte er das Glas. »Schwenkt die Hände, als ob er betete. Möchte wissen, was er will. Betet er die Sonne an? Zu seiner Zeit gab's doch noch keine Parsen in diesem Land, wie?«

Er hob das Glas wieder an die Augen. »Jetzt hat er aufgehört. War vermutlich nur ein Zufall.« Nachdenklich senkte er das Glas. »Er wird eben nichts zu tun haben, als sich zu amüsieren. Ostrog hält die Fäden in der Hand. Das muß er, um all diese Arbeiternarren in Schach zu halten. Die und ihr Lied! Und haben natürlich alles im Schlaf gekriegt. Das ist schon eine großartige Welt.«

15

Die Prominenz

Die Staatsgemächer des Windfahnenamtes wären Graham in ihrer Gigantomanie verwirrend erschienen, hätte er sie unmittelbar aus seinem neunzehnten Jahrhundert heraus betreten, nun aber hatte er sich an die Maßstäbe der neuen Architektur schon gewöhnt. Diese Räume ließen sich kaum als Säle und Zimmer beschreiben, da ein kompliziertes System von Bogen, Brücken, Gängen und Galerien alle Teile des Riesengebäudes sowohl trennte als auch verband. Er trat durch eine der automatischen Schiebetüren auf einen weiten bühnenartigen Raum hinaus, von dem sehr breite, niedere Stufen aufwärts führten. Auf diesen prunkvollen Treppen bewegten sich Männer und Frauen in so kostbaren Gewändern, wie er sie noch nie gesehen hatte. Über die Treppen gelangte man zu einer Anzahl weiterer Galerien, die in Form eines Amphitheaters angeordnet waren und auf eine sehr pompöse Weise den richtigen Rahmen für einen Galaempfang gaben.

Von überallher waren Augen auf ihn gerichtet. Die Luft war erfüllt von gedämpftem Stimmengewirr und heiterer Musik, die von oben kam. In dieser nach Tausenden zählenden Gesellschaft waren die Männer ebenso bunt und festlich gekleidet wie die Frauen, denn die nüchterne puritanische Auffassung von Würde gab es in der Mode schon längst nicht mehr. Auch das Haar der Männer war – ohne Zweifel vom Friseur – in Locken gelegt, manche trugen es sogar schulterlang, und der Kahlkopf schien von der Erde verschwunden zu sein. Ein Herr, der als »Amorist« bezeichnet wurde, trug sein Haar *à la Marguerite* in zwei Zöpfe geflochten – Graham wußte mit beiden Ausdrücken nichts anzufangen. Der Zopf war häufig; es schien, als schämten sich Bürger chinesischer Herkunft ihrer Rasse heute nicht mehr. Erstaunlich viele schlanke Männer gab es. Noch mehr verwunderte ihn, den steifen Engländer der Viktorianischen Zeit, daß der Mann von heute seinen Gefühlen – selbst Damen gegenüber – in lebhaften Gesten Ausdruck gab. Lincoln erklärte ihm, daß das Erlernen einer angemessenen Reihe hübscher Gesten zur Erziehung jedes wohlhabenden Menschen gehörte.

Die Damen in Gesellschaft dieser Herren waren offensichtlich nicht, wie einst, zur Dekoration da, sie schienen ihm in Kleidung und Auftreten freier und selbstbewußter. Einige gefielen sich in klassischer Einfachheit der Abendkleider nach Art des ersten französischen Kaiserreiches; sie ließen Arme und Schultern schimmern, als Graham vorbeikam. Andere trugen enganliegende Kleider ohne Gürtel, bisweilen mit weich drapierten Falten, die von den Schultern niederfielen. Graham fand, daß festliche Abendroben heute ebenso wie vor zweihundert Jahren den Wunsch nach zärtlicher Annäherung weckten.

Er wurde bei seinem Erscheinen mit höflichem Applaus begrüßt, aber diese Leute demonstrierten gleichsam ihre guten Manieren, indem sie sich weder um ihn drängten, noch ihn unentwegt anstarrten, als er die Stufen herabschritt.

Er hatte schon von Lincoln erfahren, daß ihn hier die

tonangebende Gesellschaft Londons erwartete. Das war in erster Linie die Prominenz aus Partei und Wirtschaft. Viele waren sogar aus den europäischen Freudenstädten zurückgekehrt, um dabei zu sein. Unter anderen war auch der Nahrungsmitteltrust durch bedeutende Persönlichkeiten vertreten. Der Generalbevollmächtigte des Europäischen Schweinezüchtersyndikats war da und hatte eine besonders melancholische Miene aufgesetzt. Einen Bischof in vollem Ornat erblickte Graham im Gespräch mit einem Herrn, der genau wie der selige Chaucer gekleidet war, inklusive Lorbeerkranz.

»Wer ist das?« fragte er verdutzt.

»Der Bischof von London«, sagte Lincoln.

»Nicht der – den anderen meine ich.«

»Der Poeta Laureatus.«

»Den gibt es also wirklich noch?«

»Er dichtet natürlich nicht mehr. Er ist ein Vetter Wottons, eines Mitgliedes des Obersten Rates. Aber er gehört zu den Royalisten der Roten Rose, einem exklusiven Klub, der die Tradition solcher Dinge hochhält.«

»Asano sagte mir, es gebe dort auch einen König.«

»Der König ist nicht mehr Klubmitglied. Sie mußten ihn ausschließen. Er ist – glaube ich – ein Nachkomme der Stuarts.«

»Und daher ist er untragbar?«

»Ganz und gar untragbar.«

Graham konnte dafür kein Verständnis aufbringen. Die soziale Ordnung war offenbar auf den Kopf gestellt. Feine Klassenunterschiede gab es noch immer, wie er sah, denn Lincoln stellte ihm nur die prominentesten Gäste vor. Als ersten den Aeronauten, dem der gesamte Flugdienst unterstand. Ein Naturbursche, der sich sowohl in seinem Äußeren wie auch in seinem Gebaren wohltuend von der geschniegelten Gesellschaft ringsum unterschied. Nach einigen nichtssagenden Phrasen versicherte er den Herrn der Welt seiner Ergebenheit, fragte dann unbekümmert nach dessen Gesundheitszustand und verabschiedete sich mit einer männlichen Verbeugung, die frei von jeder Servilität war.

»Ich freue mich, daß es diesen Typ noch gibt«, wandte sich Graham an Lincoln.

»Phonographen und Kinematographen«, sagte Lincoln ein wenig bissig. »Er hat nach dem Leben studiert.«

Graham warf noch einen Blick auf die kräftige Gestalt, die sonderbare Erinnerungen in ihm weckte.

»Er nahm im Aufstand eine Schlüsselstellung ein, von ihm hing letzten Endes alles ab«, sagte Lincoln. »Wir haben ihn gekauft. Zum Teil wenigstens – zum Teil fürchtete er Ostrog.«

Er drehte sich scharf um und stellte den Generalinspekteur des Schultrusts vor, eine schmiegsame Gestalt in graublauem akademischem Ornat mit besonders gepflegten Händen; Grund genug für ihn, seine Rede ständig mit schönen Gesten zu unterstreichen. Graham interessierte sich sogleich für die Funktionen dieses Mannes und stellte ihm eine Reihe sehr direkter Fragen. Der Generalinspekteur schien über Grahams Uninformiertheit in fundamentalen Fragen des Schulwesens erheitert. Er sprach zunächst allgemein über das Erziehungsmonopol, das sein Ressort besaß, um dann die Schulreform seit den Tagen der Königin Viktoria in höchsten Tönen zu preisen. »Wir haben das Büffeln abgeschafft«, sagte er, »ein für allemal abgeschafft. Es gibt kein Examen mehr in der Welt. Freut Sie das nicht?«

»Wie bringen Sie die Schüler denn zum Lernen?«

»Indem wir den Unterricht reizvoll gestalten – so reizvoll wie nur möglich. Und wenn das nicht hilft, dann lassen wir sie – wir bearbeiten doch ein so ungeheures Feld.«

Er ging nun zu Einzelheiten über, erwähnte die Namen Pestalozzi und Fröbel voll Hochachtung, wenngleich ihm deren Standardwerke durchaus nicht vertraut waren. Graham erfuhr, daß Universitäten in einer modifizierten Form noch immer existierten. »Es gibt heute einen Mädchentyp«, sagte der Generalinspekteur im vollen Bewußtsein seiner Würde, »mit einem wahren Heißhunger nach höherer Bildung und ernsten Studien – wenn sie nicht zu schwierig sind. Wir verproviantieren sie nach Tausenden. In diesem Augenblick«, sagte er mit der Miene eines Feldherrn nach siegreich geschlagener Schlacht, »hören sie über den Phonograph in ganz London eine Literatursendung ›Der Einfluß Platos und Swifts auf das Liebesleben Shelleys, Hazlitts und Burns'‹. Dann schreiben sie Essays über diese Vorträge, und die Namenslisten der Preisträgerinnen im Wettbewerb werden auf dem Schwarzen Brett angeschlagen. Zu Ihrer Zeit wurde der Keim gelegt, Sie sehen, was daraus geworden ist. Eine ungebildete Mittelklasse gibt es nicht mehr.«

»Und was die Volksschulen anlangt – kontrollieren Sie die auch?«

Der Generalinspekteur bejahte. »Doch, doch, sehr gründlich.«

Nun hatte Graham sich zu seiner Zeit für diese Fragen sehr interessiert, daher erkundigte er sich eingehender. Er erinnerte sich des Gesprächs mit dem alten Mann auf der Straße, der an der Schule von heute kein gutes Haar ließ. Der Generalinspekteur bestätigte die Worte des Alten. »Wir haben das Büffeln abgeschafft«, sagte er nochmals. Diese Phrase begann Graham bereits als Abschaffung aller ernsten Arbeit zu deuten. Der hohe Würdenträger wurde sentimental. »Wir versuchen, den Unterricht in den Volksschulen vergnüglich zu gestalten. Die armen Kleinen müssen ohnehin schon so bald etwas leisten. Ein paar einfache Grundsätze genügen – etwa Fleiß und Gehorsam.«

»Sie lehren sie also sehr wenig?«

»Warum sollten wir? Das führt nur zu Unruhe und Unzufriedenheit. Sie sollen sich unterhalten. Es gibt auch so noch Unruhe und Aufhetzerei genug. Woher die Arbeiter ihre Ideen beziehen, kann man nicht sagen. Mundpropaganda vermutlich. Sie träumen sogar von Anarchie. Agitatoren machen sich in ihren Kreisen immer wieder an die Arbeit. Ich betrachte es als meine vornehmste Pflicht – ich habe das immer getan –, gegen die Unzufriedenheit des Volkes anzukämpfen. Warum sollte man die Menschen unglücklich machen?«

»Tja«, sagte Graham sehr nachdenklich, »aber es gibt noch vieles, das ich gern wüßte.«

Lincoln, der während dieser Konversation Grahams Gesicht aufmerksam beobachtet hatte, trat nun dazwischen. »Wir haben noch andere«, flüsterte er.

Der Generalinspekteur für das Schulwesen entfernte sich mit einer Reihe schöner Gesten.

»Vielleicht«, sagte Lincoln, der einen Blick Grahams auffing, »möchten Sie einige der Damen kennenlernen?«

Die Tochter des Geschäftsführers im Europäischen

Nahrungsmitteltrust, Abteilung Schweinezucht, war eine besonders charmante kleine Rothaarige mit lebhaften blauen Augen. Lincoln ließ die beiden eine Zeitlang allein, und sie zeigte sich sogleich ungemein interessiert an der »guten alten Zeit«; damit meinte sie den Tag, an dem Graham eingeschlafen war. Sie lächelte beim Reden, auch ihre Augen lächelten verheißungsvoll.

»Ich habe schon unzählige Male versucht, mir diese romantische Zeit vorzustellen – und für Sie ist sie Erinnerung. Wie sonderbar und überfüllt muß Ihnen die Welt vorkommen! Ich habe Photos und Bilder von damals gesehen, die kleinen, einzeln stehenden Häuser aus Steinen, die man noch aus gebranntem Schlamm gemacht hat, ganz schwarz vor lauter Ruß aus Ihren Öfen; die simplen Plakate an den komischen Litfaßsäulen – ach! und die feierlichen Puritaner mit ihrer düsteren Kleidung und den hohen Hüten; Eisenbahnzüge auf eisernen Brücken hoch oben, und dann all die Pferde und Rinder! Photos habe ich gesehen, da sind die Hunde frei auf der Straße herumgelaufen. Und nun kommen Sie plötzlich hier herein!«

»Hier herein ...«, wiederholte er.

»Aus Ihrem Leben, aus allem heraus, was Ihnen vertraut war.«

»Das Leben war früher nicht glücklich. Ich sehne mich nicht danach zurück.«

Sie sah ihn kurz an und fragte nach einer kleinen Pause erstaunt: »Nein?«

»Nein. Es war ein kleines Leben – und sinnlos. Wir selbst hielten unsere Zeit für zivilisiert genug, und nun sehe ich, obwohl mein neues Leben erst vier Tage zählt, daß es im Grunde eine barbarische Zeit war, der bloße

Anfang dieser neuen Ordnung. Es muß Ihnen unbegreiflich sein, wie wenig ich weiß.«

»Sie können mich fragen, was immer Sie wollen«, sagte sie und lächelte einladend.

»Dann sagen Sie mir, wer jener Mann dort in Purpur ist.«

»Der gehört nicht ganz zum inneren Kreis, aber wir mögen ihn. Er ist sehr gescheit und auch sehr amüsant, einer der bedeutendsten Köpfe der Medizinischen Fakultät der Londoner Universität. Alle Ärzte, wissen Sie, sind Aktionäre der Medizinischen Fakultätsgesellschaft und tragen diesen Purpur. Man muß … man muß qualifiziert sein, um dazuzugehören. Aber Leute, die Honorare dafür einstreichen, daß sie etwas tun –« Sie lächelte über die gesellschaftliche Anmaßung solcher Leute.

»Sind Künstler oder Autoren von Rang da?«

»Keine Schriftsteller. Sie sind meist recht verschrobene Leute – und so von sich eingenommen. Und sie streiten immer. Für manche ist dazu der Vortritt auf der Treppe schon Grund genug. Schrecklich, nicht wahr? Aber Wraysbury, der elegante Kapillotom, ist da. Aus Capri.«

»Kapillotom – ach, ich weiß schon, der Haarkünstler. Warum nicht?«

»Wir müssen ihm hofieren«, lächelte sie entschuldigend, »unser Kopf ist in seinen Händen.«

»Hat die Kunst mit der rasanten Entwicklung der Zivilisation Schritt gehalten? Wer sind Ihre großen Maler?«

Sie sah ihn verdutzt an. Dann lachte sie. »Einen Moment dachte ich, Sie meinen Anstreicher. Aber natürlich meinen Sie jene guten Leute, von denen Sie seinerzeit so viel hielten, weil sie große Leinwandflächen mit Ölfarben bedecken konnten. Und diese Bilder taten die Leute damals in Goldrahmen und hängten sie in ihrer Wohnung an die Wand. Nein, die gibt es nicht mehr. Dieser Dinge ist man müde geworden.«

»Und wer ist jener Mann, der mit der Dame im safranfarbenen Kleid spricht?« fragte Graham.

Die junge Dame erzählte ihm, daß das einer der großen Organisatoren des amerikanischen Theaters sei, der gerade von einer riesenhaften Produktion aus Mexiko zurückgekommen war. Einen anderen auffallenden Mann bezeichnete sie als Schwarzen Arbeitsmeister. Im Augenblick machte der Name keinen tiefen Eindruck auf Graham, aber später tauchte er wieder auf – der Schwarze Arbeitsmeister?

Nun zeigte ihm seine Begleiterin eine entzückende kleine Dame und bezeichnete sie ohne eine Spur von Verlegenheit als eine der Subsidiarfrauen des Bischofs von London. Sie lobte den bischöflichen Mut. »Bisher hat in der Geistlichkeit die Monogamie als Regel gegolten. Das ist unnatürlich und unpraktisch. Warum soll jemand unter dem Zwang eines Gesetzes leben, nur weil er ein Priester ist? Sind Sie übrigens Anglikaner?«

Graham zögerte noch, Fragen nach dem Status einer Subsidiarfrau zu stellen, als Lincoln dieses anregende und interessante Gespräch unterbrach. Sie gingen quer durch den Saal auf eine hochgewachsene Gestalt zu, die eine scharlachfarbene Robe trug. Zwei reizende Burmesinnen in Nationalkostümen unterhielten sich mit dem Würdenträger und schauten Graham mit leisem Mißtrauen entgegen. Sie plauderten eine Weile höflich und gingen dann weiter.

Nach einer Weile begannen sich die verwirrend vielen Eindrücke zu einem Gesamtbild zu formen. Anfangs hatte die Prunkentfaltung dieses gesellschaftlichen Ereignisses den Demokraten Graham empfindlich gestört, spöttisch und feindselig war ihm zumute gewesen. Doch dieser innere Widerstand hielt nicht lange an. Die gedämpfte Musik, das strahlende Licht, das Spiel der Farben, die lächelnden Gesichter der festlich gekleideten Menschen und die Huldigungen, die man ihm darbrachte, schufen eine Atmosphäre, die ihn gleichsam einhüllte. Er nahm es selbst kaum wahr, daß sein Gang, seine Haltung und selbst seine Stimme sicherer wurden und seinem Auftreten eine Würde verliehen, um die er sich nicht zu bemühen brauchte. Es schien ihm nun, daß er doch zu einem glanzvollen, interessanten Leben wiedererwacht war.

Sein Blick glitt über die Menge. Dabei fiel ihm ein, daß er sich bei der charmanten Rothaarigen entschuldigen mußte, und er fragte sich, ob er sie wiedersehen würde.

Als er nach oben sah, bemerkte er, daß von einer Porzellanbrücke ein Mädchen auf ihn herunterblickte, jenes Mädchen, dem er abends nach seiner Flucht aus dem Haus des Obersten Rats in dem kleinen Zimmer hinter der Festhalle begegnet war. Ihr Gesicht trug den Ausdruck neugieriger Erwartung, unsicherer Gespanntheit.

Eine unbestimmte Rastlosigkeit erfaßte Graham. Er war beunruhigt wie über eine halbvergessene Pflicht, und eine Empfindung erfüllte ihn, als entschlüpften ihm mitten in diesem Glanz wertvolle Dinge.

Lincoln hatte sich entfernt, um notwendige Vorkehrungen für den Flug zu treffen, den er Graham versprochen hatte. Sobald er zurückkehrte, wollten sie die Versammlung verlassen.

Graham stand nun auf einer der oberen Galerien im Gespräch mit einer Dame. Sie unterhielten sich über ein wissenschaftliches Thema, dem die Dame nur geringes Interesse abgewinnen konnte. Das Thema hatte er gewählt, nicht sie. Nach einer Weile fand er, daß auch die moderne Frau – soweit er sie kannte – durch Charme auszugleichen wußte, was ihr an Wissen fehlte. Plötzlich drang durch ein Fenster über ihm die Melodie des Revolutionsliedes herein und übertönte brutal die dezente Musik der festlichen Veranstaltung. Ein Tumult von Stimmen, Sprechchöre, das Summen der gleitenden Fahrbahnen drangen an sein Ohr und verstummten nach kurzer Zeit ebenso plötzlich wieder, wie sie begonnen hatten. Er fragte sich, ob man eine so riesige Menschenmenge aufgeboten hatte, um das Gebäude zu bewachen, in dem er sich aufhielt. Die Melodie des Marschliedes ging ihm nicht mehr aus dem Sinn.

Plötzlich bemerkte er das Mädchen, das er in der Festhalle gesehen hatte. Sie kam jetzt die Galerie entlang auf ihn zu, in mattleuchtendes Grau gekleidet. Ihr dunkles Haar lag wie eine Wolke um ihre Stirn.

»Möchten Sie das Mädchen kennenlernen?« fragte seine Gesprächspartnerin, die diese Gelegenheit zur Rettung ergriff. »Das ist Helen Wotton, eine Nichte Ostrogs. Sie weiß sehr viel und wird von aller Welt ernst genommen. Ich bin überzeugt, daß sie Ihnen gefallen wird.«

Im nächsten Augenblick sprach Graham mit dem Mädchen, und die Dame flatterte davon.

»Ich erinnere mich Ihrer sehr gut«, begann Graham. »Sie waren, als das ganze Volk sang und den Takt mit den Füßen stampfte, in dem kleinen Zimmer, von dem aus ich dann die Festhalle betrat.«

Ihre momentane Verlegenheit wich, sie sah zu ihm auf und wurde ruhig. »Es war wunderbar«, sagte sie. »All dies Volk wäre für Sie gestorben. Unzählige Menschen *sind* in jener Nacht für Sie gestorben.« Ihr Gesicht glühte. Sie vergewisserte sich mit einem raschen Blick, daß niemand zuhörte.

Lincoln tauchte in einiger Entfernung auf und kam langsam durch die Menge auf sie zu. Das Mädchen bemerkte ihn und sprach hastig in seltsam vertraulichem Ton weiter: »Ich kann nicht jetzt und nicht hier davon sprechen, Sire. Das einfache Volk ist sehr unglücklich, es wird unterdrückt, es wird schlecht regiert. Vergessen Sie das Volk nicht, das zu sterben bereit war, damit Sie leben können.«

Lincoln war bereits dicht neben ihnen. Er entschuldigte sich mit einer Verbeugung vor dem Mädchen.

»Sie finden die heutige Welt angenehm, Sire?« fragte er mit weitausholender Geste auf die glanzvolle Gesellschaft. »Auf jeden Fall finden Sie sie verändert.«

»Ja«, sagte Graham still und nachdenklich, »verändert. Aber doch nicht so sehr verändert ...«

»Sie müssen sie erst einmal aus der Luft betrachten. Der Wind hat sich gelegt. Ein Aeroplan steht bereit.«

Das Mädchen erwartete eine Geste, die das Ende des Gespräches andeutete. Graham blickte sie fragend an, sah eine Warnung in ihren Augen, verneigte sich und machte kehrt, um Lincoln zu folgen.

16

Der Aeropil

Als Graham mit Lincoln durch die langen Korridore des Regierungsgebäudes ging, versuchte er, seiner Zerstreutheit Herr zu werden. Lincoln sprach vom Fliegen, und bald hörte Graham ihm aufmerksam zu. Er wünschte brennend, mehr von dieser wunderbaren Errungenschaft zu erfahren, und stellte unzählige Fragen. Er hatte die ersten Anfänge der Luftschiffahrt genau verfolgt und freute sich zu hören, daß die ihm vertrauten Namen der Pioniere auf diesem Gebiet – Maxim, Pilcher, Langley und Chanute, vor allem aber Lilienthal – auch heute noch in Ehren gehalten wurden.

Schon während seines früheren Lebens hatten Konstruktionsversuche auf zwei mögliche Typen schließen lassen, und beide waren Wirklichkeit geworden; der große Aeroplan mit einer Doppelreihe horizontaler Flügel und einer Luftschraube sowie der wendigere Aeropil. Die Aeroplane konnten nur bei Windstille oder mäßigem Wind fliegen; plötzliche Stürme, die jetzt genau vorhersagbar waren, machten sie für alle Zwecke nutzlos. Sie wurden in enormen Größen gebaut – die übliche Flügelweite betrug hundertachtzig Meter und mehr, die Länge des Rumpfes dreihundert Meter – und waren nur für den Personenverkehr bestimmt. Der leichtgeschwungene Wagen, den sie trugen, war dreißig bis fünfundvierzig Meter lang. Er war auf eine besondere Art aufgehängt, um die komplizierten Schwingungen, die selbst ein leichter Wind hervorrief, auf ein Minimum einzuschränken. Die Aeroplane konnten nur von einem gigantischen Karren aus abheben, der auf Schienen eines eigens dafür konstruierten Gerüstes lief. Graham hatte diese Flugbühnen vom Ausguck des Windfahnenamtes gesehen. Die Aeroplane konnten infolge ihrer Größe eine enorme Geschwindigkeit entwickeln; die kürzeste befahrene Strecke, von London nach Paris, nahm dreiviertel Stunden in Anspruch, der Flug nach New York dauerte etwa zwei Stunden, und wenn die Zwischenstationen gut berechnet wurden, war es bei ruhigem Wetter möglich, in einem Tag um die Welt zu fliegen.

Die kleineren Aeropile (wie sie ohne besonderen Grund zum Unterschied hießen) waren nur für eine oder zwei Personen bestimmt und so kostspielig in der Herstellung und im Unterhalt, daß sie zum Monopol der Reichen wurden. Sie waren mit glänzend gefärbten paarweisen Flügeln sowie einer Schraube versehen und starteten von einer Art schnellen Karren aus, der auf jedem offenen Platz stehen konnte.

Die Flugbühnen Londons standen in drei Zweiergruppen in einem unregelmäßigen Halbkreis an der Südseite des Flusses. Jedes der Bauwerke war etwa viertausend Meter lang und tausend Meter breit und aus einer Aluminium-Eisen-Mischung errichtet, die das Eisen abgelöst hatte. Aufzüge und Treppen führten durch ein Rahmenwerk von Pfeilern zum Flachdach der Gebäude. Auf dieses Dach konnten Schwungträger hinaufgezogen werden, die dann auf leicht geneigten Schienen bis zum Ende des Baues liefen.

Graham fuhr auf den öffentlichen Fahrbahnen zu den

Flugbühnen. Er wurde von Asano, seinem japanischen Diener, begleitet. Lincoln war von Ostrog abberufen worden, der sich Verwaltungsproblemen widmete. Ein starkes Aufgebot der Windfahnenpolizei wartete vor dem Windfahnenamt auf den Herrn und machte auf der obersten gleitenden Fahrbahn einen Raum für ihn und seine Begleitung frei. Obwohl seine Fahrt zu den Flugbühnen geheimgehalten wurde, hatte sich eine große Volksmenge angesammelt und folgte ihm bis an sein Ziel. Wo immer er vorbeifuhr, hörte er die Leute seinen Namen rufen, und er sah unzählige Männer, Frauen und Kinder in Blau die Treppen im Mittelweg heraufeilen, gestikulieren und rufen. Was sie riefen, verstand er nicht, und wieder fiel ihm auf, wie häßlich der Dialekt war, den das einfache Volk sprach. Als er die Fahrbahn verließ, drängte sich sogleich eine aufgeregte Menge an ihn heran, und die Wachen hatten Mühe, ihn abzuschirmen. Später fiel ihm ein, daß einige Leute versucht hatten, ihm Bittschriften zu überreichen.

Auf der westlichen Bühne stand ein Aeropil mit einem Aeronauten bereit. Aus der Nähe gesehen, erschien dieser Flugkörper nicht mehr so klein. Das Aluminiumskelett seines Rumpfes war so groß wie eine Zwanzig-Tonnen-Jacht. Die seitlichen Tragsegel, die mit Metallrippen versteift und aus einer glasartigen, künstlichen Membran angefertigt waren, warfen ihre Schatten über viele hundert Quadratmeter. Die Sitzgelegenheiten für den Ingenieur und seinen Passagier hingen in einer komplizierten Vorrichtung schwungfrei innerhalb der schützenden Rahmenrippen weit hinter der Mitte. Der Passagiersitz war durch einen Windschirm geschützt und von Metallstangen umgeben, die Luftkissen trugen. Der Passagier selbst konnte auf Wunsch völlig eingeschlossen werden, aber Graham war auf neue Erfahrungen begierig und bestand darauf, daß der Sitz offen blieb. Der Aeronaut saß hinter einem Schutzglas. Der Passagier konnte seinen Sitz fixieren – das war beim Landen fast unumgänglich –, oder sich mittels einer Schiene und einer Stange bis zu einem Kasten am Rumpf der Maschine bewegen, wo sein persönliches Gepäck, seine Decken und Stärkungsmittel untergebracht waren und der auch, zusammen mit den Sitzen, als Ballast für jenen Teil der zentralen Maschine diente, der zum Propeller am Heck vorsprang.

Die Maschine sah sehr einfach aus. Asano erklärte Graham die Teile des Apparates und sagte, er verbrenne bei jedem Stoß einen kleinen Tropfen einer Substanz namens Fomil.

Die Flugbühne war, abgesehen von Asano und ihren Begleitern, leer. Unter Leitung des Aeronauten kletterte Graham in den Passagiersitz. Dann trank er eine Mixtur, die Ergotin enthielt und allen verabreicht wurde, die fliegen wollten. Sie sollte der möglichen Wirkung des verminderten Luftdruckes auf den Körper entgegenwirken. Als er getrunken hatte, erklärte er sich zu der Reise bereit. Asano nahm ihm das leere Glas ab, blieb unten auf der Bühne stehen und winkte mit der Hand. Plötzlich schien die Bühne nach rechts hin entlangzugleiten und zu verschwinden.

Der Propeller kreiste, und eine Sekunde lang glitten die Bühne und die Gebäude unten horizontal an Graham vorüber; dann schienen diese Dinge plötzlich zu kippen. Er packte instinktiv die kleinen Stangen zu beiden Seiten, fühlte, daß er sich aufwärtsbewegte, und hörte die Luft über den Windschirm pfeifen. Die Propellerschraube drehte sich mit mächtigen rhythmischen Stößen. Graham blickte durch die Rippen der Maschine. Schrecken erfaßte ihn. Tief unter sich sah er eines der großen Windräder im Südwesten Londons und dahinter die südlichste Flugbühne. Sie schienen sich von ihm zu entfernen. Er biß die Zähne zusammen und hob den Blick. Der Augenblick der Panik ging vorüber.

Eine Zeitlang blieb er mit fest zusammengebissenen Zähnen sitzen und starrte in den Himmel. Als jedoch die erste Angst schwand, empfand er das Gefühl des Fliegens nicht mehr als unangenehm. Man hatte ihn vor der Luftkrankheit gewarnt, aber er fand die rhythmische Bewegung des Aeropils sehr gering im Vergleich mit dem Rollen eines Bootes bei schwerer See. Die Schärfe der dünneren Luft, in die sie aufstiegen, erweckte in ihm ein Gefühl der Leichtigkeit. Er hob die Augen zu dem blauen Himmel voller Zirruswolken, dann senkte er langsam den Blick und sah tief unter sich den Ausguck am Windfahnenamt golden im Sonnenlicht glänzen und immer kleiner werden. Dann kam London, schon leewärts, in Sicht - eine komplizierte Fläche von Dächern, deren Rand sich klar und scharf abzeichnete. Dieser Anblick erfüllte Graham mit einem Gefühl der Überraschung. Denn die Grenze von London war wie eine Wand, wie eine Klippe, ein steiler Absturz von über hundert Metern, nur hier und dort von Terrassen durchbrochen. Jener allmähliche Übergang von der Stadt zum Land, der ein so charakteristischer Zug der großen Städte des neunzehnten Jahrhunderts gewesen war, existierte nicht mehr. Nichts war davon geblieben als eine Ruinenwüste, überwuchert von einem Dickicht der mannigfaltigsten Gewächse, die einst die Gärten der Vororte geschmückt hatten.

Die Maschine hatte jetzt die für Aeropile übliche Flughöhe erreicht und begann nach Süden abzudrehen. Die Steuerung erfolgte durch Öffnung eines oder zweier dünner Streifen der Membran in dem einen oder anderen der sonst starren Flügel und durch die Vorwärts- oder Rückwärtsbewegung der ganzen Maschine entlang ihrer Träger. Der Aeronaut ließ die Maschine an ihren Schienen langsam nach vorn gleiten und öffnete die Klappe des Leeflügels, bis der Rumpf des Aeropils horizontal lag und nach Süden zeigte.

Eine Zeitlang achtete Graham auf die Details der Landschaft, die riesigen baumlosen Flächen, auf denen, abgesehen von zerfallenden Ruinen, keine Bauernhöfe und Dörfer mehr standen. Er hatte gewußt, daß das so war, aber es zu sehen, war etwas ganz anderes. Er versuchte Orte zu erkennen, konnte aber, da das Themsetal hinter ihnen lag, keine Anhaltspunkte finden. Dann aber flogen sie über einen scharfen Kalkhügel, den er als den Guildford Hog's Back identifizierte, und zwar an dem ihm vertrauten Umriß der Schlucht am östlichen Ende und an den Ruinen der Stadt, die sich steil auf beiden Rändern dieser Schlucht erhoben hatte. Von da ausgehend, erkannte er andere Punkte, Leith Hill, Aldershot und so weiter. Die Abhänge waren mit gigantischen, langsam kreisenden Windrädern besetzt.

Er sah, daß sie jetzt über den Downs waren, und als er über die Schulter blickte, erkannte er die Zinnen der Landungsbühne von Portsmouth, die über dem Rande von Portsdown Hill aufragte. Die Insel Wight zog an ihnen vorbei, und dann lag unter ihnen eine weite Meeresfläche, bald purpurn vom Schatten einer Wolke, bald grau, bald eine Fläche wolkig grünen Blaus. Innerhalb weniger Minuten löste sich ein Streifen grauen Nebels von anderen Streifen und wurde zur Küstenlinie – der Küste Nordfrankreichs.

In kurzer Zeit, wie es schien, kam Paris in Sicht. Graham erkannte den Eiffelturm und daneben eine riesige Kuppel. Er sah auch eine treibende Rauchwolke. Der Aeronaut sagte etwas von »Unruhen im Untergrund«, aber Graham achtete nicht darauf. Plötzlich stieg etwas von der Stadt auf, wie ein totes Blatt vor dem Wind, beschrieb eine Kurve, steuerte auf sie zu und wurde rasch größer.

»Ein Aeroplan, Sire!« rief der Aeronaut.

Der Aeroplan flog dicht unter ihnen vorbei. Einen Moment sah Graham die Reihen vermummter Passagiere, die hinter den Schirmen in kleinen Wiegen hingen, er sah einen weißgekleideten Ingenieur gegen den Wind einen Leiterweg entlangkriechen, sah die Luftschraube wirbeln. Dies war der Aeroplan, der zwischen Paris und London verkehrte. Bei schönem Wetter und in friedlichen Zeiten legte er die Strecke viermal am Tage zurück. Er war bald ihren Blicken entschwunden.

Sie flogen jetzt über den Kanal. »Sollen wir landen?« rief der Aeronaut.

»Noch nicht«, erwiderte Graham lachend. »Ich will diese Maschine genau kennenlernen.«

»Ich dachte –«, sagte der Aeronaut.

»Ich will diese Maschine kennenlernen«, wiederholte Graham.

Der Aeronaut zögerte. »Es ist sehr kompliziert, Sire.«

»Einerlei«, sagte Graham, »einerlei.«

Nach einer Pause sagte der Aeronaut: »Die Aeronautik ist das Geheimnis – das Privileg –«

»Ich weiß. Aber ich bin der Herr und will es wissen.«

»Sire, es gibt Regeln –«

»Nicht, wenn es mich betrifft«, sagte Graham. »Das scheinen Sie zu vergessen.«

Der Aeronaut sah ihn forschend an. »Nein«, sagte er, »das vergesse ich nicht, Sire. Aber auf der ganzen Welt hat niemand, der kein vereidigter Aeronaut ist –«

»Ich habe davon gehört. Aber ich will über diesen Punkt nicht streiten. Wissen Sie, warum ich zweihundert Jahre geschlafen habe? Um zu fliegen! Ich will selber fliegen, und wenn ich am Schluß zerschelle. Ich will etwas als Zahlung für meinen Schlaf haben.«

»Wir werden von einem Dutzend Spione beobachtet, Sire!«

Grahams Geduld war zu Ende. »Bin *ich* der Herr der Erde oder ist es Ihre Gesellschaft? Nehmen Sie die Hände von den Hebeln!«

»Sire«, sagte der Aeronaut.

»Was gibt's?«

»Sie werden mich schützen?«

»Ja! Und wenn ich London verbrennen muß.«

Mit diesem Versprechen erkaufte sich Graham seine erste Lektion im Fliegen.

Als er endlich genug hatte, kletterte er wieder auf den Passagiersitz zurück. Und dann kam ein rasches Sinken, während die Luftschraube wirbelte, um ihren Fall zu hemmen, und die Flugbühne unter ihnen auftauchte. Bald konnte man die Menschen als dunkle Punkte erkennen. Graham hörte einen Lärm, gleich dem Schall der Wellen auf einem Kieselstrand, und er sah, daß die Dächer um die Flugbühne dunkel waren von seinem Volk, das sich über seine wohlbehaltene Rückkehr freute.

17

Drei Tage

Bei der Landung nach seinem ersten Flug erwartete ihn Lincoln in einem Raum unter den Flugbühnen. Er schien begierig, alles zu erfahren, und freute sich über das Interesse, das Graham am Fliegen zeigte.

»Ich muß fliegen lernen!« rief Graham enthusiastisch. »Das muß ich bewältigen. Mir tun alle leid, die das nicht mehr erlebt haben.«

»Unsere neue Zeit hat Ihnen noch viele herrliche Erlebnisse zu bieten. Ich weiß nicht, was Sie nun beginnen wollen. Würde Sie moderne Musik interessieren?«

»Vorläufig will ich mich ausschließlich dem Fliegen widmen. Ihr Aeronaut sagte mir, es gebe eine Gesellschaft, die verbietet, daß man es lernt. Stimmt das?«

»Ich glaube ja. Aber für Sie –! Wenn Ihnen daran liegt, werden Sie morgen als Aeronaut vereidigt.«

Graham berichtete von den überwältigenden Eindrücken dieses ersten Fluges und fragte dann unvermittelt:

»Und die Regierungsgeschäfte? Wie laufen die Dinge?«

Lincoln winkte ab. »Das wird Ihnen Ostrog morgen erzählen. Alles nimmt seinen Lauf. Die Revolution hat sich über die ganze Welt ausgeweitet. Reibungen gibt es da und dort, das ist unvermeidlich. Aber

Ihre Herrschaft ist gesichert. Sie können ruhig schlafen, solange Ostrog alles in Händen hält.«

»Wäre es möglich, daß Sie mich noch heute als Aeronaut vereidigen – wie Sie es nennen –, dann könnte ich gleich morgen früh mit der Ausbildung beginnen?«

»Das wäre möglich ... durchaus möglich«, meinte Lincoln nachdenklich. »Gewiß, es soll geschehen.« Er lachte. »Ich bin gekommen, um Ihnen ein Vergnügungsprogramm zu unterbreiten, und nun haben Sie selbst schon etwas gefunden. Ich werde sogleich das Aeronautische Amt anrufen, und wir wollen dann in Ihre Gemächer im Windfahnenamt zurückkehren. Wenn Sie gespeist haben, wird man Ihnen die Aeronauten schicken. Sie glauben nicht, daß Sie nach Tisch lieber –?« Er machte eine Pause.

»Ja?« fragte Graham gedehnt.

»Wir haben ein kleines Ballett vorbereitet, die Tänzerinnen wurden aus Capri geholt.«

»Ich kann Ballett nicht ausstehen, ich habe es nie gemocht. Tänzerinnen haben wir auch zu meiner Zeit gehabt, es gab sie schon im alten Ägypten. Aber Fliegen –«

»Gewiß«, sagte Lincoln. »Wenngleich unsere Ballettmädchen ...«

»Die sollen ruhig warten. Ich bin kein römischer Imperator. Ich möchte mich mit einem Sachverständigen über Flugmotoren unterhalten. Ich brauche keine Zerstreuung.«

»Sie haben die Welt zur Auswahl. Was immer Sie wünschen, gehört Ihnen.«

Asano erschien, und sie kehrten, von einem starken Wachaufgebot begleitet, in das Windfahnenamt zurück. Dort machte sich Asano sogleich auf die Suche nach kinematographischen Wiedergaben von Maschinen in Aktion, und Lincoln ließ Maschinenmodelle bringen, die den technischen Fortschritt der vergangenen zwei Jahrhunderte demonstrieren sollten. Graham war so fasziniert von den ersten Modellen, daß sein köstlich zubereitetes Dinner samt den entzückenden Mädchen, die es servieren sollten, eine Zeitlang warten mußte. Die Sitte des Rauchens gab es auf der Erde kaum noch, doch als Graham den Wunsch danach aussprach, stellte man sogleich Nachforschungen an und entdeckte in Florida ausgezeichnete Zigarren. Sie wurden, während er sein Dinner einnahm, per Rohrpost geschickt. Dann wurden die Aeronauten und ein Fachmann im Maschinenbau gemeldet. Was er da an Wundern der Technik zu sehen bekam, die im Lauf der industriellen Revolution die Welt verändert hatten, versetzte Graham in einen Taumel des Entzückens: Zähl- und Rechenmaschinen, Baumaschinen, Patenttüren, Schlachthausmaschinen und Erntemaschinen.

»Wir waren Wilde«, rief er immer wieder, »wir waren wirklich noch Wilde. Verglichen mit dem hier, lebten wir in der Steinzeit.«

Es kamen auch berühmte Psychologen, die ihm aus ihrer Praxis von Heilerfolgen durch Hypnose berichteten. Ärzte, die sich zu seiner Zeit mit dieser Heilmethode kaum oder gar nicht durchsetzen konnten, hätten sich gewundert. Die Psychologie wandte heute Methoden an, die in der Medizin Narkotika, Antiseptika und die Anästhesie weithin verdrängt hatten. Sie wurden vor allem jenen Patienten verordnet, deren Arbeit äußerste Konzentration erforderte. Auf diesem Gebiet schien es ungeahnte Möglichkeiten zu geben. Heilerfolge, die Graham in ihren bescheidenen Anfängen als

Wunder anzustaunen gewohnt war, lagen nun im Bereich eines jeden, der sich eine solche Behandlung leisten konnte. Längst hatte man die alten Prüfungsmethoden im Unterricht abgeschafft. Statt Jahre des Studiums zu vergeuden, wurden die Kandidaten einige Wochen in Tiefschlaf versetzt und bekamen durch sachverständige Pauker das notwendige Wissen vermittelt. In der angewandten Mathematik war diese Hilfe von ungeheurem Wert. Schachspieler zogen besonderen Nutzen daraus. Kleine Kinder aus der Arbeiterklasse wurden, sobald sie für eine Hypnosebehandlung alt genug waren, in pünktliche und verläßliche Maschinenaufseher verwandelt, und es wurde ihnen auf diese Weise erspart, das Lernen zu lernen. Flugschüler, die nicht schwindelfrei waren, konnte man von diesem Übel befreien. Auf den Straßen standen Hypnotiseure bereit, den Passanten Merksprüche für immer einzuprägen, und der moderne Mensch hatte es nicht mehr nötig, sein Gedächtnis zu strapazieren. Wenn jemand sich einen Namen, eine Zahlenreihe, ein Lied merken oder eine Rede halten wollte, so konnte es mit Hilfe dieser Methode mühelos geschehen. Andererseits konnten aber auch Erinnerungen ausgelöscht, Gewohnheiten abgelegt und Begierden für immer zum Versiegen gebracht werden – mit einem Wort, es gab heute bereits eine Art psychischer Chirurgie. Blamagen und peinliche Erlebnisse wurden aus dem Gedächtnis getilgt, Witwen mit Heiratsabsichten vergaßen ihre früheren Ehemänner, und enttäuschte Liebhaber waren nicht länger Sklaven ihres Gefühls.

Begierden zu erzeugen war jedoch immer noch nicht möglich, und auch die Gedankenübertragung hatte man noch nicht in ein brauchbares System bringen können. Die Psychologen führten als Demonstrationsobjekte für ihre Erfolge in der Mnemotechnik gerne eine Gruppe blaßgesichtiger Kinder in blauer Einheitskleidung vor.

Graham mißtraute den Hypnotiseuren wie die meisten Leute seiner Zeit, sonst hätte er sich sogleich von einigen Vorurteilen befreien können. Trotz Lincolns Beteuerungen blieb er bei der Ansicht, daß man durch Hypnose seine Persönlichkeit aufgebe und auf einen eigenen Willen verzichte. Ihn verlangte danach, er selbst zu bleiben.

Der nächste Tag, ein zweiter und ein dritter dienten dazu, sich mit dieser neuen Welt vertraut zu machen; dem Flugunterricht widmete Graham täglich viele Stunden. Am dritten Tag kreiste er schon über Mittelfrankreich und über den schneebedeckten Alpen. Besonderes Vergnügen machten ihm Rundflüge über London, da sie Erinnerungen an seine Studienzeit weckten. »Da unten«, konnte er sagen, »aß ich als Student mein Mittagskotelett. Dort stand der Waterloo-Bahnhof, und es war immer die gleiche Jagd, den Zug noch zu erreichen. Oft bin ich da unten aber auch gestanden und habe gewartet und über einen ganzen Wald von Signalen zum Himmel gestarrt, der damals ein Rauchbaldachin war. Auch im Traum hätte ich nicht erwartet, eines Tages über London in der Luft spazierenzufahren.«

Während dieser drei Tage hatte er nicht oft an die große Politik gedacht. Seine Umgebung erzählte ihm wenig. Ostrog, der Meister, kam täglich. Er berichtete, die neue Regierung beherrsche die Lage, bis auf eine »kaum nennenswerte Unruhe« in dieser Stadt und »einen Störversuch« in jener. Das Revolutionslied drang von der Straße nicht mehr zu Graham herauf. Er erfuhr nie, daß es innerhalb der Stadtgrenzen verboten war.

Am dritten Tag tauchte plötzlich die Gestalt Helen Wottons aus der Erinnerung auf. Er fragte sich, was sie mit den hastig gesprochenen Sätzen beim Abschied wohl gemeint haben mochte; den Wortlaut der Sätze hatte er mittlerweile fast vergessen. Ihr ernstes, von Leidenschaft erfülltes Gesicht aber hatte ihm tiefen Eindruck gemacht.

18

Graham besinnt sich

Er traf Helen in einer kleinen Galerie, die vom Windfahnenamt zu seinen Staatsgemächern führte. Die Galerie war lang und schmal, mit einer Reihe von Logen, deren jede durch ein Bogenfenster auf einen Palmengarten hinausblickte. Er sah sie plötzlich in einer dieser Logen sitzen. Sie wandte den Kopf beim Klang seiner Schritte und schrak bei seinem Anblick zusammen. Sie wurde sehr blaß, stand sofort auf und ging auf ihn zu, als wollte sie ihn anreden. Dann zögerte sie, und er blieb erwartungsvoll stehen. Sie mußte ein Gespräch mit ihm gesucht haben, wenn sie hier auf ihn gewartet hatte.

»Ich habe mir gewünscht, Sie zu treffen«, sagte er. »Vor einigen Tagen wollten Sie mir etwas sagen –«

Sie sah ihn unruhig an und brachte immer noch kein Wort heraus.

»Sie sagten damals, das Volk sei unglücklich. Nun erzählen Sie mir –«

»Es ist so schwer zu erklären«, sagte sie plötzlich entschlossen. »Sie wissen nicht, was hier vorgeht, und Sie wissen nicht, was Sie uns bedeuten. Ich habe es mir so gewünscht, es Ihnen zu sagen, und nun finde ich die Worte nicht. Es ist ein Wunder geschehen. Ihr Schlaf, Ihr Erwachen, das sind Wunder. Für mich wenigstens – und für das ganze einfache Volk. Sie haben gelebt, haben gelitten und sind gestorben. Sie sind ein einfacher Bürger gewesen, und Sie erwachen nach dem langen Schlaf, um sich als Herrn der Welt wiederzufinden.«

»Als Herrn der Welt«, wiederholte Graham nachdenklich. »Das sagt man mir. Aber versuchen Sie sich vorzustellen, wie wenig ich von ihr weiß. Ich soll Herr der Erde sein und Ostrog der Meister, der die Verantwortung trägt«, schloß er mit einem feinen Lächeln.

»Eben das befürchten wir bereits.« Nach kurzer Pause fügte sie langsam hinzu: »Nein, *Sie* werden die Verantwortung tragen. Das Volk blickt auf Sie. Seit hundert Jahren haben in jeder Generation Scharen von Menschen darum gebetet, daß Sie erwachen mögen.«

Graham wollte etwas sagen, tat es aber dann doch nicht.

Sie errötete, ehe sie nach einigem Zögern fortfuhr: »Wissen Sie, wofür Milliarden Menschen Sie hielten? Für König Artus, der zu seiner Zeit kommen würde, um die Welt zu retten.«

»Ich glaube, die Phantasie des Volkes –«

» ›Wenn der Schläfer erwacht‹ ist bei uns zu einem Wort der Verheißung geworden, haben Sie das nicht gehört? Während Sie regungslos dalagen, durfte man Sie an jedem Ersten eines Monats besichtigen. Zu Tausenden zog das Volk an Ihnen vorbei. Zu Tausenden. Als ich ein kleines Mädchen war, habe ich Sie so gesehen. Wenn ich als Kind Ihr Gesicht sah, schien es mir in seiner Ruhe so groß wie Gottes Geduld.«

Ihre Augen leuchteten nun, und die Stimme war klar. »Das dachten wir von Ihnen, und so erschienen Sie uns. Und nun warten diese Milliarden Menschen in der ganzen Welt darauf, was Sie tun werden. Es kann nicht sein, daß Sie nach einem kleinen Leben in der fernen Vergangenheit auf wunderbare Weise wieder aus dem Schlaf erwacht sind, nur um noch einmal ein kleines Leben zu führen. Das Volk glaubt an Sie – Sie können die Verantwortung nicht auf einen anderen abschieben.«

»Ich weiß, wie groß dieses mein Königtum ist. Aber ist es wirklich, oder ist es nur eine große Täuschung? Schließlich ist es, wie jedes Königtum, eine Illusion, an die Menschen glauben ... Und wo ist das Elend, von dem Sie reden? Was sollte ich Ihrer Meinung nach wissen?«

»Die Welt, in der Sie wieder erwacht sind, hat sich seit Ihren Tagen furchtbar verändert. Es ist, als breite sich eine Krebsgeschwulst aus, die das Leben all dessen beraubt, was zu haben sich lohnt. Zu Ihrer Zeit konnten die Menschen noch freizügig Entscheidungen treffen. Ja – ich habe viel darüber nachgedacht, ich war gezwungen, als Mädchen selbständig zu denken, denn mein Leben ist nicht glücklich. Der Mensch ist heute nicht frei, er ist nicht größer, nicht besser geworden, als er zu Ihrer Zeit war. Diese Stadt ist ein Gefängnis. Jede Stadt ist heute ein Gefängnis. Und die Gier nach Geld beherrscht alles. Milliarden Menschen plagen sich ein ganzes Leben lang, ohne die Früchte ihrer Arbeit ernten zu können. Soll das immer so weitergehen? So vieles ist weit schlimmer geworden, als es zu Ihrer Zeit war. Die schalen Genüsse des Lebens, das Sie um sich sehen, decken nur mühsam das Elend der Armen zu, jener zahllosen Armen, die Ihnen zugejubelt haben. Ihnen verdanken Sie Ihr Leben.«

»Ja, ihnen verdanke ich mein Leben«, wiederholte er nachdenklich.

»Zu Ihrer Zeit hatte das rasante Wachstum der Städte

kaum erst begonnen, es ist zur Tyrannei geworden. Damals war die Feudalherrschaft eben zu Ende, und die Herrschaft der neuen Reichen sollte erst kommen. Die meisten Menschen lebten noch auf dem Land, die Städte sollten sie erst verschlingen. Ich habe viel in alten Büchern über diese Zeit gelesen, die noch den Adel der Seele kannte. Einfache Menschen lebten ein Leben der Liebe und Treue. Und aus einer solchen Welt kommen Sie.«

»Und wie ist das heute?«

»Profit und Freudenstädte oder – Sklaverei.«

»Sklaverei? Sie wollen doch nicht sagen, daß es noch Leibeigenschaft gibt?«

»Schlimmeres. Das ist es, was ich Ihnen sagen wollte. Sie müssen es erfahren. Man wird diese Dinge vor Ihnen verbergen, man wird Ihnen die Freudenstädte zeigen. Aber haben Sie die Männer, Frauen und Kinder in der blauen Einheitskleidung gesehen, mit ihren hohlwangigen, gelben Gesichtern und ihrem stumpfen Blick?«

»Überall.«

»Sie sprechen einen scheußlichen Dialekt.«

»Den habe ich gehört.«

»Das sind die modernen Sklaven. Die Sklaven der Arbeitsgesellschaft, die Ihnen gehört.«

»Als ich in der Stadt umherwanderte, sah ich große, in eben diesem Blau getünchte Häuserfronten. Wollen Sie wirklich sagen –?«

»Ja. Wie kann ich Ihnen diese Entwicklung erklären? Natürlich fiel Ihnen die blaue Uniform auf. Fast ein Drittel unseres Volkes trägt sie – jeden Tag sind es mehr. Die Arbeitsgesellschaft ist unmerklich gewachsen.«

»Was *ist* die Arbeitsgesellschaft?«

»Nun – was fingen Sie zu Ihrer Zeit mit den Hungernden an?«

»Wir hatten das Arbeitshaus, das von der Pfarrgemeinde erhalten wurde.«

»Das Arbeitshaus. Ja, das haben wir im Geschichtsunterricht gelernt, ich erinnere mich. Die Arbeitsgesellschaft ist aus einer religiösen Organisation, der sogenannten Heilsarmee, hervorgegangen, die ursprünglich eine karitative Organisation zur Linderung sozialer Not war. Sie wollte den Menschen das harte Leben im Arbeitshaus ersparen. Jetzt, wo ich darüber nachdenke, fällt mir ein, daß diese Arbeitshäuser als erstes von Ihren Treuhändern in Besitz genommen wurden. Sie kauften die Heilsarmee auf, und von nun an sollte hungrigen Obdachlosen dort Arbeit vermittelt werden.« Nach einer kurzen Pause fuhr sie fort:

»Heutzutage gibt es keine Arbeitshäuser, keine Asyle und keine karitativen Organisationen mehr, sondern nur eben diese Gesellschaft. Ihre Ämter sind überall, das Blau ist ihre Farbe. Ob Mann, Frau oder Kind – wer in Not gerät und sonst keine Zuflucht hat, muß sich an diese Gesellschaft wenden oder seinem Leben selbst ein Ende bereiten. Die Euthanasie ist zu kostspielig, daher gibt es für die Armen keinen leichten Tod. Und zu jeder Tages- und Nachtstunde ist für jeden Neuankömmling Nahrung, Obdach und eine blaue Uniform bereit. Damit ist er inkorporiert und hat für einen Tag Obdach einen Tag Arbeit zu leisten. Danach bekommt er seine eigenen Kleider wieder und wird vor die Tür gesetzt.«

»Tatsächlich?«

»Vielleicht erscheint Ihnen das nicht so schrecklich.

Auch zu Ihrer Zeit sind Menschen auf der Straße verhungert. Aber es starb jeder seinen eigenen Tod. Wir haben ein Sprichwort, das heißt: ›Wer einmal eine blaue Kluft anlegt, legt sie nie mehr ab.‹ Der Mann in Blau wird für die Gesellschaft, die ihm Arbeit gegeben hat, zum Handelsobjekt. Mit dem Lohn für einen Arbeitstag bezahlt er am Abend Kost und Quartier, und nur wenn er gut bezahlt wird, bleiben ihm die paar Groschen für ein billiges Vergnügen, für ein wenig Essen oder eine Wette. Wenn das Geld ausgegeben ist, treibt er sich herum, am Betteln hindert ihn nicht nur die Straßenpolizei, es gibt ihm auch niemand etwas. Und so kommen sie alle am nächsten oder am übernächsten Tag wieder, weil ihnen kein anderer Ausweg bleibt. Schließlich nutzt sich ihre Kleidung ab, oder die Lumpen werden so schäbig, daß sie sich ihrer schämen. Dann müssen sie monatelang arbeiten, um neue zu bekommen. *Wenn* sie neue haben wollen. Kinder werden unter der Obhut der Gesellschaft geboren. Die Mutter schuldet danach einen Monatslohn, die Kinder werden aufgezogen, bis sie vierzehn sind, und zahlen dann selbst mit zwei Jahren Dienst. Sie können sich leicht vorstellen, daß diese Kinder für die blaue Kluft erzogen sind. So arbeitet diese Gesellschaft.«

»Und Bettler gibt es keine mehr?«

»Keine. Sie stecken entweder in der blauen Kluft oder im Gefängnis.«

»Und wenn sie nicht arbeiten wollen?«

»Sie wollen, die meisten wollen, und zwar so viel wie möglich. Die mächtige Gesellschaft hat die Mittel, sie zu zwingen, zum Beispiel durch Entzug der Nahrungsmittel. Außerdem kennt man den Arbeitsverweigerer in den Ämtern der ganzen Welt, da in deren

Karteien nicht nur sein Name, sondern auch sein Fingerabdruck erscheint. Verlassen kann ein Armer die Stadt nicht, weil ihm dazu das Geld fehlt, und für Insubordination sind Gefängnisse da. Dunkle, unterirdische. Dorthin kommt man heutzutage leicht.«

»Und ein Drittel des Volkes trägt diese blaue Einheitskleidung?«

»Mehr als ein Drittel. Ihr Leben ist Entbehrung und Mühsal, nichts als das. Und die Flucht aus diesem Leben durch Euthanasie können sie sich nicht leisten. Sie ist ein Vorrecht der Reichen.«

Graham schwieg lange. »Aber nach der Revolution wird alles ganz anders werden«, sagte er schließlich.

»Das ist unsere Hoffnung. Die ganze Welt hofft darauf. Aber Ostrog ist nicht der Mann, die Dinge zu ändern. Er ist Politiker, er nimmt das als gegeben hin. Jeder, der reich ist, der Einfluß hat, der glücklich ist, kommt schließlich dahin, sich über das Elend der Armen keine Gedanken mehr zu machen. Ihnen, der aus einer glücklichen Zeit kommt, verschweigt man, was vorgeht. Das Volk, das sich erhoben hat, will nicht zurück zu seiner Plackerei, es weigert sich, die Waffen abzulegen. Ostrog hat etwas geweckt, das größer ist, als er sich träumen ließ – er hat Hoffnungen geweckt. Und die Erfüllung dieser Hoffnungen erwartet das Volk von Ihnen. Regieren müssen Sie, nicht Ostrog.«

Er blickte plötzlich auf, und ihre Augen trafen sich.

»Was Sie gesagt haben, hat mich geweckt. Sie haben recht. Ostrog muß auf seinen Platz verwiesen werden. Ich bin nun entschlossen zu regieren. Vorausgesetzt, Sie helfen mir.«

»Ich – eine Frau?«

»Ja. Ich will regieren – mit Ihnen.«

Es folgte ein langes, schicksalsschweres Schweigen. Dann schlug eine Uhr. Graham stand auf.

»Ostrog wird schon warten«, sagte er. »Und wenn ich wiederkomme –«

»Ich werde von Ihrem Kommen und Gehen wissen. Ich will hier auf Sie warten.«

Sie sahen einander fest an, dann wandte er sich um und betrat das Windfahnenamt.

19

Ostrogs Standpunkt

Ostrog hatte Graham bereits erwartet, um ihm den offiziellen Tagesbericht zu erstatten. Bisher hatte Graham diese Zeremonie rasch hinter sich gebracht, um zu seinen Flugübungen zu kommen, aber nun begann er, knappe, rasche Fragen zu stellen. Er gedachte, die Regierungsgeschäfte alsbald zu übernehmen. Ostrog hatte erfreuliche Nachrichten von der Entwicklung der Dinge im Ausland für ihn bereit. In Paris und Berlin, berichtete er, hatte es Unruhen gegeben, aber keinen organisierten Widerstand, sondern nur unbedeutende Straßenkrawalle. Als Graham präzise Fragen stellte, antwortete Ostrog:

»Nach so vielen Jahren hat nun die Kommune das Haupt wieder erhoben. Darum geht es in diesem Kampf, ehrlich gesagt.«

Graham zwang sich zur Ruhe, um dem anderen seine Erregung nicht zu verraten. Ob gekämpft worden sei, fragte er sachlich.

»Ein wenig«, sagte Ostrog, »und nur in einem Viertel. Aber die Senegaldivision unserer afrikanischen Akkerbau-Polizei, die sehr gut gedrillt ist, war bereit. Die Aeroplane ebenfalls. In den Hauptstädten Europas und Amerikas haben wir leichte Unruhen erwartet. Aber in Amerika geht es sehr ruhig zu. Man ist mit dem Sturz des Obersten Rates zufrieden. Vorläufig jedenfalls.«

»Warum haben Sie Unruhen erwartet?«

»Es herrscht beträchtliche Unzufriedenheit – soziale.«

»Die Arbeitsgesellschaft?«

»Sie lernen«, sagte Ostrog leicht überrascht. »Ja. Sie ist die Hauptursache der allgemeinen Unzufriedenheit, die zum Sturz des Obersten Rates geführt hat. Sie war die treibende Kraft – sie – und Ihr Erwachen.«

»So?« fragte Graham gedehnt.

Ostrog lächelte. Dann wurde er ausführlich. »Wir mußten ihre Unzufriedenheit schüren, mußten ihre kindischen Ideale vom allgemeinen Glück auf Erden wiederbeleben – alle Menschen gleich – alle Menschen glücklich – Luxus für jedermann erreichbar, mit einem Wort, Ideen, die zweihundert Jahre lang geschlummert haben. Das ist Ihnen bekannt? Diese Ideale mußten wir eben propagieren, so unmöglich sie auch sind, um den Obersten Rat zu stürzen. Und jetzt –«

»Und jetzt?«

»Die Revolution ist vollzogen, der Rat gestürzt, und das Volk, das wir aufgehetzt haben, bleibt aufgehetzt. Offenbar haben sie noch nicht genug gekämpft ... Wir haben natürlich eine Menge versprochen. Seltsam, wie rapid sich dieser alte Schwindel von der Humanität neu belebt und ausgebreitet hat. Wir, die wir doch selber den Samen gesät haben, stehen nun verwundert da. In Paris, wie gesagt, haben wir ein wenig Hilfe von außen herbeirufen müssen.«

»Und hier?«

»Gibt es auch Unruhen. Ganze Massen wollen nicht an die Arbeit zurück. Der Generalstreik ist ausgerufen. Die Hälfte der Fabriken steht leer, das Volk wimmelt in den Straßen. Sie reden von einer Kommune. Männer in

Seide sind auf den Straßen beschimpft worden. Die im blauen Arbeitsanzug erwarten alles mögliche von Ihnen ... Natürlich brauchen Sie persönlich sich nicht zu beunruhigen. Wir lassen die Schwätzmaschinen mit Gegensuggestionen in der Sache des Gesetzes und der Ordnung arbeiten. Wir müssen die Massen wieder in den Griff bekommen, das ist alles.«

»Selbst wenn Sie dazu eine Negerpolizei herbeiholen.«

»Sie ist nützlich«, sagte Ostrog. »Schöne, ergebene Bestien, ohne verwaschene Ideen, wie sie unser Pöbel hat. Wenn der Oberste Rat sie als Straßenpolizei gehabt hätte, wären die Dinge anders gelaufen. Natürlich ist nichts zu befürchten – es wird bloß Straßenkrawalle und Trümmer geben. Sie können jetzt selbst nach Capri fliegen, wenn es Unruhen gibt. Wir haben alle Schlüsselpositionen in der Hand: die Aeronauten sind reich und privilegiert, der exklusivste Kreis der neuen Klasse; dasselbe gilt für die Ingenieure der Windräder. Wir haben die Herrschaft zu Luft und damit die Herrschaft über die Erde. Gegen uns kann keine Organisation zustande kommen, ihre Führer sind politische Nullen – kleine Chefs der geheimen Abwehr, die wir selbst organisierten, ehe Sie – eben zur rechten Zeit – erwacht sind. Das sind bloße Tagediebe und sentimentale Schwärmer, obendrein rasend eifersüchtig aufeinander; für eine Zentralfigur hat keiner das Format. Es kann also schlimmstenfalls da und dort einen kleinen Aufstand geben, der nicht einmal Ihre Flugübungen stören wird. Die Tage, da eine Volkserhebung möglich war, sind vorbei.«

»Vermutlich«, sagte Graham, »vermutlich.« Er saß eine Weile in Gedanken versunken. »Diese Ihre Welt ist für mich voller Überraschungen. Zu meiner Zeit träumten wir von einer Demokratie, von einer Zeit, da alle Menschen gleich und alle glücklich sein würden.«

Ostrog sah ihn unverwandt an. »Die Tage der Demokratie sind vorbei«, sagte er. »Vorbei für immer. Sie begann zur Zeit der Bogenschützen und endete, als nicht mehr eine tapfere Armee, sondern die bessere Ausrüstung über Sieg oder Niederlage entschied. Nicht die marschierende Infanterie, vielmehr teure Kanonen, große Panzerschiffe, strategische Eisenbahnlinien sind die Machtmittel. Und heute bedeutet Reichtum Macht, wie nie zuvor in der Geschichte. Er herrscht über Erde, Meer und Himmel. Die Macht gehört denen, die ihren Reichtum richtig zu gebrauchen wissen. Tatsachen müssen Sie akzeptieren – und das sind nun einmal Tatsachen. Die Masse an der Herrschaft? Schon zu Ihrer Zeit hatte man dieses Credo geprüft und verworfen. Heute glaubt nur noch einer daran: der blöde einzelne in der Masse.«

Graham antwortete nicht gleich. Er stand da, in düstere Betrachtungen versunken.

»Nein«, fuhr Ostrog fort, »der Tag des Mannes auf der Straße ist vorbei. Draußen auf dem Land ist ein Mann so gut wie der andere, oder fast so gut. Die früheste Aristokratie hatte ein auf Kraft und Kühnheit gestütztes, unsicheres Besitzrecht. Sie übernahm sich nicht an der Macht. Es gab da und dort Aufstände, es gab Duelle. Die erste wirkliche Aristokratie kam mit den Burgen und Rüstungen, sie verschwand mit der Muskete und dem Bogen. Was Sie heute sehen, ist die zweite, die wirkliche Aristokratie, die neue Klasse. Der gemeine Mann ist heute ein hilfloser einzelner. In unserer Hand ist die Maschinerie der Macht und eine Organisation, die so kompliziert ist, daß er sie nicht begreift.«

»Und doch«, sagte Graham, »gibt es Widerstand; Sie können ihn niederhalten, auf die Dauer unterdrücken können Sie ihn nicht.«

»Sie werden sehen«, versuchte Ostrog mit einem gezwungenen Lächeln das Thema zu wechseln. »Ich habe die Kraft nicht geweckt, um mich zu vernichten. Verlassen Sie sich darauf.«

»Ich bin gespannt«, sagte Graham.

Ostrog blickte ihn forschend an.

»Muß die Welt diesen Weg gehen? Muß sie wirklich diesen Weg gehen? Sind alle unsere Hoffnungen vergeblich gewesen?«

»Was meinen Sie? Welche Hoffnungen?«

»Ich komme aus einer Zeit, da wir von einer Demokratie geträumt haben, und ich finde eine Diktatur der neuen Klasse.«

»Deren Oberhaupt Sie sind.«

Graham schüttelte den Kopf.

»Nun«, sagte Ostrog, »betrachten Sie die Dinge im historischen Rückblick. Auf diese Weise hat sich die Welt immer gewandelt: Aristokratie als Herrschaft der Besten – Leiden und Untergang der Minderwertigen – die natürliche Auslese.«

»Aber die neue Aristokratie ... die Leute, denen ich begegnet bin ...«

»Oh, nicht *die*! Die Mehrzahl derer, die ich meine, ist zum Aussterben verurteilt. Laster und Genußsucht ist ihr Leben. Sie haben keine Kinder, sie sterben aus. Das heißt, wenn die Welt so weiterlebt, wenn es nicht eine Umkehr gibt. Jede Art der Ausschweifung und des Lasters ist leicht zugänglich, und für die an der Flamme

Versengten gibt es die Euthanasie, das ist der Weg zur Verbesserung der Rasse.«

»Die bequeme Euthanasie«, sagte Graham, »das angenehme Verlöschen.« Er zögerte eine Weile. »Aber da bleibt die große Masse, die Masse der Armen. Wird auch sie aussterben? Die wird nicht aussterben. Und sie leidet, ihr Leiden ist eine ungeheure Kraft, die selbst Sie –«

Ostrog machte eine Geste der Ungeduld, und als er fortfuhr, sprach er nicht mehr ganz so fließend wie vorher.

»Das soll Sie nicht beunruhigen. In einigen Tagen ist alles erledigt. Die Masse ist ein riesiges törichtes Vieh. Sie kann gezähmt und getrieben werden. Mit servilen Menschen habe ich kein Mitleid. Sie haben vorgestern nacht diese Leute rufen und singen hören. Dieses Lied hat man sie gelehrt. Wenn Sie aus dieser Masse einen gefragt hätten, warum er schrie, er hätte es Ihnen nicht sagen können. Sie glauben, für Sie zu schreien und Ihnen treu ergeben zu sein. Vor einigen Tagen hätten sie bereitwillig den Obersten Rat geschlachtet, heute murren sie schon gegen die, die ihn gestürzt haben.«

»Nein, nein!« rief Graham. »Sie schrien, weil ihr Leben unerträglich ist, elend und freudlos, und weil sie alle Hoffnung auf mich setzen.«

»Und welches Recht haben sie zu hoffen? Sie wollen für schlechte Arbeit den Lohn derer, die gut arbeiten. Sie sind toll vor Neid. Und Sie wollen diese hirnlose Masse, die wir zu Sklaven gemacht haben, befreien und ihnen das Leben angenehm machen? Eben jetzt, wo sie zu dem gesunken sind, wozu sie taugen? Ich kenne diese Ideen, auch ich habe als Schuljunge Ihren Shelley gelesen und von der Freiheit geträumt. Nehmen Sie an – was ganz unmöglich ist –, die schreienden Narren in Blau gewännen die Oberhand, was dann? Sie würden keine Freiheit gewinnen, sondern nur eine Unfreiheit gegen eine andere eintauschen. Solange es Schafe gibt, wird die Natur auf Raubtieren bestehen. Ziel und Ende wird der Übermensch sein, trotz aller tollen Proteste der Menschheit. Mögen sie sich empören, mögen sie gewinnen, mögen sie mich und meinesgleichen töten, andere werden aufstehen, andere Herren. Und das Ende wird das gleiche sein.«

»Ich bin gespannt. Vor allem aber möchte ich mich selbst überzeugen. Ich will das alles selbst sehen, um es verstehen zu können. Das wollte ich Ihnen sagen, Ostrog. Ich will nicht in einer Freudenstadt König sein, ich will wissen, wie das Volk lebt, das arbeitende Volk.«

»Das können Sie in unseren realistischen Romanen lesen.«

»Ich will das selbst sehen und nicht im Roman vorgesetzt bekommen.«

»Da gibt es Schwierigkeiten –«

»Die hätte ich nicht erwartet.«

»Sie würden verkleidet gehen müssen. Die Aufregung in der Stadt hat sich noch nicht gelegt, und Ihre Anwesenheit mitten unter dem Volk würde einen wahren Tumult hervorrufen.« Ostrog schien sich plötzlich anders zu besinnen. »Nun, Ihr Wunsch, in die Stadt zu gehen, wenn ich ihn recht bedenke, scheint mir gar nicht so abwegig. Ja, das läßt sich machen. Eine Verkleidung für diesen Ausflug wird Asano besorgen, und er wird Sie begleiten. Im Grunde ist die Idee gar nicht schlecht.«

Graham schöpfte plötzlich einen sonderbaren Verdacht. »Sie werden mich in keiner Angelegenheit zu Rat ziehen wollen?«

»O Gott, nein! Ich denke, Sie können mir die Regierungsgeschäfte jedenfalls noch einige Zeit anvertrauen«, sagte Ostrog lächelnd. »Selbst wenn wir in dem einen oder anderen Punkt verschiedener Meinung sein sollten.«

Graham sah ihn forschend an. »Es wird in absehbarer Zeit vermutlich keinen Kampf geben?« fragte er unvermittelt.

»Sicher nicht.«

»Ich habe über diese Negerpolizei nachgedacht. Es ist nicht anzunehmen, daß das Volk sich gegen mich auflehnen wird – und schließlich bin ich der Herr. Ich wünsche nicht, daß Neger nach London geholt werden.«

Ostrog stand mit gesenktem Kopf da und beobachtete jede Regung in Grahams Gesicht.

»Ich hole die Neger nicht nach London«, sagte er betont langsam. »Aber wenn –«

»Sie dürfen keine bewaffneten Neger nach London rufen, was auch immer geschieht. An diesem Entschluß wird sich nie etwas ändern.«

Ostrog entschied sich nach einigem Zögern dafür, nichts mehr zu sagen und verneigte sich ehrerbietig.

20

Auf den Wegen der Stadt

In jener Nacht sah Graham die Stadt wieder, die er während des Aufstandes durchwandert hatte, als sie im tiefsten Dunkel lag. Nach der Kleidung zu schließen, hätte er ein bescheidener Angestellter des Windfahnenamtes sein können, der dienstfrei hat. Asano begleitete ihn und hatte die blaue Arbeitsuniform angelegt. Nun war die Stadt in helles Licht getaucht und wirbelte von Menschen. Es gingen Gerüchte um, daß der Aufstand nur das Vorspiel für einen härteren Kampf gewesen sei, der noch folgen würde; in dem ungeheuren Verkehrsstrom der in dieser Abendstunde von der Arbeit heimkehrenden Menschen merkte Graham vorläufig nichts davon. Er hatte bisher nur das Regierungsviertel gesehen, Häuser und Menschen, die ihm als dem Herrn der Welt langsam vertraut wurden. Dies aber war das Volk, wie es leibte und lebte, und das zu sehen er gewünscht hatte.

Sie bogen nun in eine Straße ein, deren gleitende Fahrbahnen aus der Gegenrichtung gedrängt voll mit Demonstranten in blauer Einheitskleidung waren. Sie trugen rote Banner aus grobem Material mit aufreizenden Inschriften, die von ungeübter Hand und wechselndem Geschick in der Orthographie aufgemalt waren. »Keine Abrüstung«, »Keine Entwaffnung«, »Gebt die Waffen nicht ab!«, »Warum die Waffen wieder hergeben?« – so floß ein ganzer Strom von Bannern vorüber, bis eine Musik- und Singschar mit dem Revolutionslied den Zug abschloß.

»Die sollten jetzt alle bei der Arbeit sein«, sagte Asano. »Sie haben seit zwei Tagen kein Essen gehabt, außer sie haben es gestohlen.«

Dann machte Asano einen Umweg, um einer dichtgedrängten Volksmenge auszuweichen. Vom Hospital wurden Leichen zu einer Begräbnisstätte transportiert, es war die Nachlese der Todesernte beim Aufstand, und dieses Schauspiel wollten sich viele nicht entgehen lassen.

In dieser Nacht schienen wenige Menschen zu schlafen, jedermann war unterwegs. Das Gedränge, das Schreien und Rufen nahm kein Ende. Fragmente von Sprechchören drangen an Grahams Ohr. Soweit er sie verstehen konnte, ging es dabei um Forderungen im sozialen Kampf. Überall fing er Brocken jenes Dialektes auf, den die Ungebildeten sprachen, jene Klasse, der selbst zum Kauf der Schwätzmaschine das Geld fehlte. Graham fragte sich, ob die aus dem Phonographen entwickelten Apparate und Geräte nicht dazu dienen sollten, Kultur ins Volk zu tragen. Er beschloß, diese und zahlreiche andere soziale Fragen eingehend mit Ostrog zu besprechen. Wohin er auch sah, zeigten ihm Transparente und seltsam geschmückte schwarze Banner, welche Hoffnungen diese Menschen in ihn setzten.

Helen hatte ihm die Augen geöffnet, als sie von den Leiden der Unterdrückten sprach. Was er nun mit eigenen Augen zu sehen bekam, überwältigte ihn so sehr, daß selbst das Gefühl tiefer Verbundenheit mit ihr in seinem Denken keinen Platz fand.

Sie fuhren nun durch das Quartier der religiösen Sekten. Asano erklärte ihm, daß es einen sonntäglichen Kirchgang, wie er in der Viktorianischen Epoche üblich war, schon lange nicht mehr gebe. Auch die in jener fernen Zeit in den verschiedenen Stadtvierteln verstreuten Kirchen und Kapellen waren überflüssig geworden, seit es nur noch die sogenannte Volksreligion und neben ihr christliche Sekten mit variierender Anhängerschaft gab. Dieser religiöse Bezirk war für jedermann über die gleitenden Fahrbahnen bequem erreichbar. Zu seiner Verwunderung fand Graham, der die prachtvoll gestalteten Fassaden und Portale der Kathedralen Englands in Erinnerung hatte, auch hier nur riesige, einheitlich gestaltete Betonklötze vor. Die Fronten dieser Gotteshäuser waren mit Inschriften und grellen Plakaten geschmückt. Die Entzifferung des ihm fremden Alphabets machte ihm keine Schwierigkeiten mehr, aber der Text der Plakate und Transparente schockierte ihn über alle Maßen. Sie waren nicht nur gotteslästerlich, sondern einfach unanständig. Unter den weniger anstößigen las er: ›Abteilung Seelenheil, erster Stock rechts‹, ›Investiert euer Geld in euren Erlöser‹, ›Bekehrung auf schnellstem Weg. Fachmännische Beratung‹, ›Was Christus zum Schläfer sagen würde‹, ›Glaub an die Heiligen von heute‹, ›Spitzenredner der Bischöfe spricht heute abend – bei normalen Preisen‹, ›Spezialsegen für Geschäftsleute – Sonderrabatt für kaufmännische Angestellte.‹

»Das ist furchtbar!« sagte Graham, als er diese Beweise merkantiler Frömmigkeit vor Augen hatte.

»Was ist furchtbar?« fragte der kleine Japaner, der offenbar nach etwas Ungewohntem in diesem Werbefeldzug suchte.

Graham wies stumm auf die Plakate. Nach einer

Weile sagte er still: »Das Wesen der Religion ist doch Ehrfurcht.«

»Oh, *das* schockiert Sie?« fragte Asano im Ton dessen, der eine Entdeckung macht. »Ja, natürlich, ich kann es mir denken. Ich hatte es momentan vergessen. Heutzutage muß der Konkurrenzkampf unter den Sekten mit allen Mitteln ausgetragen werden, und einfache Leute haben nicht mehr die Zeit, sich um ihr Seelenheil zu kümmern, wie früher einmal.« Er lächelte. »Es ist lange her seit dem englischen Sabbat und dem Weekend auf dem Land. Obgleich ich irgendwo von Ihren Sonntagnachmittagen gelesen habe, die unsagbar langweilig waren.«

»Aber das?« sagte Graham kopfschüttelnd, während sie weiterfuhren.

»Es gibt vielerlei Sekten, müssen Sie wissen. Und wenn eine nicht die Werbetrommel rührt, macht sie sich nicht bezahlt. Der Gottesdienst ist mit der Zeit gegangen. Es gibt Sekten für die oberen Klassen, wo es still und vornehm zugeht – teurer Weihrauch, Stammsitz mit Namenstafel, persönliche Betreuung und so weiter. Die Anhänger dieser Sekte sind sowohl enorm reich als auch enorm beliebt. Sie zahlen für diese Räume mehrere Dutzend Löwen an den Rat – pardon, an Sie natürlich.«

Graham machte die neue Währung immer noch Schwierigkeiten – das Stichwort für ein anderes Thema war damit gefallen. Asano gab ihm auf seine präzise Frage eine klare Darstellung der monetären Entwicklung. Gold- und Silbermünzen waren seit langem nicht mehr in Umlauf, und das geprägte Gold, das seine Herrschaft unter den Phöniziern begonnen hatte, war endlich entthront. Der Geldverkehr wurde in der Welt nur noch mit Schecks abgewickelt, die in verschiedenen Farben gehalten und auf unzerreißbarem Spezialpapier gedruckt waren. Die Umstellung war schrittweise und ohne Schwierigkeiten erfolgt. Asano zeigte ihm ein solches Scheckformular, das in Faksimile seinen Namenszug trug. Es war nach zweihundert Jahren die erste Begegnung mit dem vertrauten Autogramm.

Nach einer Weile waren sie auf der gleitenden Fahrbahn auf der Northumberland Avenue angelangt, wo Graham mit großem Interesse eine riesige Speisehalle besuchte.

Er verdankte es Asanos Geschick und Energie, daß er sich den Betrieb von einer kleinen verdeckten Galerie aus ansehen konnte, die für die eigenen Angestellten reserviert war. Von weitem schon hatte er den Lärm einer Unmenge redender, rufender, selbst schreiender Menschen gehört. Übertönt wurde dieses Getöse von einer quäkenden Stimme, die nie verstummte – sie gehörte dem Ansager der Schwätzmaschine.

Er war nun an Riesenhallen und große Volksmassen schon gewöhnt, aber dieses Schauspiel fesselte ihn besonders, und er beobachtete es eine lange Zeit. Asano mußte ihm viele Fragen nach dem Funktionieren einer solchen Gemeinschaftsküche beantworten, bis ihm klar wurde, was die Abspeisung mehrerer tausend Menschen bedeutete.

Zuweilen verlor er sich in seinen Betrachtungen zu sehr in Einzelheiten, die sich gleichsam aufdrängten, weil nahezu alles, was er zu sehen bekam, sehr fremdartig war. So erkannte er auch hier erst nach geraumer Weile die Ursache dieser tiefgreifenden Veränderung in den Lebensgewohnheiten des Volkes.

Den Haushalt, wie er ihn gekannt hatte, gab es nicht

mehr. Das gigantische Wachstum der Städte, das dichte Verkehrsnetz, die Unabhängigkeit von Wetter und Klima und die riesigen Gemeinschaftsräume für die verschiedensten Zwecke hatten ihn überflüssig gemacht. Das typische Viktorianische Einfamilienhaus im Sinne von »My home is my castle« war verschwunden; in ländlicher Abgeschiedenheit gab es da und dort noch Ruinen aus dieser Epoche. Jetzt erst sah er, daß London als Wohnort eine millionenfache Anhäufung riesiger Betonklötze, in seiner Lebensform aber ein ungeheures Hotel von tausenderlei Güteklassen geworden war. Speisesäle, Theater, Großmärkte, Versammlungslokale ohne Zahl waren zu einem einzigen Staatsbetrieb zusammengeschlossen, dessen Eigentümer er nun selbst war.

Die Leute hatten in diesen Wolkenkratzern ihre Wohn-Schlafzimmer mit einem Vorraum; die sanitäre Ausstattung gehörte selbstverständlich, unabhängig von der Güteklasse, zu jeder dieser Wohnzellen. Von dort gingen oder fuhren die Menschen in die Industriebezirke der Stadt an ihre Arbeit oder tätigten ihre Geschäfte in den eigenen Büros des Handelsbezirkes. Gegessen, gelesen, gespielt und mit Freunden geplaudert wurde »auswärts«. Wohl hatte es in der Viktorianischen Zeit auch schon Menschen gegeben, erinnerte sich Graham, die das Leben als Dauermieter im Hotel einem eigenen Haushalt vorzogen, aber sie hatten sich freiwillig dazu entschlossen.

Was zu seiner Zeit einer Verschmelzung der Haushalte in der Großstadt im Wege stand, war der Mangel an Zivilisation. Vorurteile, Neid und Eifersucht, Rivalität und Aggressionslust der mittleren und unteren Klassen hatten damals den Einzelhaushalt notwendig gemacht. Mittlerweile war das Volk gezähmt und zur Uniformität erzogen worden, und die eigene Wohnung, in der man daheim war, sobald man die Tür hinter sich schloß, war für alle Zeit vorbei.

Asano sagte ihm, daß die Leute, die im Speisesaal saßen, der unteren Mittelklasse angehörten, die auch heute noch nur um ein geringes höher eingestuft war als die Menschen in der blauen Arbeitskleidung. Graham erinnerte sich, daß diese »Zwischenklasse« es seinerzeit geradezu ängstlich vermied, sich bei ihren häuslichen Mahlzeiten zuschauen zu lassen. Sie waren daher beim Betreten eines Gastlokals so gehemmt und unsicher, daß sie ihre Verlegenheit durch grobe Scherze und Prahlerei überspielten. Nun sah er diese Menschen der unteren Mittelklasse im Speisesaal sitzen, nett gekleidet, in Eile und daher nicht mitteilsam, aber mit gewandten Manieren und vor allem ganz unbefangen.

Eine bedeutsame Kleinigkeit fiel ihm auf: Die Tische in dem Saal waren und blieben sauber, es gab weder Krumen noch verschüttete Getränke. Er sah keine Blumen, und die Tischplatte war aus einem Kunststoff hergestellt, der wie Damast aussah; hübsch gezeichnete Werbesprüche bildeten das Muster dieses Tischtuchersatzes.

In einer kleinen Vertiefung der Tischplatte stand vor jedem Gast ein kompliziert aussehender Apparat zur Selbstbedienung. Es gab nur einen weißen Porzellanteller, und der Gast drehte zum Abwaschen dieses Tellers zwischen den einzelnen Gängen den Heiß- oder Kaltwasserhahn seines Apparates auf. Mit dem eleganten Weißmetallbesteck tat er dasselbe.

Für Suppe und den künstlich hergestellten Wein als übliches Getränk drehte man ebenfalls Leitungshähne auf, während die Speisen in hübsch angerichteten Schüsseln auf Gleitschienen automatisch den Tisch entlangfuhren. Der Gast brachte sie zum Halten und bediente sich. Sie erschienen aus einer kleinen Durchreiche am Ende des Tisches und verschwanden am anderen. Der Mangel an demokratischem Bewußtsein schien Graham für diese Menschen bezeichnend. Als Gleichberechtigte waren sie nicht mehr gewillt, einander zu bedienen. Jeder glaubte, sich dabei etwas zu vergeben. Er war mit dieser Beobachtung so beschäftigt, daß er erst im Weggehen das Leuchtband bemerkte, mit dem für die erstaunlichsten Produkte geworben wurde. Es lief ohne Unterlaß hoch oben die riesigen Wände entlang.

Durch eine Drehtür, an der man den Eintritt bezahlte, kamen sie in die benachbarte, ebenfalls überfüllte Halle. Ein gellender Hallo-Schrei sollte vermutlich allgemeine Aufmerksamkeit erzwingen. Ihm folgten, von einer nervenzermürbenden Stimme vermittelt, politische Informationen. »Der Herr schläft ruhig. Sein Gesundheitszustand ist ausgezeichnet. Er will den Rest seines Lebens der Fliegerei widmen. Er sagt, die Frauen seien schöner denn je.« Und wieder das markerschütternde »Hallooo!« – »Vom Stand unserer Zivilisation ist er hingerissen. Echt hingerissen. Hallooo! Er setzt größtes Vertrauen auf Meister Ostrog. Ostrog soll sein erster Minister sein. Ermächtigt, Staatsbeamte ab- und einzusetzen. Beförderungen in Ostrogs Hände gelegt. Über Beförderungen entscheidet künftig allein Meister Ostrog. Oberster Rat sitzt in eigenem Gefängnis über dem Rathaus.«

Graham blieb beim ersten Satz stehen, blickte auf und sah die Attrappe eines albernen Gesichtes, aus dem diese Stimme brüllte. Dahinter verbarg sich die Schwätzmaschine für den allgemeinen Nachrichtendienst. Kurze Zeit schien sie Atem zu holen, dann ging es weiter.

»In Paris hat sich die Lage beruhigt. Der Widerstand ist gebrochen. Die schwarze Polizei hält alle Regierungsgebäude besetzt. Sie kämpfte sehr tapfer und sang Preislieder auf ihre Vorfahren. Text dieser Lieder von Kipling, dem berühmten Dichter. Hallo, hallo! Nachricht von unbedeutenden Unruhen erreicht uns soeben: Schwarze Polizei foltert und verstümmelt verwundete und gefangene Rebellen, Männer wie Frauen. Hallo, hallo! Die Moral von der Geschicht' – man rebelliere nicht. Haha! Warnung an Verschwörerbande in unserer Stadt. Verschwörer – Abschaum der Menschheit, Untermenschen.«

Asano bemerkte, daß Graham ihn etwas fragen wollte. »Bitte nicht hier, sonst werden Sie in einen Streit hineingezogen.« Während sie sich durch die aufgebrachte Menge zum Ausgang drängten, hörten sie den Rest der Nachrichten, aber auch bedrohliche Ausrufe, die sowohl für die Neger als auch gegen sie Stellung nahmen. Graham fiel auf, daß sich diese Menschen im politischen Streit ausschließlich des Vokabulars bedienten, das sie aus der Schwätzmaschine gelernt hatten. So drangen Satzfetzen an sein Ohr wie »Verfluchte Neger«, »Gesetz und Ordnung müssen aufrechterhalten werden«, »Ausschreitungen in Paris«, »Schreckliche Repressalien«, »Frau lebendig verbrannt«, »Polizist gelyncht«.

Sobald sie die gleitende Fahrbahn erreicht hatten, begann Graham zu fragen. Der Pariser Aufstand schien weit ernster zu sein, als Ostrog ihn dargestellt hatte.

Asano versuchte ebenfalls, ihn als harmlos zu bezeichnen, es sei »alles in Ordnung«, meinte er.

»Aber diese Ausschreitungen?« fragte Graham.

»Sie können keine Omelette haben, ohne Eier zu zerbrechen. Ausschreitungen gab es nur in einem Teil der Stadt. Die Pariser Arbeiter sind nach unseren die ungebärdigsten der Welt.«

»Was? Nach den Londoner Arbeitern?«

»Nein, den japanischen. Sie müssen in Zucht gehalten werden.«

»Aber Frauen lebendig verbrennen?«

»Die Kommune. Die möchten das Eigentum abschaffen und die Welt dem Pöbel zur Herrschaft übergeben. Sie sind der Herr, und die Welt gehört Ihnen. Hier wird keine Kommune kommen, hier ist keine schwarze Polizei nötig. Und dort in Paris ist zuerst jede Rücksicht genommen worden – es sind doch ihre eigenen Leute, französisch sprechende Neger. Senegalregimenter und andere, vom Niger und aus Timbuktu.«

»Regimenter? Ich dachte, es wäre nur eines?«

»Nein«, sagte Asano und sah ihn an. »Es sind mehr dort als eines.«

Graham wandte sich unvermittelt einem anderen Thema zu: Er wollte mehr über die Schwätzmaschinen wissen. Die Leute, die er in der Halle beim Gemeinschaftsempfang der Nachrichten gesehen hatte, waren zum größten Teil schäbig gekleidet gewesen, manche sogar zerlumpt. Nun erfuhr er, daß es in den wohlhabenderen Klassen in jeder Wohnung mindestens eine Schwätzmaschine gebe. Er fragte, warum sie in seiner Wohnung fehle.

Asanos Blick sagte mehr als seine Worte. »Daran habe ich nicht gedacht. Ostrog muß sie wohl wegschaffen haben lassen. Vielleicht dachte er, die Nachrichten würden Sie langweilen.«

»Die Schwätzmaschine muß sofort wieder her, wenn ich nach Hause komme.«

Er erfuhr, daß die Säle zum Gemeinschaftsempfang der Nachrichten in ganz London an die Speisesäle angeschlossen waren, deren es unzählige gab.

Ohne Zahl war auch eine andere segensreiche Einrichtung, die er gleich zu sehen bekommen sollte, die Baby-Glashäuser, auch Kinderhorte genannt. Man erreichte sie über eine Glasbrücke, die über die Fahrbahnen führte.

Um die erste Abteilung dieser riesigen Anstalt zu betreten, mußte man sich in eine Besucherliste eintragen. Ein Mann in violettem Gewand mit Goldschließe – der Amtstracht des Arztes – erschien, um die Führung zu übernehmen. Er schien zu wissen, mit wem er es zu tun hatte.

Auf beiden Seiten eines endlosen Ganges, der gegen jeden Lärm abgeschirmt war, sah Graham schmale, kleine Türen, die ihn an die Zellen eines Viktorianischen Gefängnisses erinnerten. Der obere Teil war aus jener glasartigen Substanz, die auch ihn von der Umwelt abgeschlossen hatte. Durch sie sah er in jeder Zelle einen Säugling in einem Wattenest liegen. Komplizierte Apparate registrierten die geringste Abweichung von der vorgeschriebenen Temperatur und der Luftfeuchtigkeit und setzten eine Alarmglocke im weit entfernten Zentralamt in Gang. Diese Baby-Glashäuser hatten die veraltete Auffassung, eine Mutter müsse ihr Kind selbst stillen und pflegen, fast völlig verdrängt. Der Arzt zeigte ihm auch die modernen Ammen aus Kunststoff mit beweglichen Armen, Schultern und

Brüsten von erstaunlich naturgetreuer Modellierung. Dieser Oberkörper des Muttterersatzes war auf ein fahrbares Messinggestell montiert, das Gesicht bestand aus einer Scheibe mit Werbetexten, die für Mütter von Interesse sein mußten.

Nichts hätte Graham mehr bestürzen können als dieser Eindruck. Wie konnte man das rosige Geschöpf in seiner rührenden Hilflosigkeit allein lassen, ohne Kontakt mit der Mutter und ohne ihre Liebkosungen? Der Arzt war anderer Meinung. Laut Statistik betrug die Säuglingssterblichkeit heute kaum ein halbes Prozent, während sie in der Viktorianischen Zeit sehr hoch war. Das bewies überzeugend, daß ein Säugling in den Armen seiner Mutter während der ersten Monate seines Lebens ungemein gefährdet war.

Graham war nicht bereit, das zu glauben, und eine Statistik überzeugte ihn nicht. Im Weitergehen dachte er darüber nach, welcher Abgrund sich doch aufgetan hatte zwischen seiner Welt und der von heute.

Die nächste Station war die Krabbelstube mit dem Kindergarten. Die langgestreckten Spielräume waren leer, die Kinder waren in den Schlafsälen. *Das* war nicht reformiert worden, dachte Graham beruhigt, auch für die modernen Kinder war die Nacht immer noch zum Schlafen da. Der Arzt zeigte ihm Spielzeug, das nach Anregungen des großen Pädagogen Fröbel entwickelt und hergestellt war. Auf dieser Station gab es eine Anzahl Kinderschwestern, aber auch ihnen hatten Maschinen, die sangen, tanzten und schaukelten, schon viel Arbeit abgenommen.

Nachdem sie die Krabbelstube verlassen hatten, dachte Graham wieder mit Grauen an die Babys im Glaskasten und sprach mit Asano darüber.

»Gibt es denn keine Mütter mehr? Unsere Zeit glaubte an den gesunden Mutterinstinkt, das kann doch nicht bloßes Gerede gewesen sein. Was ich da gesehen habe, scheint mir gegen die Natur zu sein, abscheulich finde ich es.«

»Hier entlang kommen wir zu einer Tanzhalle«, sagte Asano statt einer Antwort. »Sie wird sicher voll sein, trotz der politischen Unruhen wird sie voll sein. Die Frauen interessieren sich nicht für Politik, abgesehen von einigen Ausnahmen, die die Regel bestätigen. Dort im Tanzsaal werden Sie die Mütter sehen, die meisten jungen Frauen in London sind Mütter. Im Mittelstand gilt es als schick, ein Kind zu haben, allerdings nur eines. Bei den Arbeitern ist das anders. Sie sind sehr stolz auf ihre Kinder und besuchen die Säuglinge im Glashaus des öfteren.«

»Wollen Sie damit sagen, daß die Geburtenziffer auf der Welt sinkt?«

»Ja. Nicht in der Arbeitsgesellschaft. Dort macht sich niemand Gedanken –«

Die Tanzhalle konnte nun nicht mehr weit sein, sie hörten Musik, die immer näher kam und immer lauter wurde. An einer Drehtür zahlten sie und betraten dann eine breite Galerie, von der aus sie den Ballsaal überblickten. »Hier«, sagte Asano, »sind die Mütter und Väter der Babys, die Sie gesehen haben.«

Die Halle war nicht so reich dekoriert wie die des Atlas, aber ebenso groß und prunkvoll. Sie gehörte zum Schönsten, das Graham bisher gesehen hatte. Die Marmorfiguren, die die Galerien trugen, zeugten für das hohe Niveau der modernen Bildhauerei. Woher die Musik kam, konnte man nicht sehen. Eine unübersehbare Menge tanzender Paare füllte den weiten Saal. In einer verglasten Vorhalle, die zu den gleitenden Fahrbahnen hinausführte, hatte sich ebenfalls eine große Schar aus dem Volk eingefunden, viele in der blauen Einheitskleidung. Zu arm, um den Eintritt an der Drehtür zu zahlen, wollten sie doch wenigstens als Zaungäste am Fest teilhaben. Manchen gelang es sogar, so viel Platz freizumachen, daß einige Paare sich im Tanz drehen konnten.

Graham lehnte sich an die Brüstung und blickte auf die Tanzenden im Saal. Sowohl Männer als auch Frauen waren gut gekleidet. Das Haar der Männer war oft eine Fülle weibischer Locken, ihr Kinn war stets rasiert, und viele hatten künstlich gerötete Wangen. Die meisten Frauen waren sehr hübsch, und alle waren gut und kokett angezogen. Wenn sie vorüberfegten, sah er verzückte Gesichter, die Augen halb geschlossen im Taumel des Tanzes.

»Wer sind diese Leute?« fragte er plötzlich.

»Werktätige, die gut verdienen. Was Sie den Mittelstand genannt hätten. Selbständige Kaufleute gibt es seit langem nicht mehr, aber Angestellte, Leute in leitenden Positionen, Ingenieure. Heute abend ist natürlich frei, und jeder Tanzsaal in der Stadt wird voll sein, aber auch die Gotteshäuser.«

»Und die Frauen?«

»Die haben heute ebenfalls frei. Es gibt unzählige Formen von Frauenarbeit. Die ersten berufstätigen Frauen hat Ihre Viktorianische Zeit schon gesehen. Heute sind die meisten berufstätig und daher unabhängig. Der überwiegende Teil dieser Frauen ist mehr oder minder verheiratet. Es gibt viele Formen von Ehekontrakten; auf diese Weise verfügen sie über selbstverdientes Geld und können es auch für Vergnügungen ausgeben.«

»Ich verstehe«, sagte Graham, und während er die tanzenden Paare fröhlich und sorglos dahinwirbeln sah, fielen ihm wieder die Säuglinge in den Glashäusern ein.

»Und das sind Mütter?«

»Die meisten.«

»Je mehr ich von diesen Dingen sehe, desto komplizierter scheinen mir die Probleme. Mein Denken ist noch in den alten Geleisen festgefahren, ich muß umdenken lernen. In unserer Zeit erwartete man von einer Frau nicht nur, daß sie Kinder gebar, sondern auch, daß sie sie liebte, sich ihnen widmete und sie aufzog. Alles Wesentliche seiner moralischen und geistigen Erziehung verdankte ein Kind seiner Mutter. Ich gebe zu, daß es auch damals nicht nur gute Mütter gab. Aber es gab ein Ideal, jene Gestalt einer ernstzunehmenden geduldigen Frau, still und heiter, Herrin des Hauses – die Mutter eben. Sie zu lieben war eine Art Anbetung –«

Er schwieg und wiederholte nach einer Weile nachdenklich: »Eine Art Anbetung.«

»Ideale wechseln«, sagte der kleine Japaner, »wie Bedürfnisse wechseln.«

»Natürlich sehe ich ein, daß das alles sehr vernünftig ist. Maßhalten und Besonnenheit, selbstloses Handeln und menschliche Reife sind nötig, um ein Leben zu bestehen, das von Gefahren umlauert ist. Sie sind ein Tribut an die unbesiegte Natur. Heute hat sich der Mensch die Natur untertan gemacht, die Politik wird von einem einzigen Mann mit Hilfe der schwarzen Polizei gemacht, und – siehe da! – es ist eine heile Welt.«

»Eine heile Welt? Es gibt so viele, die der Zivilisation müde geworden sind«, sagte der Japaner nachdenklich.

»Aber die Menschen sehen alle jung aus. Da unten

wäre ich offenbar der Älteste«, meinte Graham mit einem Blick auf die Tanzenden. »Und hätte doch zu meiner Zeit als Mann in mittleren Jahren gegolten.«

»Sie *sind* jung. Es gibt in ihrer Klasse in den Industriestädten wenig alte Leute.«

»Wie kommt das?«

»Das Leben der alten Leute ist nicht mehr so angenehm, wie es früher einmal war, es sei denn, sie haben Geld genug, um sich Liebe und Hilfsbereitschaft zu kaufen. Und wir haben eine Einrichtung, die wir Euthanasie nennen.«

»Ach, die Euthanasie? Das leichte Sterben?«

»Ja. Das leichte Sterben. Es ist das letzte Vergnügen. Die Gesellschaft für Euthanasie macht ihre Sache gut, es stirbt sich angenehm. Die Leute zahlen die Gebühr – eine hohe Gebühr – lange im voraus, begeben sich in eine Freudenstadt und kommen ausgepowert und müde, sehr müde von dort zurück.«

»Ich habe so vieles aufzuholen«, sagte Graham nach einer Pause. »Aber ich sehe die Logik in alledem. Ein Leben in Kampf und Gefahr verlangt andere menschliche Eigenschaften als eines in Sicherheit und Wohlstand. Zu meiner Zeit mußte sich der Mensch gegen den Schmerz wappnen, heute giert er nach Genuß. Da liegt, wie mir scheint, der Unterschied. Durch den hohen Stand der Zivilisation ist man heute gegen alles gefeit, sofern man dafür bezahlen kann. Darauf allein kommt es noch an. Ich habe zweihundert Jahre geschlafen.«

Einige Minuten lehnten sie auf der Balustrade und folgten mit den Augen den verschlungenen Figuren des Tanzes. Die Szene war wirklich sehr schön.

»Bei Gott«, sagte Graham plötzlich, »da bin ich lieber ein frierender Wachtposten im Schnee als einer dieser geschminkten Laffen.«

»Im Schnee«, meinte Asano, »denkt man darüber vermutlich anders.«

»Ich bin eben unzivilisiert«, sagte Graham wie im Selbstgespräch. »Das ist die Schwierigkeit. Ich bin primitiv. Unsere Begriffe von Moral und Ethik waren andere, sie haben sich grundlegend gewandelt. Haben Sie bitte Geduld mit meiner Auffassung aus dem neunzehnten Jahrhundert. Ich weiß, daß im Lauf der zwei Jahrhunderte alle unsere Werte preisgegeben wurden, aber ich bin empört, diese Leute da unten tanzen zu sehen, während in Paris Menschen sterben, damit *sie* leben können.«

Asano lächelte traurig. »Was das angeht, sterben auch Menschen in London.«

Dann schwiegen beide eine lange Weile, bis Graham sich plötzlich von den Tanzenden abwandte.

»Ich will die Arbeiter sehen. Was ich hier gesehen habe, genügt mir.«

Asano führte ihn die Galerie entlang. Sie kamen zu einem Quergang, in den von irgendwo her frischere und kältere Luft eindrang. Asano warf einen Blick auf diesen Gang, blieb stehen, ging einige Schritte zurück und wandte sich mit einem Lächeln Graham zu.

»Hier«, sagte er, »finden Sie endlich etwas, das Ihnen vertraut sein wird, aber ich will es nicht verraten. Kommen Sie.«

Der geschlossene Gang, durch den sie nun kamen, wurde rasch kälter, und der Widerhall ihrer Schritte sagte ihm, daß dieser Gang eine Brücke war. Ein rundes Gemach, das sie über eine Galerie erreichten, kam Graham bekannt vor, wenngleich er sich nicht erinnerte, wann er es schon betreten hatte. Darin war eine Leiter, über die sie in einen hohen, dunklen Raum hinaufstiegen. Dort stand eine zweite, fast senkrechte Leiter, und erst als sie über diese ins Freie traten, begriff Graham, wo er war: unter der Kuppel der St.-Pauls-Kathedrale. Sie erhob sich jetzt nur wenig über die Dächer ringsum und senkte sich, unter einigen fernen Lichtern schimmernd, in das Dunkel der Nacht.

Durch das Metallgerüst blickte er hinaus auf den vom Nordwind reingefegten Himmel und betrachtete die Sternbilder. Nach Osten und Süden verdeckten die gigantischen klagenden Windräder die Sicht, doch die sieben Punkte des Großen Bären strahlten in unendlicher Ferne ihm zu Häupten. Nach Südwesten stand der Orion und blickte wie ein Geist durch das stählerne Maßwerk. Das Heulen der Sirenen von den Flugbühnen sagte der Welt, daß einer der Aeroplane startbereit war. Graham blieb eine Weile stehen und blickte nach den Lichtern der Flugbühne. Dann schweiften seine Augen wieder zu den Sternbildern zurück.

Lange Zeit schwieg er. Endlich sagte er still: »Das ist von so vielen Erlebnissen das ergreifendste – auf der Kuppel von St. Paul zu stehen und noch einmal zu den ewigen Sternen aufzuschauen.«

Von der Kuppel führte ihn Asano eigentümlich verschlungene Wege entlang in das Quartier der Spielkasinos, Wettbüros und ähnlicher Etablissements, wo riesige Vermögen verloren oder auch gewonnen wurden. Es bestand aus einer endlosen Reihe sehr hoher Hallen, umgeben von Reihen über Reihen breiter Galerien, auf die sich Tausende von Büros öffneten.

Hier erreichte der hektische Betrieb seinen Höhepunkt. Grelles Licht und noch grellere Farben attakkierten Grahams Augen, eine Menge Schwätzmaschinen quäkten und brüllten ihm die Ohren voll mit einem Kauderwelsch, das er nicht verstand. Ihm schien die Gegend übervoll von Menschen, doch er erfuhr, daß die große politische Umwälzung der letzten Tage einen enormen Rückgang des normalerweise blühenden Geschäftes zur Folge hatte. Die Leute, die er zu Gesicht bekam, waren entweder ungeheuer erregt oder sie brüteten finster vor sich hin. In einem riesigen Raum standen lange Reihen von Roulettetischen, um die sich, habgierig und würdelos, Scharen von Menschen drängten; in der nächsten Halle bot eine Gruppe weißgeschminkter Weiber kreischend Lotterielose an. Mit einem Los erwarb man die Aktie eines fingierten Unternehmens, das angeblich alle fünf Minuten eine Dividende von zehn Prozent auszahlte. Wie viele Nieten auf einen Treffer fielen, war Geschäftsgeheimnis.

Gespräche wurden hier im allgemeinen so hitzig geführt, daß sie oft in Tätlichkeiten ausarteten. Inmitten einer gaffenden Menge hieben zwei Männer mit Fäusten aufeinander los, um eine geschäftliche Differenz auszutragen.

Die nächste Überraschung war die schreiende Reklame einer Versicherungsgesellschaft. Die Ankündigung »Wir versichern den Eigentümer« flammte in überdimensionalen Leuchtbuchstaben alle paar Sekunden auf. Graham fragte seinen Begleiter:

»Wer ist denn der Eigentümer?«

»Sie. Man schließt eine Versicherung auf Ihr Leben ab. Milliardenbeträge werden auf Sie gesetzt. Dann gibt es in dieser Branche noch ein anderes lukratives Geschäft: die Ablebens- und Erlebensversicherung anderer Personen auf jeweils ein Jahr. Die Policen werden auf prominente Persönlichkeiten ausgestellt, Nutznießer bleibt natürlich der Käufer der Police. Es gibt davon alljährlich nur eine beschränkte Anzahl zu kaufen. Da – schauen Sie, soeben beginnt der Verkauf.«

Eine wild gewordene Menge kam herbeigerannt, schreiend rissen sich die Menschen mit gekrallten Fingern die Papiere aus der Hand. Graham und Asano waren plötzlich im Gedränge der Kauflustigen eingekeilt und konnten sich kaum bewegen. Unter den Spekulanten war ein relativ hoher Prozentsatz Frauen, die sehr wohl imstande waren, sich durchzusetzen und zu behaupten. Sie benutzten, ebenso wie die Männer, ihre Ellbogen mit großem Geschick. Eine lockenköpfige Person drängte sich mühsam an Graham heran, faßte nach seinem Arm und gab ihm mit unmißverständlichen Blicken zu verstehen, was sie meinte. Ein schwitzender Graubärtiger riß sie, wild vor Eifersucht, zurück.

Es gelang ihnen schließlich, sich aus dem wütenden Gedränge zu befreien. Asano stellte eine kurze Berechnung an:

»Siebzehn Prozent pro Anno wurden bisher für Sie ausbezahlt. Die Dividende wäre sicher nicht so hoch, wenn die Leute Sie hier leibhaftig vor sich sähen, aber sie erkennen Sie natürlich nicht. Eine Versicherung auf Sie abzuschließen, war bisher ein sehr gutes Risiko – es bleibt abzuwarten, ob die Leute auch weiterhin zu ihrem Geld kommen werden.«

»Ich möchte hier so schnell wie möglich fort. Von Parasiten und Verrückten habe ich genug, ich möchte endlich Menschen bei der Arbeit sehen.«

21

Unter Tag

Aus den Bezirken dieser obskuren Geschäftswelt fuhren sie nun auf den gleitenden Fahrbahnen in ein sehr entlegenes Stadtviertel, in dem die meisten Fabriken standen. Sie überquerten dabei zweimal die Themse und fuhren durch einen breiten Viadukt über eine der großen Straßen, die vom Norden her in die Metropole führten. Es waren nur flüchtige, doch lebhafte Eindrücke, die Graham dabei aufnahm. Der Fluß war ein gekräuseltes Glitzern schwarzen Meerwassers, teilweise überwölbt von Gebäuden. Eine lange Reihe schwarzer Boote zog sich seewärts, gedrängt voll blaugekleideter Hafenarbeiter. Die Straße war ein langer, sehr breiter und hoher Tunnel, den großrädrige Lastkraftwagen fast geräuschlos und schnell passierten. Ein schmaler und sehr hoher Lastwagen mit längsseits montierten Metallschienen, an denen Hunderte geschlachteter Schafe hingen, fesselte Grahams Aufmerksamkeit besonders.

Dann verließen sie die gleitende Fahrbahn und fuhren in einem Lift abwärts, überquerten einen Gang, um mit einem zweiten Lift noch weiter hinunter zu fahren. Je tiefer sie gelangten, desto häßlicher und massiver wurden die Bauten, die Lichter nahmen an Zahl und Helligkeit ab, und in den Fabrikhallen, die sie schließlich erreichten, begegneten sie nur blauen Arbeitsuniformen. Männer und Frauen in Blau, ob es nun die staubigen Keramikhallen, die Spinnsäle der Textilfabriken oder die glühenden Schmelzofenräume der Stahlindustrie waren.

Viele der Maschinenstraßen waren heute leer, Schmelzöfen ausgeblasen, denn die Männer, die beim Aufstand mitgetan hatten, waren noch nicht an ihre Arbeitsplätze zurückgekehrt. Die Arbeitspolizei war orangefarben gekleidet, und auch die Aufseher trugen nicht die blaue Arbeitskleidung.

Was Graham besonders auffiel, waren die hohlen Wangen, die schwachen Muskeln und die müden Augen der modernen Arbeiter. Die er hier bei der Arbeit sah, waren in jeder Hinsicht den wenigen besser gekleideten Aufsehern unterlegen. Auf ihre Muskelkraft kam es nicht mehr an, sie waren im Laufe der industriellen Revolution gleichsam Diener und Beiwerk der Maschine geworden. Wo es sich – wie etwa in der Keramikindustrie – um Künstler handelte, arbeiteten sie weisungsgebunden.

Die Frauen an diesen Arbeitsplätzen waren im Vergleich mit denen, die Graham im Gedächtnis hatte, als Klasse häßlich und reizlos. Zweihundert Jahre der Emanzipation von Heim und Herd, zweihundert Jahre Großstadtleben hatten ihr Werk getan und einen hohen Preis gefordert. Weibliche Reize von besonderer Art waren immer ein Mittel gewesen, sich von Arbeit zu distanzieren, daran hatte sich nichts geändert. Dieser Frauentyp wählte den Weg in die Freudenstadt, deren Verlockungen groß genug waren; die abgerackerte Arbeiterin aber, die er hier sah, war nichts als todmüde, und es war ihr gleichgültig geworden, wie sie aussah.

Nun ging es immer tiefer hinab zu immer weiteren

Industrieanlagen unter Tag. Nach dem gigantischen Maschinenpark einer Fabrik der chemischen Industrie gelangten sie in den Bezirk der Goldschmiede. Das Betreten dieser Anlagen war mit einigen Schwierigkeiten verbunden, sie mußten sich ausweisen und in eine Besucherliste eintragen. Die Hallen waren hoch und dunkel und ziemlich kalt; in der ersten wurde Schmuck aus Goldfiligran erzeugt. Jeder Goldschmied saß an einem kleinen Tisch für sich allein mit einer Lampe, die nur seinen Arbeitsplatz beleuchtete. Die lange Reihe dieser abgezirkelten Lichtflächen in dem dunklen Raum, die hell beleuchteten, geschickten Finger mit den glitzernden Goldfäden und dem angespannten Gesicht darüber hatten etwas Gespenstisches.

Das handwerkliche Können hatte hohes Niveau, der künstlerische Entwurf schien Graham jedoch einfallslos. Es war im Grunde ein geometrisches Motiv in den verschiedensten Variationen. Diese Leute hatten als besondere Uniform weiße ärmellose Arbeitskittel ohne Taschen. Wenn sie nach Arbeitsschluß die Kittel auszogen, mußten sie sich vor dem Verlassen der Halle einer Leibesvisitation unterziehen. Trotz aller Vorsichtsmaßnahmen kamen häufig Diebstähle vor, erklärte der Arbeitspolizist und schien bedrückt.

Dahinter kam eine Halle, in der Frauen damit beschäftigt waren, Platten künstlicher Rubine zu schneiden und zu fassen, anschließend arbeiteten Männer und Frauen an Kupferplatten für Emailschmuck. Viele dieser Leute litten an einer entstellenden Hautkrankheit, die Nase und Gesicht in gespenstischem Weiß erscheinen ließ. Ein von der herrschenden Mode sehr favorisiertes Purpuremail war die Ursache dieser anscheinend unheilbaren Berufskrankheit. Graham hatte

Mühe, sein Erschrecken zu verbergen, als plötzlich ein besonders arg entstelltes Gesicht ihn anstarrte.

»Die muß einmal hübsch gewesen sein und hätte Besseres mit sich anfangen können«, meinte Asano.

Graham war entrüstet. Asano versuchte eine Rechtfertigung.

»Dieses Purpuremail ist als Modeartikel sehr gefragt, wir brauchen Unmengen davon. Über die Hautkrankheit sind Sie entsetzt? Die Menschen Ihrer Zeit waren noch robust, wir haben uns mittlerweile um zweihundert Jahre weiter von der Barbarei entfernt.«

Sie betraten nun eine kleine Brücke, die ein Gewölbe überspannte. Als Graham sich über das Geländer beugte, erblickte er zu seinem Erstaunen unter massigen Brückenköpfen eine Werft. In einer ungeheuren Staubwolke sah er unten eine Schar hustender Leute pulverisierten Feldspat aus Lastkähnen auf Karren umladen und eine Mauer entlangschieben. Die Lampen waren gelb vor Staub, der sich in immer neuen Schwaden ausbreitete. Die Leute schienen von einem Aufseher angetrieben zu werden, aber hin und wieder blieb einer dennoch stehen, um zu husten.

Die gigantische Masse von Mauerwerk, die aus dem dunklen Wasser aufragte, ließ Graham daran denken, daß sich über ihm Stockwerk um Stockwerk bis in unermeßliche Höhen erhob. Und da unten schufteten schweigend die Werftarbeiter unter der Aufsicht zweier Arbeitspolizisten. Ihre schweren Schritte dröhnten hohl über die Planken. Während er gedankenverloren auf diese düstere Szene hinunterblickte, begann eine verborgene Stimme im Dunkel zu singen.

»Ruhe da!« schrie einer der Polizisten, aber dem Befehl wurde nicht gehorcht. Zögernd fielen zuerst einer, dann mehrere und schließlich alle in den Gesang ein; es war das Revolutionslied. Die Füße auf den Planken trampelten den Rhythmus dazu, eins, zwei; eins, zwei. Der Polizist, der »Ruhe!« gebrüllt hatte, warf einen Blick auf seinen Kollegen, und Graham sah ihn die Achseln zucken. Er machte keinen weiteren Versuch, das Singen zu verbieten.

Stundenlang begleitete ihn das Dröhnen und Stampfen der Maschinen, ehe er in diesem gigantischen Industriebezirk auch nur die wichtigsten Produktionsstätten gesehen hatte. Er war überwältigt von den Eindrücken und hätte der Ruhe bedurft, um sie zu ordnen. Wohl erinnerte er sich, daß in seinen Jugendtagen auch schon vereinzelte Fabrikschlote zum Himmel ragten, sie waren jedoch nur die ersten Vorboten einer Entwicklung gewesen, die in rasantem Tempo eine Welt verwandelt hatte. Der zeitliche Abstand von zweihundert Jahren machte ihm das Begreifen schwer; und er wußte, daß er keine gültige Antwort finden würde auf die wesentliche Frage: Gereichte dieser Wandel der Menschheit zum Segen oder zum Fluch?

Der Zerfall der Familie schien ihm, dem Menschen des neunzehnten Jahrhunderts, eine Tragödie. War eine Welt noch in Ordnung, in der Kinder der perfekt funktionierenden Maschinerie einer Bewahranstalt anvertraut waren, eine Welt, in der Vater und Mutter von der Arbeit in ein Wohnsilo heimkehrten, das kein Zuhause war – eine Welt, in der man die Alten abschob, sobald kein Nutzen mehr aus ihnen zu ziehen war? Welchen Gebrauch machte die »neue Klasse« von dem Reichtum, der ihr offenbar mühelos zugefallen war? Die schrankenlose Genußsucht schien sie zutiefst verdorben zu haben. Wenn er sie fragte, wie ihre Kinder dieses

Leben bewältigen sollten, bekäme er zur Antwort: »Was geht das uns an?«

Während er auf dem Rückweg nach oben diesen Gedanken nachhing, hörte er ein zweites und ein drittes Mal das Revolutionslied singen.

Sie tauchten nun nach dieser langen Wanderung unter Tag wieder auf und standen blinzelnd im hellen Licht auf dem Mittelgang einer gleitenden Fahrbahn. Von fern drangen die Stimmen der vielen Schwätzmaschinen zu ihnen, es wurden Nachrichten gesendet. Plötzlich kamen Leute gelaufen. Im Nu herrschte ungeheure Aufregung auf den Wegen und Fahrbahnen, überall Rufen und Schreien. Vor Graham blieb plötzlich eine Frau stehen, stumm und bleich vor Schreck, dann eine zweite, die im Laufen keuchte und kreischend irgend etwas schrie.

»Was ist geschehen?« fragte Graham verwirrt, da er den Dialekt nicht verstand. Dann hörte er einmal in korrektem Englisch, was jedermann rief, was die Leute einander zubrüllten, was Frauen weinend zu schreien begannen, was wie ein Sturm vor dem Gewitter vorüberfegte: »Ostrog hat die schwarze Polizei nach London befohlen. Die Polizei aus Südafrika. Die schwarze Polizei ... schwarze Polizei ...«

Asanos Gesicht war fahl. Er zögerte, blickte Graham ins Gesicht und sagte ihm, was er längst wußte. Aber woher wußten es die Leute? fragte er sich.

Graham hörte jemanden das Getöse überschreien: »Alle Arbeit niederlegen. Arbeit niederlegen!« Ein Buckliger, lächerlich bunt gekleidet, kam die Fahrbahn herunter auf ihn zugesprungen. In gutem Englisch schrie er immer von neuem: »Ostrog, der Verräter! Ostrog hat den Herrn verraten!« Seine Stimme war heiser, dünner Schaum tropfte ihm aus dem häßlichen Mund. Satzfetzen über Greueltaten der schwarzen Polizei in Paris gellten durch die Luft, dazwischen wieder die Stimme des Buckligen, der im Weiterlaufen schrie: »Ostrog, der Verräter! Ostrog, das Schwein!«

Einen Augenblick blieb Graham noch stehen, dann plötzlich drängte sich ihm der Gedanke auf, daß er das alles vielleicht nur träumte. Er blickte die Fassaden der Mammutgebäude hinauf, die über den Lichtern im blauen Dunst verschwanden. Dann besann er sich, und während auf den Fahrbahnen die Menschen immer aufgeregter schrien »Der Herr ist verraten«, krampfte sich ihm das Herz plötzlich zusammen.

»Ich hätte es wissen müssen. Die Stunde der Wahrheit ist gekommen.« Er überlegte blitzschnell.

»Was soll ich tun?« fragte er Asano.

»Gehen Sie ins Rathaus zurück.«

»Das Volk ist hier.«

»Sie werden Zeit verlieren. Hier werden die Leute bezweifeln, ob Sie es sind, aber um das Rathaus werden sie zusammenlaufen.«

»Und wenn es nur ein Gerücht wäre?«

»Es ist wahr. Wir haben Eile. Schon jetzt können die Ruinen unpassierbar sein.«

Sie liefen die abgestuften Fahrbahnen bis zur schnellsten hinauf, und dort sprach Asano einen Arbeiter an.

»Was hat er gesagt?« fragte Graham, da er die Antwort in der Vulgärsprache nicht verstand.

»Er weiß nur so viel, sagt er, daß die schwarze Polizei gekommen wäre, ohne daß das Volk es wußte, wenn nicht jemand im Windfahnenamt davon erfahren hätte. Er sagte, ein Mädchen.«

»Ein Mädchen? Doch nicht –?«

»Er sagte, ein Mädchen, er wußte nicht, wer es war. Sie kam aus dem Rathaus und hat es den Leuten erzählt, die in den Ruinen arbeiteten.«

Plötzlich wurden Befehle gebrüllt, und aus dem Chaos lösten sich eilig Gruppen, offenbar bereit, sofort zu gehorchen. Wie ein Sturm kam es die Straße entlang: »Auf eure Posten! Waffen holen. Jeder auf seinen Posten!«

22

Der Kampf im Rathaus

Der Weg zu den Ruinen um das Rathaus wimmelte von aufgeregten Menschen. »Auf eure Posten!« hörte man immer wieder. Männer und Frauen in Blau strömten in Scharen aus den Fabriken unter Tag herauf und stürmten die Fahrbahnen. Da war ein Arsenal des Revolutionskomitees von einer schreienden Menge umlagert, dort verfolgte ein wachsender Volkshaufen einige Männer in der verhaßten gelben Uniform der Arbeitspolizei, die eilig versuchten, die Gegenfahrbahn zu erreichen.

Als sie sich dem Regierungsgebäude näherten, wurde der Befehl »Auf eure Posten!« zu einem kontinuierlichen Schrei, der allen anderen Lärm übertönte. Viele Rufe waren unverständlich. Eine rauhe Männerstimme brüllte unablässig an Grahams Ohr: »Ostrog hat uns verraten!« Der Mann blieb auf der Fahrbahn neben Graham und Asano stehen und schrie sich heiser in seiner Wut; zwischendurch brüllte er knappe, unverständliche Befehle, denen jedesmal, donnernd wie ein Refrain, »Ostrog hat uns verraten!« folgte. Schließlich lief er behend den Mittelweg hinunter und verschwand in der Menge. Sein gellender Ruf klang Graham noch lange im Ohr, wie eine Melodie, die man nicht loswird.

Mitten in dem Getöse versuchte Graham, sich zur Ruhe zu zwingen. Seine Lippen waren zusammengepreßt, seine Fäuste geballt. Er mußte nun handeln, mußte von irgendeiner Tribüne zum Volk sprechen und Ostrog gegenübertreten.

Durch die Ruinen war der Weg zum Rathaus unpassierbar, doch Asano wußte Rat und führte Graham über das Gelände des Zentralpostamtes. Das Amt war zwar nicht geschlossen, aber die blauuniformierten Briefträger trugen keine Post aus, sondern beobachteten von den Galerien her den Volksaufstand. Hier gab Graham sich auf Asanos Rat zu erkennen.

Sie fuhren auf einer Kabelwiege zum Rathaus hinüber. Auf der Trümmerstätte ringsum waren die nötigsten Aufräumarbeiten schon getan. An Stelle des geborstenen Wasserrohres liefen provisorische Leitungsrohre über Stützmauern. Ein Gewirr von Kabeln und Drähten, die dem Rathaus dienten, spannte sich hoch über ihnen; tief unten in der Mulde standen Baumaschinen und Kräne in vollem Einsatz.

Die Fahrbahnen, die über das Gebiet führten, waren repariert, aber sie liefen noch unter freiem Himmel. Es waren die Wege, die Graham in der Stunde seines Erwachens von dem kleinen Balkon aus gesehen hatte. Vor der Halle, in der er wie in einem Mausoleum gelegen war, türmten sich formlose Trümmerhaufen.

Es war schon heller Tag, und die Sonne schien strahlend. Von überallher drängte scharenweise das Volk zu dieser Ruinenstätte. Graham hatte den Eindruck, als versuchte jeder einzelne für sich, durch noch mehr Stimmaufwand als alle anderen Zucht und Ordnung in dieses Chaos zu bringen. Einzig der Befehl »Auf eure Posten! Jedermann auf seinen Posten!« übertönte alle anderen Stimmen.

Die Kabelwiege trug sie in das Vorzimmer der Halle

des Atlas. Graham erkannte die Halle wieder. Hier war er vor neun Tagen mit Howard die Galerie entlanggegangen, um sich nach seinem Erwachen dem Obersten Rat zu präsentieren. Jetzt war der Raum leer, abgesehen von zwei Kabeldienern, die fassungslos vor Staunen waren, als sie in dem Mann, der die Kabelwiege verließ, den Schläfer erkannten.

»Wo ist Helen Wotton?« fragte er.

Niemand konnte ihm Antwort geben.

»Wo ist Ostrog? Ich muß ihn sofort sprechen.«

Ohne auf Asano zu warten, ging er rasch quer durch den Raum, sprang die Stufen hinauf, zog den Vorhang beiseite und stand vor dem Denkmal des ewig ringenden Titanen.

Die Halle war leer. Sie war in den ersten Kämpfen des Aufstandes schwer beschädigt worden. Der obere Teil der Außenwand war in einer Länge von fast zweihundert Metern weggerissen; eine doppelte durchsichtige Hülle, die jener glich, die Graham während seines Schlafes umgeben hatte, schirmte den Raum nach außen ab; das Schreien und Rufen der Volksmenge drang nur gedämpft herein. Deutlich zu sehen waren die Metallgerüste der Baumaschinen und -geräte. Auf einem Plateau, das sich je nach Bedarf heben und senken ließ, waren Leute an der Arbeit. Ein Greifbagger faßte die noch verwertbaren Mauerreste und schaffte sie weg. Von diesem Gerüst herab starrten einige Arbeiter auf die Volksmenge, die sich immer dichter zusammendrängte. Einen Augenblick blieb Graham stehen und warf einen Blick auf die Szene. Asano holte ihn ein.

»Ostrog«, sagte Asano, »wird in den kleinen Büros da hinten sein.« Der Japaner war bleich, seine Augen forschten in Grahams Gesicht.

Sie hatten sich erst einige Schritte vom Vorhang entfernt, als eine kleine Geheimtür sich lautlos öffnete und Ostrog, von Lincoln begleitet und von zwei Negern als Leibwächter gefolgt, die Halle betrat. Die vier schritten rasch quer durch die Halle auf einen entfernten Winkel zu, in dem eine zweite Geheimtür bereits offenstand.

»Ostrog!« rief Graham. Die Männer drehten sich ruckartig um. Ostrog sagte etwas zu Lincoln und kam allein auf Graham zu.

Mit einer Stimme, die keinen Widerspruch duldete, sagte Graham:

»Ich höre, Sie holen die Negerpolizei herbei, um das Volk niederzuhalten.«

»Das ist durchaus nicht verfrüht«, erwiderte Ostrog. »Die Leute sind seit dem Aufstand nicht wieder in den Griff zu bekommen. Ich habe sie unterschätzt –«

»Sie haben Ihre Kompetenzen überschritten, Ostrog. Der Herr bin *ich.*«

Ostrog sagte nichts, sondern kam näher.

»Diese Neger werden *nicht* nach London kommen«, fuhr Graham fort.

Ostrog warf einen Blick auf Lincoln, der, dicht gefolgt von den zwei Leibwächtern, rasch herbeikam.

»Und warum nicht?« fragte er.

»Weiße haben mit ihren Problemen ohne Hilfe der Schwarzen fertigzuwerden.«

»Die Neger sind doch nur ein Werkzeug.«

»Das steht nicht zur Debatte. Die Neger werden *nicht* nach London kommen, das sage ich Ihnen.«

»Das Volk –«

»*Ich* glaube an das Volk.«

»Weil Sie ein Fossil aus dem neunzehnten Jahrhundert sind. Sie besitzen vielleicht die halbe Welt, aber Sie sind kein Herrscher. Dazu fehlt es Ihnen an Wissen.«

Er warf wieder einen Blick auf Lincoln und setzte dann fort:

»Ich kann erraten, was Sie zu tun gedenken. Noch ist es nicht zu spät, Sie zu warnen. Sie träumen von Menschenrechten, von sozialer Ordnung – mit diesen ausgeträumten Idealen des neunzehnten Jahrhunderts wollen Sie ein Volk regieren, ohne die Zeichen der Zeit zu verstehen.«

»Verstehen *Sie* denn die Zeichen der Zeit? Da, hören Sie – sie singen das Revolutionslied.«

»Das haben *wir* sie doch gelehrt«, erwiderte Ostrog hämisch.

»Kann sein. Können Sie dem Volk aber befehlen, es jetzt wieder zu vergessen? Doch genug davon. Die Neger werden nicht geholt.«

»Ich lasse sie holen.«

»Ich verbiete Ihnen, das zu tun.«

»Sie sind bereits unterwegs.«

Nach kurzer Pause fuhr Ostrog in merklich verändertem Ton fort:

»So leid es mir tut, muß ich eben doch – zu Ihrem eigenen Wohl – nach der Methode des Obersten Rates gegen Sie vorgehen. Sie dürfen sich nicht mit den Aufständischen verbinden. Es war sehr freundlich von Ihnen hierherzukommen.«

Lincoln legte Graham die Hand auf die Schulter. In diesem Augenblick wurde Graham klar, daß es ein ungeheurer Fehler gewesen war, ins Rathaus zu kommen. Er drehte sich ruckartig zu den riesigen Vorhängen um. Asano und Lincoln faßten ihn am Mantel. Mit einer raschen Wendung schlug er Lincoln hart ins Gesicht. Sofort packte ihn ein Neger an der Schulter. Er rang sich los, die Seide seines Ärmels zerriß in lange Fetzen. Er stolperte, und einer der Leibwächter warf ihn nieder. Graham fiel schwer zu Boden.

Auf dem Rücken liegend, wand er sich herum, packte einen der schwarzen Wächter am Bein, riß ihn zu Boden und sprang auf. Da stand Lincoln wieder vor ihm, erhielt einen Kinnhaken und ging zu Boden. Plötzlich lag Ostrogs Arm um Grahams Hals, er wurde nach hinten gerissen und lag im nächsten Augenblick keuchend auf dem Rücken. Ostrogs Unterarm lastete schwer auf seiner Kehle, er gab auf und blieb einfach liegen.

»Sie sind – gefangen«, keuchte Ostrog triumphierend. »Es war nicht sehr klug von Ihnen zurückzukommen.«

Graham wandte den Kopf und sah durch die grünliche Plastikhülle, daß die Arbeiter auf dem kleinen Plateau des Greifkrans lebhaft gestikulierten. Sie hatten die Szene beobachtet.

Ostrog folgte seinem Blick und erschrak. Er rief Lincoln etwas zu, doch Lincoln rührte sich nicht. Im nächsten Moment zerschmetterte eine Kugel die Stukkatur über dem Atlasdenkmal. Die doppelte Plastikhülle riß, die Ränder wurden dunkel, rollten sich gegen das Rahmenwerk ein, und im Nu blies ein kalter Wind in die Halle. Zugleich drangen wilde Schreie herauf. »Rettet den Herrn!« – »Was tun sie dem Herrn?« – »Der Herr ist verraten!«

Ostrogs Aufmerksamkeit ließ einen Moment nach. Graham, der das erkannte, hatte Ostrog im nächsten Augenblick zurückgeworfen, seine Hand umklammerte Ostrogs Hals.

Aber jetzt kamen Leute auf ihn zugelaufen. Ostrog entschlüpfte Graham wieder und rief den Männern etwas zu. Sie ergriffen Graham und schleppten ihn zu einer Geheimtür, hinter der ein Abgrund gähnte. Grauen schüttelte ihn, er schrie.

Männer in Schwarz liefen die Galerie entlang, schnell und leise. Ihre Lichtwaffen zischten bösartig auf. Es stank nach verbranntem Fleisch. Graham wurde es schwarz vor den Augen. Mit einem Stöhnen ließ er sich in die Bewußtlosigkeit fallen.

Als er, noch benommen, die Augen wieder öffnete, spürte er, daß man ihn aufheben wollte. Er versuchte, Widerstand zu leisten. Plötzlich verstand er und wehrte sich nicht mehr. Er wurde auf die Schultern genommen und von dem gähnenden Abgrund weggetragen. Ein Jubelschrei aus zehntausend Kehlen drang zu ihm herauf. Emporgehoben, sah er nun über die riesige Saalfläche hin, sah, daß er auf das Podium in der Mitte des Raumes getragen wurde. Das ferne Ende der Halle war voller Menschen, die auf ihn zuliefen.

Er merkte, daß er von einer Art Leibwache umgeben war. Ganz nah bei ihm stand der hochgewachsene Mann in gelber Uniform, der ihn bei seinem ersten Erscheinen im Festsaal begrüßt hatte; er rief Befehle und sorgte dafür, daß rings um Graham ein freier Raum geschaffen wurde. Die schweren Vorhänge am Ende des Saales waren zur Seite gezogen. Im Nu war die Halle gedrängt voll Menschen. Durch den Tumult konnte sich Graham dem Mann in der gelben Uniform kaum verständlich machen. »Wo ist Ostrog?« fragte er.

Der Mann wies mit dem Arm über die Köpfe der Leute nach dem Trakt, in dem man Graham drei Tage lang in Schutzhaft gehalten hatte. Die Fassade dieses

Traktes war eingestürzt, und Graham konnte von seinem Podium aus beobachten, daß drüben bewaffnete Leute in Blau mit schwarzen Armbinden durch die Gänge liefen und in den Geheimgemächern dahinter verschwanden. Es schien ihm, als dringe das Knistern von Feuer durch den Aufruhr.

Nun wurde er aus der Halle hinausgetragen und sah vor sich eine hohe Mauer im Rohbau, überwölbt vom blauen Himmel. Man stellte ihn auf die Füße, jemand faßte ihn am Arm und führte ihn eine schmale Treppe hinauf, vorbei an den Kränen und Baumaschinen. Vom obersten Treppenabsatz ging es rasch einen schmalen, ausgetretenen Fußpfad entlang, und plötzlich öffnete sich vor ihm die ungeheure Ruinenstätte wie ein Amphitheater. Ein tosender Jubelschrei aus unzähligen Kehlen empfing ihn. »Der Herr ist mit uns!« Die Woge der Begeisterung brandete über das Meer von Menschen hin, brach sich an den fernen Klippen der Ruinen und hallte zu ihm zurück. »Der Herr ist mit uns – der Herr – der Herr!«

Graham sah sich nun allein auf einer kleinen improvisierten Plattform aus weißem Metall. Über die ungeheure Trümmerstätte drängte das rufende Volk. Hie und da wurden die schwarzen Banner der Revolution geschwungen und bildeten in dem Chaos vereinzelte Sammelpunkte. Eine riesige schwarze Fahne flatterte von einem hohen Baugerüst hinter ihm. Die Menschen klammerten sich an Pfeilern und Mauervorsprüngen fest, der eingeebnete Teil dieses gigantischen Ruinenfeldes glich einem Heerlager.

Sehr fern im Süden waren in der klaren Luft die Flugbühnen zu erkennen. Von der mittleren Bühne stieg ein einzelner Aeropil auf.

»Was ist aus Ostrog geworden?« fragte Graham.

Während er noch sprach, ging plötzlich eine seltsame Bewegung durch die Volksmenge. Es schien, als hätte eine Sensation besonderer Art ihre Aufmerksamkeit von ihm abgelenkt. Schließlich hob auch er die Augen zum First des Rathauses, auf den die Leute gebannt hinaufstarrten. Aus den Räumen, die er drei Tage lang als Gefangener bewohnt hatte, trat nun eine kleine weißgekleidete Gestalt und ging rasch bis an den Rand der Trümmerklippe vor. Zwei Männer folgten ihr auf dem Fuß.

»Ostrog!« rief jemand in der Nähe entgeistert.

Im nächsten Augenblick gelang ein tollkühnes Manöver, das niemand zu fassen vermochte. Die kleine Flugmaschine glitt geisterhaft über den Rand der Ruinen, setzte auf, und Minuten später war Ostrog entkommen.

Welcher Aeronaut mochte sich bereit erklärt haben, den verhaßten Diktator aus der Gefangenschaft zu befreien?

Ein Aufschrei der Wut und Erbitterung gellte durch die Luft, und es sah aus, als wollten diese Menschen einander niedertrampeln, um ihrer Empörung Luft zu machen. Doch dann ertönte aus dem Schlund der Fahrbahnen herauf plötzlich das Revolutionslied. Wie ein Sturm fegte die mitreißende Melodie über das wogende Meer von Menschen, die sich nun jubelnd wieder Graham zuwandten.

Dieses Volk, das alles Vertrauen in ihn setzte, erwartete nun seine Befehle. Sein Marionettendasein war zu Ende.

23

Die Aeroplane sind im Anflug

Der Mann in der gelben Uniform geleitete Graham in einen schalldichten Raum des Regierungsgebäudes. Dort wollte er sich ungestört auf die Rede vorbereiten, die das Volk in dieser Stunde der Gefahr von ihm erwartete.

Der Raum schien ihm grotesk in seiner modernen Ausstattung. Die plötzliche Isolation, die vollkommene Stille nach dem Tumult ließen ihn nicht sogleich zu sich selbst kommen. Die riesigen Ohren phonographischer Apparate harrten seiner Worte, die schwarzen Augen der Kameras lauerten auf sein Beginnen. Dahinter glitzerten Metallstangen und Rollen, irgend etwas wirbelte mit brummendem Summen herum. Er trat ins Zentrum des Lichts, und sein Schatten zog sich schwarz und scharf in einem kleinen Fleck zu seinen Füßen zusammen.

Er hatte bereits eine vage Vorstellung, was er sagen wollte. Aber dieses schweigende Auditorium gähnender, starrender Maschinen irritierte ihn. Hier sollte er eine Rede halten? Eine Rede, die über die ganze Welt ausgestrahlt wurde? Ihm war, als sei er plötzlich allein auf einer kleinen Insel im Ozean. Heroisches Sendungsbewußtsein war seinem Wesen nicht gemäß; daß er nun »Herr der Welt« genannt wurde, hatte in ihm vielmehr eine ironische Distanz zu sich selbst geschaffen. Er wußte um die Macht des gesprochenen Wortes und fürchtete abgedroschene Phrasen ebenso wie theatralische Gesten. Würde er, der Idealist aus dem neunzehnten Jahrhundert, sich den Menschen von heute verständlich machen können?

Mitten in diese Überlegungen platzte ein aufgeregter Bote mit der Meldung, die ersten Aeroplane seien nun über Arawan.

»Arawan? Wo liegt Arawan? Egal – sie kommen. Wann werden sie London erreichen?«

»Bei Einbruch der Dunkelheit.«

»In einigen Stunden also – großer Gott! Nachrichten von den Flugbühnen?«

»Der Südwesten der Stadt steht zur Verteidigung bereit.«

Der Unglücksbote hatte eben den Raum verlassen, als die Tür sich wieder öffnete. Stimmen freudig erregter Menschen, der Klang eiliger Schritte drangen aus dem Vorraum zu ihm herein. »Wartet!« ermahnte einer. »Sie kommt!« riefen viele.

Graham wandte den Kopf und sah Helen Wotton im Türrahmen stehen. Sie bedurften der Worte nicht, sie sahen einander an, und Graham hielt ihre Hände in den seinen.

»Wo sind Sie gewesen?« brach er schließlich das Schweigen.

»Im Kreisamt Südwest. Bis vor zehn Minuten wußte ich nicht, daß Sie zurückgekehrt waren. In den Südwestbezirken hatten die Leute vom Verrat noch nichts erfahren, daher fuhr ich hinaus, um es ihnen zu sagen.«

»Durch Sie erfuhr das Volk von Ostrogs Verrat?«

»Ja. Ich war hier, als er Befehl gab, die Neger nach London zu fliegen, um den Aufstand niederzuschlagen und Sie gefangenzunehmen. Da ging ich hinaus zu den Leuten und sagte es ihnen.«

»*Sie* haben das getan? Ostrogs Nichte?«

»Ja. Damit Sie, auf den die Welt gewartet hat, nicht um Ihre Macht betrogen werden.«

Graham stand eine Zeitlang wortlos da und sah Helen an. Dann sagte er: »Sie haben mich gerettet. Sie haben meine Macht gerettet. Und die Schlacht beginnt. Gott weiß, was diese Nacht sehen wird – meine Schande nicht!«

Er hielt inne und wandte sich an die unsichtbare Menge, die ihn durch die grotesken schwarzen Augen anstarrte.

»Männer und Frauen der neuen Zeit! Ihr habt euch erhoben, um gegen das Unrecht auf der Welt zu kämpfen. Ich komme aus der Vergangenheit zu euch, aus einer Zeit, die vom Glauben an den Fortschritt besessen war. Wir hatten die Sklaverei abgeschafft, wir haben an eine Welt ohne Krieg wie an eine himmlische Verheißung geglaubt und haben gehofft, daß das Recht auf ein menschenwürdiges Leben nie mehr gefährdet sein sollte.

Was ist aus diesen Hoffnungen geworden?

Werte, die uns als unerschütterlich galten, sind preisgegeben worden, und die Menschen haben sich immer weiter von dem entfernt, was ihr Dasein erst lebenswert macht.

Der alte Glaube ist verblaßt und verwandelt, der neue Glaube – gibt es einen neuen Glauben?« Er sprach stoßweise, aber mit all seiner Kraft, von der Größe der Selbstentsagung, von seinem Glauben an ein unsterbliches Leben der Menschheit. Schließlich schloß er seine Rede. »Hier und jetzt«, rief er, »mache ich mein Testament. Alles, was mein ist in der Welt, gebe ich dem Volk der Welt. Ich gebe es euch, wie ich euch mich selber gebe.«

Graham und Helen standen einander in beredtem Schweigen gegenüber. Der Mann in der gelben Uniform tauchte plötzlich neben ihnen auf, sie hatten sein Kommen nicht bemerkt. Die Südwestbezirke seien auf dem Marsch, meldete er.

»Das ist gut«, sagte Graham. »Wir müssen die Flugbühnen besetzen. Wenn uns das nicht gelingt, landen die Neger.«

»Die Flugbühnen sind von Ostrogs Leuten besetzt. Es wird heiß um sie gekämpft. Die Stadt dagegen ist ruhig.«

Graham sprang auf und traf alle Anstalten, sich auf den Kampfplatz zu begeben.

»Das ist unmöglich«, protestierte der Mann in Gelb. »Wir müssen wissen, wo Sie zu finden sind. Es kann jeden Augenblick eine Situation eintreten, die Ihre Entscheidung erfordert.«

Er bat Graham, ihm in einen luxuriös eingerichteten Raum zu folgen, in dem er über Nachrichtenmaschinen die einzelnen Phasen des Kampfes verfolgen konnte, ohne sich selbst zu gefährden. Daß Helen bei ihm blieb, verstand sich von selbst.

Graham hatte das Bild eines dramatischen Kampfes vorgeschwebt, in dem er sich mitten unter den Kämpfenden befand. Die Rolle des passiven Zuschauers, die ihm auferlegt war, empfand er wie eine Schande. Er konnte sich nicht vorstellen, wie er es ertragen sollte, hier untätig zu warten, während draußen auf den Flugbühnen – kaum sechs Kilometer weit entfernt – Menschen ihr Leben für ihn einsetzten.

Erst als der Tag sich zu neigen begann, konnte er sich aus den spärlichen Berichten ein Bild formen. Er hatte eine knabenhaft naive Vorstellung vom heldenmütigen Kampf zur Verteidigung des Vaterlandes vor Augen gehabt, auf der Roehampton-Flugbühne aber tobte ein Bürgerkrieg, den Ostrogs Verrat entfacht hatte. Die neue Klasse sah ihren schamlos erworbenen Reichtum und ihre Privilegien bedroht, während die arbeitende Klasse in ihrer blauen Einheitskleidung nicht länger gewillt war, an die Versprechungen zu glauben, mit denen der Oberste Rat sie endlos hingehalten hatte. Als wären alle Dämme geborsten, entlud sich die aufgestaute Wut. Eine militärische Ausbildung hatte es für keinen der Gegner jemals gegeben, und gerüstet waren beide ausschließlich mit den modernen Lichtwaffen, die Ostrog bei seinem Staatsstreich gegen den Obersten Rat in ungeheuren Mengen hatte verteilen lassen. Es war sein entscheidender Schachzug bei der Machtergreifung gewesen. Die Mehrzahl der Kämpfenden war im Gebrauch dieser neuen Waffe ungeübt, vielen fehlte die Munition, viele hatten noch nie eine in der Hand gehabt. Von Strategie hatte man keine Ahnung, und da niemand einem Befehl gehorcht hätte, erübrigte sich auch jedes Kommando.

Um die Flugbühnen hatte sich ein Kampfgürtel gebildet. Die Anhänger Grahams hatten an Terrain gewonnen, doch die Flugbühnen waren nach wie vor von den Leuten Ostrogs besetzt. In den weitverzweigten unterirdischen Gängen, die zu den Flugbühnen führten, auf den Fahrbahnen und Galerien der umliegenden Gebäude tobte ein schmutziger Bürgerkrieg. Das Gerücht, Ostrog besitze eine geheime Wunderwaffe, die man zu finden hoffte, konnte Graham nicht glauben.

Auf den Dächern rings um das Gebäude waren Scharfschützen der Polizei postiert, die dem Ringen tatenlos zusahen. Nicht die kleinste Wolke trübte den strahlend blauen Himmel, als sei er zum festlichen Empfang der Invasionstruppen bereit.

Was sollte, was mußte geschehen, um diesem Wahnsinn ein Ende zu bereiten, ehe es zu spät war? fragte sich Graham. In dem Gefühl seiner Ohnmacht schoß ihm plötzlich wieder der Gedanke durch den Kopf – wie schon einige Male seit seinem Erwachen –, ob nicht alles nur ein Traum war. Wer kannte nicht jene quälenden Momente in einem bösen Traum, da man einem Verfolger entrinnen will und nicht imstande ist, einen Fuß vor den anderen zu setzen?

Je weiter die Zeit fortschritt, desto quälender wurde das Warten. Das ungeheure Erbe, das er angetreten hatte, wäre ihm ohne die Gefährtin an seiner Seite in diesen Stunden zu einer kaum erträglichen Qual geworden. Zu ihr konnte er von seinem sinkenden Mut, seinen Zweifeln und seinen Befürchtungen sprechen, er fühlte sich verstanden. Auch wenn sie miteinander schwiegen, waren sie füreinander da, das wußten beide.

Nach einer Weile begannen sie von persönlichen Dingen zu reden, um das Warten leichter zu ertragen. Graham ließ Helen teilhaben an Ereignissen seines früheren Lebens, die sein Gedächtnis über die unendliche Zeitspanne treu bewahrt hatte. Sie hörte ihm aufmerksam zu und sprach dann noch einmal von dem überwältigenden Erlebnis, das sein Erwachen für sie war. Danach erzählte sie von ihren romantischen Jungmädchenträumen, aber auch von einem tragischen Ereignis, das ihre Jugend überschattet und ihr sehr früh die

Augen dafür geöffnet hatte, wieviel Leid es auf dieser Welt gab.

Das kurze persönliche Gespräch war, kaum begonnen, auch schon wieder zu Ende, als Graham gemeldet wurde, daß eine große Anzahl von Aeroplanen sich über Avignon befand. Er eilte in das Kartenzimmer, um die Luftlinie Avignon – Neu-Arawan – London zu messen und die Flugzeit zu berechnen. Im anschließenden Raum wollte er sich über den Kampf um die Flugbühnen informieren, aber es war niemand da. Auch die Halle des Atlas war leer.

Als er nach geraumer Zeit zu Helen zurückkehrte, waren seine Züge verändert. Sie blickte ihm erwartungsvoll entgegen.

»Nichts Neues«, versuchte er leichthin auszuweichen, überlegte es sich jedoch im nächsten Augenblick. »Vielmehr – schlechte Nachrichten. Wir haben nicht an Terrain gewonnen, und die Aeroplane sind im Anflug. Wenn wir die Flugbühnen nicht innerhalb einer Stunde in unserer Hand haben, wird Furchtbares geschehen.«

Von Zweifeln gequält, ging Graham ruhelos auf und ab. Er fragte sich, ob sein Weltbild ein utopischer Wunschtraum war, der sich nie erfüllen konnte. Seine Vorstellung von einer glücklichen Menschheit war in dem Abstand von zwei Jahrhunderten überholt, seine persönlichen Erfahrungen entwertet. Genügte den Menschen von heute der hohe Stand der Zivilisation, waren sie noch bereit, sich davon überzeugen zu lassen, daß allein die Einhaltung sittlicher Normen sie vor dem Abgrund retten konnte?

In manchen Belangen, so überlegte er, würde er selbst umlernen und sich dem Zeitgeist anpassen müssen. Der Toleranzgedanke, wie er ihn verstand, war im

Grunde unvereinbar mit der Überheblichkeit der Weißen gegenüber Menschen mit anderer Hautfarbe. Die Schwarzen in Afrika hatten in den zweihundert Jahren unter der Herrschaft der Weißen ungeheures Unrecht ertragen müssen – kamen sie nun, um sich dafür zu rächen?

Hier widersprach ihm Helen. »Sie waren unter französischer Herrschaft, *wir* haben sie doch nicht unterdrückt.«

»Wer dem Unrecht tatenlos zusieht, macht sich selbst schuldig. Die Rasse hat gesündigt, die Rasse zahlt.«

Draußen ertönte das schrille Läuten einer Glocke, ein Phonograph lärmte. Der Mann in Gelb erschien. »Sie sind über Vichy.«

In ohnmächtiger Wut sprang Graham auf und rief: »Verfluchte moderne Welt! Daß ein Mensch wie eine Ratte in einer Falle sterben muß, ohne seinen Feind auch nur zu sehen!«

Nun überstürzten sich die Nachrichten. Die Route der Aeroplane wurde in immer kürzeren Intervallen gemeldet – sie hatten Orleans erreicht – sie näherten sich Paris.

»Das Ende naht«, sagte Graham. »Unzählige Menschen haben ihr Leben verloren, Roehampton muß einem ausgeräucherten Bienenstock gleichen ... Und sie sind umsonst gestorben. Die Flugzeuge nähern sich Paris, und selbst wenn noch ein Funken Hoffnung bestünde, so bleibt keine Zeit mehr, etwas zu tun. Ein Aeropil, ein einziger nur, der mir zur Verfügung stünde ...«

Helen schwieg, ihr Gesicht war totenblaß.

Und dann geschah, was niemand mehr zu hoffen gewagt hatte: die Leute Ostrogs hatten Roehampton geräumt. »Sieg! Sieg!« überschrien einander die Stimmen im Vorraum, und im nächsten Augenblick stürzte der Mann in Gelb herein, atemlos vor Erregung. »Wir haben sie aus den unterirdischen Wegen von Norwood herausgetrieben, Streatham brennt lichterloh und Roehampton ist unser. Den Aeropil, der dort bereitstand, haben wir gekapert.«

Eine schrille Glocke ertönte. Ostrogs geheimes Waffenlager war nach fieberhafter Suche gefunden worden: in einem unterirdischen Lager mitten in der Stadt. Fast zu gleicher Zeit kam ein grauhaariger Berichterstatter aus dem Nachrichtenbüro herbeigeeilt. »Was nützt es uns, daß wir Roehampton erobert haben? Die Aeroplane sind bereits über Boulogne.«

»In einer halben Stunde haben sie den Kanal überflogen«, berechnete der Mann in Gelb.

»Und die Geschütze zur Abwehr?« rief Graham.

»In einer halben Stunde können wir sie nicht auffahren. Dazu brauchten wir eine Stunde – die haben wir nicht mehr.«

»Zu spät, zu spät!« klagte der Grauhaarige. »Jetzt, wo der Sieg so nahe war …«

Graham sah plötzlich eine letzte Chance. »Ein Aeropil, sagten Sie, ist in unserer Hand? Beschädigt?«

»Nein, Sire. Man müßte ihn nur auf die Träger bringen. Aber wir haben keine Aeronauten.«

»Wir haben keine Aeronauten?«

»Nein.«

»Die großen Aeroplane sind plump und schwerfällig«, sagte Graham nachdenklich, »die Aeropile jedoch wendig.« Er wandte sich zu Helen. Seine Entscheidung war gefallen. »Ich muß es tun.«

»Was tun?«

»Ich werde aufsteigen und mich ihnen stellen.«

Helen machte einen Schritt auf ihn zu. »Sie werden getötet werden.«

»Vielleicht.« Er hielt inne. Sie standen da und sahen einander an.

»Sie haben recht«, sagte Helen zuletzt mit leiser Stimme. »Sie müssen gehen.«

24

Die Ankunft der Aeroplane

Niemand hätte vermocht, Graham zurückzuhalten, da er gleich einem Besessenen sich entschloß, als einzelner den Kampf gegen den Giganten aufzunehmen.

In Roehampton stand bei seinem Eintreffen der Aeropil tatsächlich startbereit. Der Mann in Gelb half ihm durch die Rippen des Rumpfes zu steigen, und nachdem er auf den Aeronautensitz geklettert war, konzentrierte er sich ausschließlich auf den Start. Die Männer, die ihm behilflich sein wollten, die ihm zujubelten, die Fragen und Warnungen schrien, winkte er mit einer herrischen Geste fort. Einen Moment lang saß er regungslos, starrte auf die vielen komplizierten Vorrichtungen, mit denen er nur ungenügend vertraut war. In der nächsten Sekunde wirbelte der Propeller, und er jagte die Schienen entlang. Das Jubelgeschrei des Volkes verhallte, der Wind pfiff über die Ränder des Schirms, die Welt versank unter ihm.

Eins, zwei, drei – eins, zwei, drei pochte der Motor. Der Aeropil gewann rasch an Höhe. Plötzlich kreuzte einer von Ostrogs Aeropilen seine Bahn. Er mußte in steilem Winkel ausweichen. Die beiden Aeronauten spähten auf ihn herab. Einer, mit einer Waffe in der Hand, schien zu feuern bereit. Graham, dem die Situation augenblicklich klar wurde, reagierte fast mechanisch: Zwei weitere Klappen nach links öffnen, drehen, das Heck auf die andere Maschine richten, Klappen zu – und los auf den Feind. Bug und Windschirm schützten ihn vor dem Schuß. Krach! Er hatte den linken Flügel gerammt und wurde durch den Anprall hochgeschleudert. Sekundenlang sah er die Maschine in voller Breite, dann glitt sie abwärts und war bald außer Sicht.

Plötzlich fühlte er, daß sein Bug sich senkte, seine Hände faßten die Hebel fester und rissen die Maschine hoch. Die Nase des Aeropils ruckte steil in die Höhe, und es war ihm, als läge er auf dem Rücken. Der Aeropil wankte und taumelte, er schien auf seiner Schraube zu tanzen. Graham hing mit ganzer Kraft an den Hebeln, und die Maschine kam langsam wieder nach vorn. Er stieg höher, doch nicht mehr so steil wie vorher, und warf sich wieder auf die Hebel. Der Wind pfiff eisig. Noch ein gewaltiger Kraftaufwand, und er lag fast waagrecht – nun konnte er atmen. Zum ersten Mal wandte er den Kopf, um zu sehen, was aus dem Ostrog-Aeronauten geworden war. Tief unten, nach Osten zu, war ein Abgrund, und dahinter fiel etwas und verschwand, wie eine Münze in einen Spalt fällt.

In wilder Freude jubelte er laut auf, und weiter ging es himmelwärts. Eins, zwei, drei – Pause – eins, zwei, drei. Wo war der zweite Aeropil? Einen Augenblick fürchtete Graham, er könnte über ihm aufgestiegen sein, doch dann sah er ihn auf der Flugbühne von Norwood landen. Sie hatten vorgehabt, auf ihn zu schießen, doch die Vorstellung, aus sechshundert Metern Höhe in den Grund gebohrt zu werden, hatte offenbar ihren Mut überstiegen. Der Kampf war abgesagt.

Eine kleine Weile kreiste er noch, dann stieß er in steilem Abstieg auf die Flugbühne hinab.

Der dunkle Rauchpilz über Streatham hatte sich in

eine hohe Feuersäule verwandelt, die verschlungenen Gleitwege zeichneten sich immer klarer ab, und auf den von den Leuten Ostrogs noch besetzten Startbahnen schienen grell die Positionslichter für die erwarteten Aeroplane. Als er über die Roehampton-Bühne fegte, drangen die tosenden Jubelrufe der Volksmassen an sein Ohr; dann hörte er eine Kugel von der Startbahn Wimbledon durch die Luft pfeifen und stieg über Surrey wieder auf. Ein leichter Wind blies von Südost, er hob den westlichen Flügel, wie er das als Flugschüler gelernt hatte, und gewann rasch an Höhe. Eins, zwei, drei, immer im gleichen Rhythmus, bis das Land unten eine blaue Fläche war und London sich wie das Modell einer Stadt am Horizont ausnahm. Der Südwesten war ein Himmel von Saphiren am Rand der Welt, und die Sterne funkelten in aller Pracht.

Plötzlich erblickte er im Süden, rasch näher kommend, zwei Flecken nebeligen Lichtes, dann noch zwei und dahinter einen Nebelschein schnell fliegender Maschinen. Er konnte sie zählen. Es waren vierundzwanzig. Das erste Geschwader war da, und dahinter schimmerte ein noch größerer Schein.

Er drehte in einem Halbkreis und starrte auf das Geschwader, das sich in keilförmiger Formation näherte. Die riesigen Transporter erschreckten ihn. Blitzschnell berechnete er die Fluggeschwindigkeit und drehte das kleine Rad, das seine Maschine nach vorn brachte. Er betätigte einen Hebel, das pochende Motorengeräusch hörte auf, er begann zu fallen und fiel immer schneller. Er zielte auf die Spitze der Formation und schoß wie ein Stein durch die Luft. Es schien kaum eine Sekunde vergangen zu sein, als er den ersten Aeroplan traf.

Keiner aus der Menge der schwarzen Polizisten hatte

sein Schicksal kommen sehen, keiner auch nur davon geträumt, daß da ein Falke aus dem Himmel auf sie niederschießen könnte. Die nicht von der Luftkrankheit befallen waren, reckten ihre schwarzen Hälse, um die Stadt zu sehen, die aus dem Nebel stieg, die reiche und glänzende Stadt, in die »Massa Ostrog« sie gerufen hatte. Weiße Zahnreihen blitzten, glatte Gesichter leuchteten. Sie hatten von Paris gehört, und man hatte ihnen gesagt, sie würden nun in London herrliche Zeiten verleben unter der »armen weißen Spreu«.

Graham hatte auf den Rumpf der Maschine gezielt, doch im letzten Augenblick änderte er die Position, so daß er mit größerer Wucht nahe am Rand des Steuerbordflügels auftraf. Er prallte zurück, sein Bug glitt über die glatte Fläche bis zum Rand. Der Schwung des Riesentransporters riß ihn mit, und einen Augenblick lang, der eine Ewigkeit schien, war er sich nicht klar, was vorging. Er hörte das gellende Geschrei aus unzähligen Kehlen und spürte, wie seine Maschine auf dem Rand des Giganten balancierte und mit ihm abwärts flog. Über die Schulter blickend sah er den gegenüberliegenden Flügel des Transporters emporkippen, durch die Rippen gewahrte er starrende, angstverzerrte Gesichter – Hände, die Leitstangen zu fassen versuchten. Die Fenster im anderen Flügel blitzten auf, als der Aeronaut das Gleichgewicht wieder herzustellen versuchte. Dahinter riß der nächste Aeronaut seine Maschine hoch, um einen Zusammenstoß zu vermeiden; ihm folgten die anderen, bis schließlich eine Riesenfläche stürmender Flügel sich himmelwärts bewegte.

Er fühlte, daß seine Maschine klargekommen war, während der Transporter, glatt umgekippt, sich wie eine hängende Mauer ausnahm. Er merkte, daß er nun frei abwärtsgleitend flog und sich rasch der Erde näherte. Sein Herz klopfte und die Kehle wurde ihm eng, als er einen Moment lang die Hände kaum bewegen konnte, um die Hebel zu betätigen. Schließlich gelang es ihm, den Motor wieder in Gang zu bringen.

Er blickte auf und sah zwei Maschinen weit zu Häupten dahingleiten, er blickte zurück und sah die Formation sich öffnen und nach außen stürmen, während die Maschine, die er getroffen hatte, absackte und auf der Erde zerschellte. Aus den Trümmern loderte eine Feuersäule empor.

Plötzlich schoß etwas wie ein riesiges Untier durch die Luft auf ihn zu, doch es gelang ihm, seine wendige Maschine gerade noch rechtzeitig hochzureißen, um dem Angriff des zweiten Transporters auszuweichen. Mit den drei weiteren Giganten, die auf ihn losstürzten, gelang dasselbe Manöver. Die folgenden Maschinen kreisten wild um ihn, offenbar jedoch, um ihm auszuweichen. Sie flogen an ihm vorbei, über ihm, unter ihm, nach Ost und West. Weit draußen im Westen hörte er den Lärm eines Zusammenpralls und sah zwei brennende Maschinen abstürzen.

Im Süden näherte sich ein zweites Geschwader. Er gewann stetig an Höhe, so daß die schweren Maschinen unter ihm dahindröhnten, als er sich blitzartig zum Angriff entschloß. Er stürzte sich auf sein nächstes Opfer, und diesmal sah die ganze Soldatenladung, was auf sie zukam. Die schwere Maschine kippte und schwankte, als die Männer, zu Tode erschrocken, nach ihren Waffen im Heck kletterten. Ein Dutzend Kugeln sang durch die Luft, und in dem dicken gläsernen Windschirm, der ihn schützte, blitzte ein Stern auf. Der Transporter flog langsam und senkte sich, doch er senkte sich zu tief und prallte gegen die Riesenwindräder von Bromley Hill. Zwischen den kreisenden und splitternden Flügeln schien die ungeheure Maschine einen Augenblick lang auf der Kante zu stehen, dann zerschellte sie. Riesensplitter kamen durch die Luft geflogen, und eine Feuersäule stieg nach oben in den dunklen Himmel.

»Zwei!« jubelte Graham. Eine glorreiche Heiterkeit beseelte ihn. Alle Bedenken waren verflogen, siegesgewiß freute er sich seiner Kraft. Er wählte ein drittes Opfer aus der Armada. Es entkam ihm, um unmittelbar danach an der großen Klippe der Mauer von London in Trümmer zu gehen. Als er selbst nach diesem Aufprall die Maschine hochriß, merkte er erst, wie tief er geflogen war: ganz deutlich sah er einen erschreckten Hasen querfeldein rennen. Rings um ihn war freie Luft, als er Sekunden später über Südlondon dahinschoß. In der Ferne dröhnten die Signalraketen der Leute Ostrogs, im Süden brannten die Wracks von einem halben Dutzend Transporter, während die riesigen Aeroplane nach Ost und West und Nord entflohen.

Nun befand er sich etwa sechzig Meter über dem Flugplatz von Roehampton. Eine ungeheure Menschenmenge stand dort, ihr Jubel kannte keine Grenzen. Über Streatham verbargen Rauch und Flammen die Startbahn. Nun tauchten hinter dem Rauch die viereckigen Massen von Shooters Hill auf. Dort war ein Transporter tatsächlich gelandet und hatte seine Negerpolizei abgesetzt. Vom Nordrand der Stadt dröhnte der Knall einer Abwehrkanone. »Das Volk gewinnt«, sprach Graham wie ein Gebet leise vor sich hin, und der Knall einer zweiten Kanone kam wie eine Antwort.

Unmittelbar danach sah er in Blackheath einen Aeropil starten, und es war ihm sofort klar, was das bedeutete: das mußte Ostrog auf der Flucht sein.

Rasend vor Wut wollte Graham nun an dem Verräter Rache nehmen. Er stieg in die Höhe und sah Ostrogs Maschine eine Spirale ziehen. Er schoß auf ihn zu und fehlte. Auch ein zweiter Versuch mißlang. Als er vorbeijagte, sah er sowohl Ostrogs Gesicht als auch das seines Aeronauten deutlich um Haltung bemüht. Er setzte zum dritten Angriff an, und Sekunden später war der Verrat gerächt und London gerettet.

Die erdrückende Fülle des Erlebten hatte seinen Geist verwirrt. Siegestrunken fragte er sich, ob er träumte oder wachte. Wo war Helen?

Ein Sturz ins Bodenlose begann, mit dem Alpträume meistens enden. In der Sekunde zwischen Traum und Wirklichkeit, da er der Erde schon sehr nahe war, stand plötzlich Helens Bild vor ihm. Dann öffnete er die Augen.

H. G. Wells
im
Deutschen Taschenbuch Verlag

»Herbert George Wells,
der Mann, der schon gestern
alles von übermorgen wußte.«

Christian Ferber
im ›Norddeutschen Rundfunk‹

Die Zeitmaschine
Roman · dtv 12234

Wenn der Schläfer erwacht
Roman · dtv 12235

Der Unsichtbare
Roman · dtv 12236

Die ersten Menschen auf dem Mond
Roman · dtv 12237

Tono-Bungay
Roman · dtv 12238

Mr. Blettsworthy
auf der Insel Rampole
Roman · dtv 12239